小人物的上進

徐訏文集

小說卷

導言　徬徨覺醒：徐訏的文學道路

陳智德

「個人的苦悶不安，徬徨無依之感，正如在大海狂濤中的小舟。」[1]

——徐訏〈新個性主義文藝與大眾文藝〉

在二十世紀四、五十年代之交，度過戰亂，再處身國共內戰意識形態對立夾縫之間的作家，應自覺到一個時代的轉折在等候著，尤其在當時主流的左翼文壇以外，被視為「自由主義作家」或「小資產階級作家」的一群，包括沈從文、蕭乾、梁實秋、張愛玲、徐訏等等，一整代人在政治旋渦以至個人處境的去與留之間徘徊，最終作出各種自願或不由自主的抉擇。

1　徐訏〈新個性主義文藝與大眾文藝〉，收錄於《現代中國文學過眼錄》，台北：時報文化，一九九一。

一

一九四六年八月，徐訏結束接近兩年間《掃蕩報》駐美特派員的工作，從美國返回中國，直至一九五〇年中離開上海奔赴香港，在這接近四年的歲月中，他雖然沒有寫出像《鬼戀》和《風蕭蕭》這樣轟動一時的作品，卻是他整理和再版個人著作的豐收期，他首先把《風蕭蕭》交給由劉以鬯及其兄長新近創辦起來的懷正文化社出版，據劉以鬯回憶，該書出版後，「相當暢銷，不足一年，（從一九四六年十月一日到一九四七年九月一日），印了三版」[2]，其後再由懷正文化社或夜窗書屋初版或再版了《阿刺伯海的女神》（一九四六年初版）、《烟圈》（一九四六年初版）、《蛇衣集》（一九四八年初版）、《幻覺》（一九四八年初版）、《四十詩綜》（一九四八年初版）、《兄弟》（一九四七年再版）、《母親的肖像》（一九四七年再版）、《生與死》（一九四七年再版）、《春韮集》（一九四七年再版）、《一家》（一九四七年再版）、《海外的鱗爪》（一九四七年再版）、《舊神》（一九四七年再版）、《成人的童話》（一九四七年再版）、《西流集》（一九四七年再版）、潮來的時候（一九四八年再版）、《黃浦江頭的夜月》（一九四八年再版）、《吉布賽的誘惑》（一九四九再版）、《婚事》（一九四九年再版）[3]，粗略統計從一九四六年至一九四九年這三年間，徐訏在上海出版和再版的著作達三十多種，成果

[2] 劉以鬯〈憶徐訏〉，收錄於《徐訏紀念文集》，香港：香港浸會學院中國語文學會，一九八一。

[3] 以上各書之初版及再版年份資料是據賈植芳、俞元柱主編《中國現代文學總書目》、北京圖書館編《民國時期總書目，一九一一—一九四九》。

可算豐盛。

《風蕭蕭》早於一九四三年在重慶《掃蕩報》連載時已深受讀者歡迎，一九四六年首次結集成單行本出版，沈寂的回憶提及當時讀者對這書的期待：「這部長篇在內地早已是暢銷一時的名著，可是淪陷區的讀者還是難得一見，也是早已企盼的文學作品」[4]，當劉以鬯及其兄長創辦懷正文化社，就以《風蕭蕭》為首部出版物，十分重視這書，該社創辦時發給同業的信上，即頗為詳細地介紹《風蕭蕭》，作為重點出版物。徐訏有一段時期寄住在懷正文化社的宿舍，與社內職員及其他作家過從甚密，直至一九四八年間，國共內戰愈轉劇烈，幣值急跌，金融陷於崩潰，不單懷正文化社結束業務，其他出版社也無法生存，徐訏這階段整理和再版個人著作的工作，無法避免遭遇現實上的挫折。

然而更內在的打擊是一九四八至四九年間，主流左翼文論對被視為「自由主義作家」或「小資產階級作家」的批判，一九四八年三月，郭沫若在香港出版的《大眾文藝叢刊》第一輯發表〈斥反動文藝〉，把他心目中的「反動作家」分為「紅黃藍白黑」五種逐一批判，點名批評了沈從文、蕭乾和朱光潛。該刊同期另有邵荃麟〈對於當前文藝運動的意見——檢討．批判．和今後的方向〉一文重申對知識份子更嚴厲的要求，包括「思想改造」。雖然徐訏不像沈從文般受到即時的打擊，但也逐漸意識到主流文壇已難以容納他，如沈寂所言：「自後，上海一些左傾的報紙開始對他批評。他無動於衷，直至解放，輿論對他公開指責。稱《風蕭蕭》歌頌特務。他也不辯論，知道自己不可能再在上海逗留，上海也不會再允許他曾從事一輩子的寫作，就捨別妻女，

4 沈寂〈百年人生風雨路——記徐訏〉，收錄於《徐訏先生誕辰100週年紀念文選》，上海：上海社會科學院出版社，二〇〇八。

離開上海到香港。」[5]一九四九年五月二十七日，解放軍攻克上海，中共成立新的上海市人民政府，徐訏仍留在上海，差不多一年後，終於不得不結束這階段的工作，在不自願的情況下離開，從此一去不返。

二

一九五〇年的五、六月間，徐訏離開上海來到香港。由於內地政局的變化，其時香港聚集了大批從內地到港的作家，他們最初都以香港為暫居地，但隨著兩岸局勢進一步變化，他們大部份最終定居香港。另一方面，美蘇兩大陣營冷戰局勢下的意識形態對壘，造就五十年代香港文化刊物興盛的局面，內地作家亦得以繼續在香港發表作品。徐訏的寫作以小說和新詩為主，來港後亦寫作了大量雜文和文藝評論，五十年代中期，他以「東方既白」為筆名，在香港《祖國月刊》及台灣《自由中國》等雜誌發表〈從毛澤東的沁園春說起〉、〈新個性主義文藝與大眾文藝〉、〈在陰黯矛盾中演變的大陸文藝〉等評論文章，部份收錄於《在文藝思想與文化政策中》、《回到個人主義與自由主義》及《現代中國文學過眼錄》等書中。

徐訏在這系列文章中，回顧也提出左翼文論的不足，特別對左翼文論的「黨性」提出質疑，也不同意左翼文論要求知識份子作思想改造。這系列文章在某程度上，可說回應了一九四八、四九年間中國大陸左翼文論的泛政治化觀點，更重要的，是徐訏在多篇文章中，以自由主義文藝的

[5] 沈寂〈百年人生風雨路——記徐訏〉，收錄於《徐訏先生誕辰100週年紀念文選》，上海：上海社會科學院出版社，二〇〇八。

觀念為基礎，提出「新個性主義文藝」作為他所期許的文學理念，他說：「新個性主義文藝必須在文藝絕對自由中提倡，要作家看重自己的工作，對自己的人格尊嚴有覺醒而不願為任何力量做奴隸的意識中生長。」[6]徐訏文藝生命的本質是小說家、詩人，理論鋪陳本不是他強項，然而經歷時代的洗禮，他也竭力整理各種思想，最終仍見頗為完整而具體地，提出獨立的文學理念，尤其把這系列文章放諸冷戰時期左右翼意識形態對立、作家的獨立尊嚴飽受侵蝕的時代，更見徐訏提出的「新個性主義文藝」所倡導的獨立、自主和覺醒的可貴，以及其得來不易。

《現代中國文學過眼錄》一書除了選錄五十年代中期發表的文藝評論，包括《在文藝思想與文化政策中》和《回到個人主義與自由主義》二書中的文章，也收錄一輯相信是他七十年代寫成的回顧五四運動以來新文學發展的文章，集中在思想方面提出討論，題為「現代中國文學的課題」，多篇文章的論述重心，正如王宏志所論，是「否定政治對文學的干預」[7]，而當中表面上是「非政治」的文學史論述，「實質上具備了非常重大的政治意義：它們否定了大陸的文學史論述」[8]，徐訏所針對的是五十年代至文革期間中國大陸所出版的文學史當中的泛政治論述，動輒以「反動」、「唯心」、「毒草」、「逆流」等字眼來形容不符合政治要求的作家；所以王宏志最後提出《現代中國文學過眼錄》一書的「非政治論述」，實際上「包括了多麼強烈的政治含義」。這政治含義，其實也就是徐訏對時代主潮的回應，以「新個性主義文藝」所倡導的獨立、

6 徐訏〈新個性主義文藝與大眾文藝〉，收錄於《現代中國文學過眼錄》，台北：時報文化，一九九一。

7 王宏志〈心造的幻影——談徐訏的《現代中國文學的課題》〉，收錄於《歷史的偶然：從香港看中國現代文學史》，香港：牛津大學出版社，一九九七。

8 同前註。

自主和覺醒，抗衡時代主潮對作家的矮化和宰制。

《現代中國文學過眼錄》一書顯出徐訏獨立的知識份子品格，然而正由於徐訏對政治和文藝的清醒，使他不願附和於任何潮流和風尚，難免於孤寂苦悶，亦使我們從另一角度了解徐訏文學作品中常常流露的落寞之情，並不僅是一種文人性質的愁思，而更由於他的清醒和拒絕附和。一九五七年，徐訏在香港《祖國月刊》發表〈自由主義與文藝的自由〉一文，除了文藝評論上的觀點，文中亦表達了一點個人感受：「個人的苦悶不安，徬徨無依之感，正如在大海狂濤中的小舟。」[9]放諸五十年代的文化環境而觀，這不單是一種「個人的苦悶」，更是五十年代一輩南來香港者的集體處境，一種時代的苦悶。

三

徐訏到香港後繼續創作，從五十至七十年代末，他在香港的《星島日報》、《星島週報》、《祖國月刊》、《今日世界》、《文藝新潮》、《熱風》、《筆端》、《七藝》、《新生晚報》、《明報月刊》等刊物發表大量作品，包括新詩、小說、散文隨筆和評論，並先後結集為單行本，著者如《江湖行》、《盲戀》、《時與光》、《悲慘的世紀》等。香港時期的徐訏也有多部小說改編為電影，包括《風蕭蕭》（屠光啟導演、編劇，香港：邵氏公司，一九五四）、《傳統》（唐煌導演、徐訏編劇，香港：亞洲影業有限公司，一九五五）、《痴心井》（唐煌導演、

9 徐訏〈自由主義與文藝的自由〉，收錄於《個人的覺醒與民主自由》，台北：傳記文學出版社，一九七九。

王植波編劇，香港：邵氏公司，一九五五）、《鬼戀》（屠光啟導演、編劇，香港：麗都影片公司，一九五六）、《盲戀》（易文導演、徐訏編劇，香港：新華影業公司，一九五六）、《後門》（李翰祥導演、王月汀編劇，香港：邵氏公司，一九六〇）、《江湖行》（張曾澤導演、倪匡編劇，香港：邵氏公司，一九七三）、《人約黃昏》（改編自《鬼戀》，陳逸飛導演、王仲儒編劇，香港：思遠影業公司，一九九六）等。

徐訏早期作品富浪漫傳奇色彩，善於刻劃人物心理，如〈鬼戀〉、〈吉布賽的誘惑〉、〈精神病患者的悲歌〉等，五十年代以後的香港時期作品，部份延續上海時期風格，如《江湖行》、《後門》、《盲戀》，貫徹他早年的風格，另一部份作品則表達歷經離散的南來者的鄉愁和文化差異，如小說《過客》、詩集《時間的去處》和《原野的呼聲》等。

從徐訏香港時期的作品不難讀出，徐訏的苦悶除了性格上的孤高，更在於內地文化特質的堅守，拒絕被「香港化」。在《鳥語》、《過客》和《癡心井》等小說的南來者角色眼中，香港不單是一塊異質的土地，也是一片理想的墓場、一切失意的觸媒。一九五〇年的《鳥語》以「失語」道出一個流落香港的上海文化人的「雙重失落」，而在《癡心井》的終末則提出香港作為上海的重像，形似卻已毫無意義。徐訏拒絕被「香港化」的心志更具體見於一九五八年的《過客》，自我關閉的王逸心以選擇性的「失語」保存他的上海性，一種不見容於當世的孤高，既使他與現實格格不入，卻是他保存自我不失的唯一途徑。[10]

徐訏寫於一九五三年的〈原野的理想〉一詩，寫青年時代對理想的追尋，以及五十年代從上

[10] 參陳智德《解體我城：香港文學1950-2005》，香港：花千樹出版有限公司，二〇〇九。

市上傳聞著漲落的黃金，
戲院裡都是低級的影片，
街頭擁擠著廉價的愛情。

此地已無原野的理想，
醉城裡我為何獨醒，
三更後萬家的燈火已滅，
何人在留意月兒的光明。

「原野的理想」代表過去在內地的文化價值，在作者如今流落的「污穢的鬧市」中完全落空，面對的不單是現實上的困局，更是觀念上的困局。這首詩不單純是一種個人抒情，更哀悼一代人的理想失落，筆調沉重。〈原野的理想〉一詩寫於一九五三年，其時徐訏從上海到香港三年，由於上海和香港的文化差距，使他無法適應，但正如同時代大量從內地到香港的人一樣，他從暫居而最終定居香港，終生未再踏足家鄉。

四

司馬長風在《中國新文學史》中指徐訏的詩「與新月派極為接近」，並以此而得到司馬長風的正面評價，[11]徐訏早年的詩歌，包括結集為《四十詩綜》的五部詩集，形式大多是四句一節，隔句押韻，一九五八年出版的《時間的去處》，收錄他移居香港後的詩作，形式上變化不大，仍然大多是四句一節，隔句押韻，大概延續新月派的格律化形式，使徐訏能與消逝的歲月多一分聯繫，該形式與他所懷念的故鄉，同樣作為記憶的一部份，而不忍割捨。

在形式以外，《時間的去處》更可觀的，是詩集中〈原野的理想〉、〈記憶裡的過去〉、〈時間的去處〉等詩流露對香港的厭倦、對理想的幻滅、對時局的憤怒，很能代表五十年代一輩南來者的心境，當中的關鍵在於徐訏寫出時空錯置的矛盾。對現實疏離，形同放棄，皆因被投放於錯誤的時空，卻造就出《時間的去處》這樣近乎形而上地談論著厭倦和幻滅的詩集。

六七十年代以後，徐訏的詩歌形式部份仍舊，卻有更多轉用自由詩的形式，不再四句一節，隔句押韻，這是否表示他從懷鄉的情結走出？相比他早年作品，徐訏六七十年代以後的詩作更精細地表現哲思，如《原野的理想》中的〈久坐〉、〈等待〉和〈觀望中的迷失〉、〈變幻中的蛻變〉等詩，嘗試思考超越的課題，亦由此引向詩歌本身所造就的超越。另一種哲思，則思考社會和時局的幻變，《原野的理想》中的〈小島〉、〈擁擠著的群像〉以及一九七九年以「任子楚」

11 司馬長風《中國新文學史（下卷）》，香港：昭明出版社，一九七八。

為筆名發表的〈無題的問句〉，時而抽離、時而質問，以至向自我的內在挖掘，尋求回應外在世界的方向，尋求時代的真象，因清醒而絕望，卻不放棄掙扎，最終引向的也是詩歌本身所造就的超越。

最後，我想再次引用徐訏在《現代中國文學過眼錄》中的一段：「新個性主義文藝必須在文藝絕對自由中提倡，要作家看重自己的工作，對自己的人格尊嚴有覺醒而不願為任何力量做奴隸的意識中生長。」[12]時代的轉折教徐訏身不由己地流離，歷經苦思、掙扎和持續的創作，最終以倡導獨立自主和覺醒的呼聲，回應也抗衡時代主潮對作家的矮化和宰制，可說從時代的轉折中尋回自主的位置，其所達致的超越，與〈變幻中的蛻變〉、〈小島〉、〈無題的問句〉等詩歌的高度同等。

＊陳智德：筆名陳滅，一九六九年香港出生，台灣東海大學中文系畢業，香港嶺南大學哲學碩士及博士，現任香港教育學院文學及文化學系助理教授，著有《解體我城：香港文學1950-2005》、《地文誌——追憶香港地方與文學》、《抗世詩話》以及詩集《市場，去死吧》、《低保真》等。

[12] 徐訏〈新個性主義文藝與大眾文藝〉，收錄於《現代中國文學過眼錄》，台北：時報文化，一九九一。

目次

女人與事

女人與事

一

寰灣公司香港分公司忽然有許多變動。

寰灣公司總公司在倫敦。香港分公司有八個部門，分別直屬於總公司的八個部門，每個部門有一個經理。這八個經理是平行的，現在忽然在上面設一個分公司總經理，這總經理是船務部經理升拔上來的。

船務部經理姓許，雖然是八個經理中服務最久的，但第一、是一個中國人，第二、是一個女人，她升為總經理是出人意外的。

其次，那位八個經理中資格最淺的機械部何經理竟調到南美洲分公司去任經理，據說南美洲的分公司範圍比香港要大，可以說也是升級。是升級，那又怎麼會輪到那位姓何的呢？

再其次是船務部，經理升為分公司總經理，自然船務部史副經理應當升為經理了，但是偏偏要他代替何經理擔任機械部的經理，這也是很使人費解的。

史副經理調到機械部，於是船務部下面的職員王高求，雖然資格不淺，年紀較大，一升就是三級，變成了經理；而那位年紀輕輕的劉則偉也就升為副經理，這實在是寰灣公司香港分公司二十五年的歷史上從來沒有的事情。

要知道這許多變動的原因，寫故事的人不得不從李曉丁寫起。

幾個月以前，你也許常在輪渡上電影院裡或飯館裡看見過她；你要認識她也可以到寰灣公司的船務部去看她，可是現在她不在香港，寫故事的人也不必告訴你寰灣公司香港分公司的地址，讓你去看那位漂亮的小姐了。寫故事的人所能做的只是講她與公司的關係。

二

李曉丁是寰灣公司船務部的一個職員，可是是一位非常漂亮嬌媚的小姐。她的衣服最時髦卻又很會打扮；手袋皮鞋同衣服永遠配得和諧又很別致；頭髮冬長夏短，與她的臉型非常相配。在辦公時間，她也不時要拿出粉盒與口紅，整修她標致的沒有一點斑痕的臉龐。她的英語既好，速寫打字都快，可是她就是不耐於做公司裡這些刻板工作。她的私人電話很多，聽聽電話，修修指甲，搽搽口紅，有時候晚到，有時候早退。這樣的職員，其所以還能夠在公司裡待下來，恐怕就是因為她的美麗。這使船務部同事都願意幫她忙，為她效勞——除了許經理。

船務部只有兩個女的，一個是李曉丁，一個是許經理。許經理總有五十歲的光景，可是精神很好，對公司非常忠誠，對下屬可是很嚴厲，常常面無笑容，巡來巡去，每天最早來最晚退。她是否結過婚，沒有人知道，但現在至少她沒一個家。她對一切非常認真，事無大小，都要親自管到，因此她特別看不慣李曉丁。李曉丁也最討厭她，把她叫做老處女。她一方面雖是看不慣李曉丁，但因為男同事都自願的替李曉丁做事，李曉丁沒有失職，她也不能說什麼。

船務部副經理姓史，他是對外的，一天到晚在外面，他與許經理配搭得很好；其他職員都不喜歡許經理；但都同副經理很好，所以副經理永遠為兩方面任調解緩衝之責。他使職員們知道許經理雖有點老處女脾氣，但是心地既好，任事尤可佩服。

李曉丁進船務部一年零八個月後，因為班船加多，船務部另添了兩個職員。一個就是劉則偉，他是專為協助李曉丁的，劉則偉的英語、打字都不如李曉丁，初進來時，得她不少指點，但是劉則偉年輕，對職業看得重，也沒有外面的閒務，所以非常努力，半年後就顯得很幹練，李曉丁就把一切事情都交給劉則偉做。劉則偉一半因為李曉丁的美麗，也就樂於效勞，沒有出什麼怨言。

劉則偉進來一年後，公司裡職員薪給有點調整，船務部裡人人都有多少的增加，獨獨李曉丁還是照舊，而劉則偉則加得較多，竟與李曉丁有同等待遇。之後，許經理又反把所有工作交給劉則偉，叫劉則偉去分給李曉丁，這一來，李曉丁無形中變了劉則偉的助手，這使李曉丁非常恨許老處女，因為這明明是許經理對她的欺凌與歧視。

以事論事，也許這正是許經理處理得公正，可是船務部同人都同情李曉丁，有的甚至說許經理因為是老處女，妒嫉李曉丁年輕漂亮，所以故意有此作弄。實則哪怕加五元十元，只要比劉則偉高，也可以使李曉丁面子過得去一點。即以劉則偉來說，他心裡雖是高興，但也有點覺得不好意思，究竟李曉丁比他早進來兩年，而且他是她帶熟的。

李曉丁的工作既由劉則偉撥過來，劉則偉對李曉丁自然也不像以前一樣的馴服。而李曉丁也不能眼看他忙，而對他撥過來的工作再加推托。不過有時候不免發發牢騷，她要說：

「這個老處女，她看你老實，什麼事情都交給我們。你為什麼一定要接受，說忙不過來好了。」常常，在快下班的時候，她把沒有完工的工作遞還給劉則偉：

「我是要早走，有事；你做好人，要討好，你一個人去做吧。」

「但是還有六分鐘，你趕完這三張再走好麼？」

李曉丁覺得有點不好意思，也只好再在打字機前坐下，趕打三、四張文件。

三

劉則偉雖是與李曉丁同事，但是在公司外，從來沒有同她有什麼交往。他們間也從來沒有談到各人的私生活，可是有一天，李曉丁忽然對他說：

「回頭有人打電話來，你接；要是找我，就告訴他我已經三天沒有來辦公好了。」

李曉丁私人電話很多，這是許經理最看不慣的事。李曉丁托劉則偉接電話，語氣之中好像就是為避免許經理的厭憎，所以，劉則偉很同情她。歇了一會，果然電話來了，是一個響亮的男人聲音，說的是英語，劉則偉就照她的話回絕了。

辦公時間原是到五時，可是許經理永遠是最晚離開的人，其他的人也總要拖到五點一刻、五點半才走，有的是討好許經理，有的真因手頭有事。劉則偉因為常常為李曉丁代勞，所以總是要過五點半才放手的。李曉丁本來只有早走幾分鐘，從來不會晚走的，可是那一天，過了鐘還不走，她同劉則偉說：

「我今天沒有事，幫你早點趕完吧。」

她就在打字機上，為劉則偉分打了幾張文件。於是說：

「你快點弄完，陪我去買點東西好麼？」

這是出劉則偉意外之事。他是一個單身漢，雖然有時候也約一些女友去看看電影，但從來沒有機會同這樣時髦的小姐出去過，心裡感到非常光榮。

那是初秋的天氣，五點二十分還是很熱，李曉丁穿著短袖的旗袍，露出豐腴的手臂，在汽車裡，劉則偉一點也不敢向李曉丁看，到銅鑼灣一家鞋鋪前，李曉丁說到了。劉則偉是男人，當然要付車錢。李曉丁一定搶著要付，劉則偉一定不肯，李曉丁也就勉強收回。但是下車的時候，她說：

「你不要同我客氣，我年紀比你大，你是我的小弟弟；而且今天是我約你出來的。」

「但是我總是男人，是不？」劉則偉付了車錢，下車時很覺得自己像一個男人。

李曉丁走進一家鞋鋪，取了一雙定做的鞋子。出來的時候，李曉丁說：

「我請你去看電影好麼？」

「我請你。」

「你請我，我就不去了；剛才車錢是你付的。」李曉丁說著就走進樂聲買了兩張戲票。

劉則偉從來沒有想到李曉丁對他有什麼特別好感，所以今天的機遇在他非常突兀，坐在戲院裡，他還是有點受寵若驚。他想，是她一直對他有感情呢？還是因為他常常為她多做些事，所以想請請他呢？就在黑暗的戲院中，他側過臉去看看她，不知怎麼，平常他一直不注意，這一瞬間，他忽然看到李曉丁的美麗與動人。李曉丁好像很出神的凝視著銀幕，他可以看到她長長的睫毛與眼珠所閃搖的光芒，她挺秀的鼻子與微凸的兩頰襯著嘴唇完整的曲線真像一朵鮮艷的花。突然李曉丁像是發現他在注視她，回過臉來，他躲避不及，感到一種不好意思，可是李曉丁嫣然笑了，露出貝珠一般的稚齒，閉一下眼睛，又回到銀幕上去。這一瞬間，劉則偉油然覺得自己是一個男子，他挺直了身子，向四周望望，在他視線所及之處，發覺所有女子都沒有一個可與他身旁的女子相比，他內心突然有一種從來未有過的驕傲，於是他從李曉丁的鬢髮順著她頸頷的曲線看到她豐腴的手臂，他想到剛才真不該讓她買戲票；他決定要主動去請她吃飯。

戲散的時候，李曉丁說：

「還不錯吧？」

「啊，」劉則偉實在沒有看到演的是些什麼，想借此發表意見也無從說起，他說：「謝謝你請我看戲，現在讓我請你吃飯好麼？」

「不客氣了，我家裡等我吃飯。」

「打一個電話回去好了。」

「我就住在這裡附近。」李曉丁低著頭說。

「那麼去關照一聲好了。」

「也好。」李曉丁說：「你陪我去，看看我的房子也好。」

四

李曉丁果然住在附近，是一個一廳兩房的公寓。家裡像並沒有別人，只有一個女佣。小小的客廳布置得非常整潔幽靜。

李曉丁招待劉則偉坐下，開了電風扇，從冰箱裡倒了一杯橘子水給他，她說：

「你隨便看看雜誌，我去換換衣服。」

沙發前是一個小桌，小桌下有幾本電影畫報一類的雜誌，劉則偉望著李曉丁進去後，就隨便拿一本畫刊翻閱。

可是他翻了一本，又換一本，李曉丁一直沒有出來；劉則偉有點焦煩，喝了一口橘子水，抽上一支煙，又拿一本畫刊翻閱；如是足足抽了四支紙煙，把小桌下那些畫刊翻閱完了，李曉丁還沒有出來。又隔了一刻鐘，才聽到李曉丁的聲音，她好像在同女佣說話。於是，他看見李曉丁出來了。她穿一件紅藍組合的大花絲質的和服，赤腳，拖一雙紅色的拖鞋，兩手屈著在頭上像在束髮。和服大袖縮在肩部，露出她整個豐腴如肥藕一般的兩臂，他隱隱約約的可以看到她腋下的茸毛。她一面束髮，一面走過來，臉上堆著笑容說：

「對不起，我洗了一個澡，我們不要出去吧；家裡還有點菜，就在這裡吃點便飯好了。」

當李曉丁走近的時候，劉則偉突然聞到一種奇異的香味。這時候李曉丁已經束好頭髮，她垂下兩袖，在劉則偉面前掠過。

「你累了麼？」劉則偉問。

「不，」她說：「洗了澡，不想出去了。」

「你真的喜歡我在你這裡吃飯麼？」

「自己同事，」她回過頭來說：「我不會客氣，你看我衣服，多隨便。」

這時候，李曉丁走到風扇前，迎著風扇背著劉則偉說：

「秋天了，天氣還這麼熱！」

李曉丁的寬大絲質的和服迎著風，像船帆一樣滿脹起來，那股奇異的香味直撲劉則偉的鼻孔。李曉丁一面說：

「你也是一個人在香港麼？」

「你是一個人？」劉則偉也正想知道在這公寓裡是否還有別人。

「我的母親弟弟妹妹都在上海。」她說。

「我也是，這裡只有我一個人。」

「你也沒有父親？」

「三年前死的。」他說。

「你沒有姊姊，也沒有哥哥？」

「我只有一個哥哥，在美國聽說娶了一個美國太太，已經五年不來信了。」

「你同我一樣可憐。」李曉丁忽然回過頭來。電風扇的風在她側身時吹開了她的衣襟，李曉丁很快的用手按住，於是迎著劉則偉走過來，她說：「想想，一個人在香港，你就把我當你姊姊吧。」

劉則偉沒有說什麼。

李曉丁在他的側首單人沙發上坐下來，忽然說：

「你是不是還要寄錢給母親？」

「有時寄一點，她同我弟弟住在一起，弟弟是個工程師，聽說還過得去。」

「你比我還好些，」李曉丁忽然說：「我的弟弟妹妹都小，要上學；母親身體不好，所以都靠我寄去。」

「那麼，……那麼，」劉則偉望望四周的布置，說：「那你怎麼……怎麼夠呢？」

「唉！還不是東湊西湊，做點生意，全靠朋友。」李曉丁很感慨地說：「我們在外面，還不是什麼都靠朋友。」說到這裡，她視線下垂，像是感觸很多。突然，好像有蟲在咬她的小腿似的，她彎下身子去抓癢。這時她的和服的前襟下垂，劉則偉突然看到了她微露的胸部的曲線，李曉丁很害羞似的直起身子，靠到沙發上，可是和服的下襟忽然滑下，露出她的柔圓的膝蓋。這時候，李曉丁覺得很難為情，她霍然站起來說：

「怎麼還不開飯？」

順手，她開亮了電燈。

五

飯菜是三菜一湯，李曉丁拿出一瓶葡萄酒；劉則偉喝了三杯，李曉丁喝了兩杯。飯上來了，可是李曉丁對一碗飯還覺得太多，分了一半給劉則偉。另外半碗飯也吃得很慢，等到劉則偉吃完第二碗，她還沒吃完。

「你怎麼？」劉則偉很同情似的問：「不舒服麼？」

「唉！一個人只好糊裡糊塗過日子。想起來，真是……」李曉丁說著放下筷子。

她半晌沒有說話。劉則偉一時不知說什麼好，他愣了一回，放下筷子，一面站起來說：

「只好想開一點，我們哪裡去玩玩好麼？跳跳舞？」

李曉丁沒有作聲，於是她眼角上像有眼淚流下來，她站起來，背過身子向裡面走去。這時候恰巧佣人送出手巾，她接過手巾，按一下眼睛，揩揩手。於是轉過身子，露出笑容說：

「對不起，我一時有點感觸……這裡坐。阿和，燒兩杯咖啡來。」

她一面說著，一面拉上黃色棕花的窗簾，又開亮沙發旁的腳燈。說：

「這盞燈不錯吧？看書很好。」這樣說著，她又走到門口，把房中的頂燈關了。

這時候，劉則偉已經坐在沙發上了，李曉丁說：

「你剛才怎麼說？你想跳舞麼？」

「我是說，假如你……」

「我懶得出去。」她一時變得非常愉快說：「你舞跳得很好麼？」

「談不到好。」

「你要跳舞，我們在這裡跳好了。」

李曉丁說著走到放唱機的地方，她開了唱機，放上唱片，又說：

「我的唱片很多，你喜歡什麼？」

這時候音樂已經響起來。

「很好的探戈，是不？我們試試看。」

李曉丁說著，把身子挨近劉則偉，劉則偉有點怯場，第一是他沒有同穿這樣衣服的女人跳過舞，第二是他的探戈跳得不好。但這時李曉丁的手已經搭在他的肩上，他也無法退縮。他的視線望到唱機，鼻子吸著李曉丁身上的香氣，就同她跳起舞來。這時候，阿和送來咖啡。李曉丁說：

「謝謝你，放在桌子上好啦。沒有事了，你弄好去睡吧。」

當劉則偉把手圍到李曉丁腰際時，他並沒有什麼感覺；這時候他的緊張稍退，他從李曉丁身上感到一種香氣與溫度相混的凝滑，它分不出這是綢質的和服還是肉體，他感到一種窒息。於是他的呼吸忽然迫促起來，覺得有點口乾；就在舞步迴旋的一瞬間，他像是脫離了他可記憶的世界。不知不覺的像夢囈一般的戰戰兢兢的說：

「我愛你。」

李曉丁好像只聽見音樂，沒有理他。

「我……我愛你……」

這一次李曉丁可聽見了，她忽然停止了跳舞，推開劉則偉，跑到沙發上，屈著身子啜泣起來。劉則偉愣了好一會，才過去安慰她。這時候，那支探戈的音樂已經完了，第二支是〈森林裡的羊群〉，是一曲古老的華爾茲。

六

第二天，劉則偉到公司是九點十分，這是他三年來第一次晚到。

不知怎麼，劉則偉現在再不願意李曉丁分擔他手上的工作了，他覺得他是一個男子，他很自然的擔承了兩個人應做的工作，而他心裡還感到一種愉快與榮耀。

下午五點鐘時候，李曉丁忽然偷偷地同劉則偉說：

「我回去了，等你，你馬上就來啊。」

劉則偉聽了，似乎工作得特別有效率，他於六點不到就辦完了一切，買了一束鮮花，趕到李曉丁寓所；李曉丁已經洗了澡，換了那件寬大的和服，一身異香的等著他。她接過鮮花，聞了聞說：

「謝謝你，」一面用視線指著小桌上，又說：「這是我給你的禮物。」

劉則偉看到沙發前小桌上一只花紙包的匣子，他就坐在沙發上打開來。原來是一身藍條紋的睡衣，他非常感激的抬起頭來。

「你先去洗澡吧。」李曉丁說。

……

自從那一天以後，每天很自然的總是李曉丁先走，劉則偉趕完工作到李曉丁那裡，就發現李曉丁換上了不同的睡衣等他。他們倆都沒有談到過去，也沒有談到將來。劉則偉覺得他已經換了一個人，他不知道時間是可以在這樣幸福中消磨的。

但是，這樣生活只有六天。六天中，李曉丁有不少的電話，在劉則偉聽來，好像李曉丁都在拒絕電話的約會，每當劉則偉聽到身邊李曉丁在電話中說：「再約吧，這兩天我有點不舒服……沒有什麼，只是不想，不想出去。……啊，啊！再說好不好？」他就感到一種勝利的快慰，感到一種奇怪的男性的自大。

可是第六天，五點鐘不到，李曉丁到小間去了好一回，出來時打扮得十分整齊，理理皮包她向劉則偉說：

「我先走了。」

「好，好，我趕完這點事情就來。」劉則偉說時也許不注意，可是李曉丁向周圍望望，劉則偉馬上意識到自己道句話說得太響，但他發覺別人都在忙著辦公，並沒有注意他。他對李曉丁霎霎眼睛，伸伸舌頭，接著笑了一下。可是李曉丁沒有理他，夾著皮包，響著高跟鞋就出去了。

那天劉則偉於六點鐘離開公司，他買了一束花一盒朱古力，趕到李曉丁的公寓裡。

李曉丁不在，阿和說，小姐來過電話，說她不回來吃飯；要是你高興在家裡吃飯，我燒給你。

劉則偉對於李曉丁沒有回來等他，並沒有生氣；他怪李曉丁的是李曉丁於離開公司時沒有關照他一聲。他心裡有一種奇怪的不安與焦燥。他洗了一個澡，換上睡衣，看了一會畫刊，他期待可以有李曉丁一個電話，可是沒有。於是阿和開飯了。

坐在飯桌上，劉則偉什麼也吃不下，他不斷看錶，不斷的注意電話，不斷望著門，他拿著筷子，夾夾這個菜，夾夾那個菜，都覺得不是味道。最後，他在飯碗裡舀了些湯，吃了半碗，他就叫阿和收去，這時候是八點五十分。

劉則偉一時不知作什麼好，他冷靜地想想，明知道李曉丁一時不會回來，可是他還是時時刻刻在希望她會突然出現。他在房中踱來踱去，不知怎麼安排自己，最後他想到去看電影，他計算看電影回來，應當正是李曉丁回家的時候；這個念頭對於他很有幫助，他很快穿好衣服，關照一聲阿和，獨自出來。

走到街上，劉則偉忽然不想去看電影，他想找一個朋友混去幾小時，可是一時哪裡去找那樣一個朋友；他自己是住在青年會裡的，他知道回去決不是個辦法，他在馬路上蹓了好一會，最後還是走進樂聲買了一張票子，獨自進去。附近的電影院有好幾家，他並沒有考慮到哪家在演什麼，他只是受著幾天前李曉丁請他看戲的影響，他走進了樂聲。

上一次同李曉丁在一起，他看不進去，他不知道銀幕上演些什麼；這一次是他一個人，他也不知道在演些什麼。他幾次三番都想半途離場，可是知道並無去處，還是坐著，視線離開銀幕，四周望望，他突然感到好像整個電影院只有他一個人是孤獨的。於是，他在不遠的前面，忽然看到一個非常像李曉丁的女人，她身旁是一個胖胖的男人。他細細凝視，越看越像，一直到認為決無懷疑時，他很想馬上跑上去招呼她。但仔細一想，覺得不好，不如在散場時候，像偶然碰到般的去同她招呼，這樣一想，他真是希望電影快完，可是電影一直不完，他的心境更加紊亂起來。他又想到，與其讓她看見他，不如偷偷地看她，究竟這個女人是不是李曉丁？這個男人是誰，什麼樣子？他同她的關係又怎麼樣？他們間態度怎麼樣？他看清楚了，等李曉丁回家後，看她對他會不會撒謊？他這樣一想，就覺得這個辦法最好。於是等電影快完場時，他先一步的走了出去，他在出口的過廊上伺候觀眾一個一個出來。

於是，劉則偉看見李曉丁了，果然是李曉丁。後面一個胖胖的男子，大概有五十來歲，豬肝色的皮膚，方方的臉，短短的頸子，微曲的頸部。他們間並沒有什親暱的態度，李曉丁好像回頭在對他談些什麼。劉則偉很想站出去同李曉丁招呼，但又細細看一會，跟在他們後面，看他們究竟到哪裡去。

可是，這一瞬間，李曉丁已經看見了劉則偉，她很大方的同他打招呼。這使劉則偉一時無從躲開。

「你也看這個戲嗎？」她問。

「唔，唔……」他說。

「啊，我同你介紹，這位是南洋來的洪先生，這位是我的同事劉先生。」她一面介紹，一面朝前走。後面的觀眾湧出來，使她並不能留步。那位洪先生同劉則偉握握手，於是李曉丁很自然挽著洪先生往前走，一面回過頭來對劉則偉說：

「再見，再見，明天見。」

這樣一來，劉則偉竟不知怎樣好，在這樣場合上，受窘的應當是李曉丁，可是現在李曉丁大大方方走了，劉則偉倒不自然起來；他伺候在那裡的目的原是在等李曉丁，如今李曉丁這樣一招呼，他就不得不裝作還在等朋友從裡面出來一樣，站在那裡。

他於最後一個觀眾出來時，才離開戲院，這時候自然早已沒有洪先生與李曉丁的影子了。

七

劉則偉以為洪先生應當已經送李曉丁回去了，但是並不。他急急地回到李曉丁的公寓，房內還是空空的。現在他再無法安排自己，於是他想到剛才的那個場合。他先是責怪李曉丁，最後反而責怪自己。他想到李曉丁第一天就告訴他，她在外面靠朋友一同做點生意，從南洋來的洪先生一定是生意上的朋友，他竟錯怪她別的，這不是自己的多慮麼？要是李曉丁不同他好，她可以說今天有事，不必讓他在公寓裡等她的。這樣一想，他心裡有很大的自慰。他想到明天的工作，就換了衣服，先去睡覺了。

但是倒在床上，劉則偉並不能永遠自慰。他馬上想到，如果只是生意上的來往，那麼李曉丁於吃了晚飯看了電影後總該回家了。為什麼到現在還不回來呢？這一個想法，使他重新又去注意時間。

時間已經是快兩點了。

劉則偉從責怪自己到責怪李曉丁；從責怪李曉丁到責怪自己。這裡面各種曲折的理由似乎都講得通，像迷宮一樣使他的頭腦永遠找不出一條出路。他很想忘去一切入睡，但是卻不可能。

最後，外面的門響了，劉則偉還沒有來得及迎出去，李曉丁已經很大方自然的進來，她說：

「你還沒有睡覺？怎麼，明天又不是星期日。」
「你自己呢？」劉則偉說。
「我沒有辦法。」她笑著說，一面坐下來換上拖鞋。
「那位洪先生是誰呀？」劉則偉想說的話，似乎都無法說起，他就先問那麼一句。
「你問他幹麼？」李曉丁一面換衣裳一面說：「你先睡吧，我去沖沖涼。」
劉則偉想再說什麼的時候，李曉丁已經到浴室去了。
劉則偉沒有先睡，他吸起一支煙，等李曉丁。
三點十分的時候，李曉丁同她的香氣一同出來。
「你還不睡？」她說。
「我等你。」
「謝謝你。」她說：「但是你明天要辦公。啊，明天星期六是不？」
「曉丁，你知道我今天等你很苦。」
「為什麼？」李曉丁微笑著，打了一個呵欠。一面走進寢室。
「你知道我愛你。」劉則偉也跟了進去。
「我難道不愛你？」李曉丁回過身子用手拍拍他的臉。
「那麼我們結婚好不好？」劉則偉說。
「啊，你太好了，你太好了。」李曉丁捧著他的臉，她輕輕吻了他一下。
「那麼你答應了？」
「我們明天再談。現在已經不早，明天我們還要辦公。」李曉丁說著已經倒在床上。

劉則偉這時已經只會怪責自己，他上了鬧鐘，關了燈。他已經聽到李曉丁的輕微的鼾聲。好像並沒有多少時候，鬧鐘就已經把劉則偉吵醒。他看到李曉丁已經醒來。她說：

「你關照阿和，打一個電話給你，給我請半天假吧。」

「好，好，你睡吧。」劉則偉說著為李曉丁蓋上一點毯子，吻了她一下，就走了出來。

星期六下午不辦公，劉則偉下班趕來時，李曉丁剛剛起床。劉則偉很高興她沒有出去，於是他親熱地吻著她說：

「你起來啦，怎麼不多睡一回？」

「我已經睡得不少。」她笑著說：「你自己倒是睡得太少，吃完飯後睡一覺吧。」

「那麼你答應了？」

「答應什麼？」

「我們結婚……」

「為什麼要結婚呢？」

「我愛你，你難道不愛我麼？」

「我愛你，自然；但是我並沒有資格愛你。你知道麼？」李曉丁很莊嚴地說：「我的年紀比你大。你的事業也沒有建立。等你有了事業，我已經老了，是不是？要是在國內，我的想法也許不會這樣。香港這幾年，我懂了不少。你同我結婚，你會很苦，我也會很苦。我們都是孤身的難民，彼此安慰照顧，那不是很好麼？」

「但是你難道不結婚了麼？」

「我天天想結婚，但是沒有合適的人。」

「你不是說愛我麼？」

「愛你是一件事，結婚也是一件事。」李曉丁說：「天下能夠同相愛的人結婚，那是電影裡小說裡的事情。你還是太天真了。」

「你是說你要嫁一個不愛你的人。」

「我自然要嫁一個愛我的人。」她說：「自然，如果我嫁了給他，我也一定要極力去愛他。」

「那麼……」

「這個你還不懂。」李曉丁微喟一聲，忽然說：「我們說這些幹麼？總之，你愛我，現在就儘量同我在一起。你要使我快樂，我要使你快樂。哪一天你不愛我了，你很坦白地告訴我，同我走開，我還是你的姊姊，你甚至可以把你的情人介紹給我，我也會是她的朋友。要是我同你走開了，我也坦白地告訴你，你也不要恨我。」

「可是我不會愛別人，我愛你，一輩子只愛你，如果沒有你，我一定活不下去的。」

「我很感激你這樣說。」李曉丁說：「我相信你現在說這話並不是撒謊；可是將來你想起來一定也會覺得可笑的。要是說愛情的話，我的愛你倒會是永久的，因為我是你第一個女人，我有你第一次的最純真的愛情，而這是我從未有過的，無論我將來怎麼樣，我會永遠想到它。」

劉則偉好久沒有作聲，於是李曉丁又說了：

「如果你贊成的，那麼就是這樣，不要提起結婚，不要問我私事，彼此尊敬彼此的自由。我可以給你一把鑰匙，你可以隨便進出，但是不要管我什麼時候回來，為什麼出去。因為這徒然增加你的煩惱，也妨礙我的生活。如果你不能遵守我的條件，那麼你現在起就不必再來看我，我們還是同以前一樣，是很好的同事。」

劉則偉一時再沒有話說。

「你考慮考慮再決定好了。」李曉丁說：「現在我們吃飯吧，吃了飯，你睡覺。我要出去，有事。」

是這樣的談話以後，劉則偉還是每天到李曉丁的公寓來，這就表明了他已經完全接受了李曉丁的條件。一星期後，他退了自己的居處，搬來與李曉丁同居。但除了他們以外，沒有第三個人知道這件事情。

月底到了。阿和陸續把房租、電燈、煤氣、電話、麗的呼聲以及士多的賬單都交給劉則偉，劉則偉很高興把這些一一付清，他很驕傲的感到自己已經是一個有家的男人了。

八

幾陣雨之後，天氣已經涼了起來。

十一月初，公司接到總公司的通知，說總公司的總經理要來香港。於是，整個分公司的人員都忙了起來，大家在辦公的時間也常談這件事情。

關於總經理的種種與其來香港的原因也逐漸傳流。第一是總經理今年五十九歲，在寰灣公司服務已經三十年。第二是公司十分之六的股票都在他的手裡。第三是他有一年的假期，借此要周遊世界，因為剛剛喪偶，心境不好，所以旅行的計畫提早了幾個月。第四，不用說，他要借此看看各地的業務。

公司計畫如何接船，找人獻花，訂旅館，訂遊程，宴客；但有三點無從打聽，只好等他到後再定，第一是不知道他在香港可以待多久？第二是不知道他的下一個目的地是哪裡？第三是不知他的嗜好是什麼？在八部門經理的會議之中，對於總經理遊程節目的安排，彼此意見頗有出入。有的說，總經理來此，固然要注意公司業務，但他是一個企業家，一定對於香港各種事業會有興趣，也許要接觸各方面的人士；有的說，他是來休假的，目的也許要遊山玩水，不喜歡多接觸人；有的說，他也許要看看社會情況，中國的風俗人情，應該讓他有參觀難民營、孤兒院以及工廠一類的地方；有的說，……總之，一連開了幾次會，都難決定日程；最後大家議決，除了公司宴請的場面以外，別的以後再排。

公司的八部門，是平行的組織，都是直接受總公司的命令，有什麼事只要向總公司請示，從來不需要開聯席會議。這一次因為是招待總經理，所以有這樣一個盛舉。對於招待總經理，彼此原則一致；但如何招待，則意見不免分歧。八位經理如投票表決，則很可能是兩派對立，無法通過。但他們還沒有碰見這樣情形。譬如接船，總公司已有電報說是總經理是坐船不是搭飛機。八位經理同時去接，是一致通過的。請吃飯，八位經理加主客九個人，剛剛一桌，至於誰坐在總經理旁邊，那當然第一個是許經理，因為她是女性；其餘的還彼此客氣，因為有的還怕坐在總經理旁邊，他如問長問短，反不容易應付。所以就以年齡為序，把什麼都解決了。對公司全體職員，決定舉行一個雞尾酒會，讓大家見一見總經理，也一致的很快就決定了。

所以開會是非常順利。只是談到誰到船上去獻花的問題，各人有點私見。因為八個經理，六個都有女兒，大家都想自己的女兒可以出場。張經理就說：

「獻花當然要有一個女孩子，我倒有一個女兒，今年十二歲，已經學了五年芭蕾舞，也許還合適。」

何經理也站起來，他想到的自然是自己的女兒小鳳，他說：

「獻花的女孩子，與芭蕾舞沒有關係，我以為英語倒要講得流利，也至少要說幾句。」

「英語當然要會說，但一藝之長也要緊，萬一總經理問幾句，或者第二次見面有什麼場合，也可有點表演。我有一個小女，鋼琴有根基，英語也不錯，現在十七歲，也許更合適些。」一個叫做勃朗的英籍經理站起來又說了一大套。

幾個人的意見固然都有理由，但究竟這幾位小姐長相如何，都沒有見過。所以也沒有舉行表決。最後還是許經理，認為這種場合，不如外面請一個電影明星，年紀在十歲以下，她的提議果然大家都贊成了。

這樣的會議，開了好多次，這倒使原來不甚接觸的經理們多有彼此認識的機會，於是在第八次會議散會時候，張經理與何經理走在一起。張經理忽然說：

「我們討論了這麼久，似乎漏了一件頂重要的事情。」

「是什麼？」何經理說：「你為什麼不提出來？」

「我們好朋友，隨便談談，」張經理囁嚅著說：「會議中很難講。」

「是什麼呀？」

「你想，他剛剛喪偶，……」張經理說：「比方他要一個女伴，我們一時哪裡去找了？」

「呵……呵……呵……呵……」何經理忽然笑了起來，笑了好一會才說：「這個我們怎麼能幫忙。」

這樣一談以後，兩個人就走開了；何經理所以把這問題支吾過去，實際上他早已把這問題熟思已久。他的太太一直希望他可以調到南美洲的分公司去，可是他老沒有機會與辦法，這一次總經理來，他太太叫他不要錯過這個機會。所以他已詳細與太太策劃，要在總經理在港幾天之中，由太太去招待他老人家一番，趁機會請總經理把何經理調到南美洲去。

何經理的太太是卅六歲，廣東人，但在上海長大，中西女校畢業，在美國與何經理戀愛結婚。十幾年來何經理在北平上海以至香港，跑來跑去，都有辦法，說起來雖是何經理的能幹，但能幹並不夠，因為在勝利後紊亂的中國局面之下，風浪變化很多，就在這風浪變化之中，轉彎駛舵，都是他太太的工夫；往往是每逢在這些關鍵之中，他太太出馬，總是成功，所以何經理認為他這次去南美洲的活動也已經是沒有問題。這些天來，何太太已經在購衣買料；她第一次預備在雞尾酒會出現，要在幾次舉杯中使總經理在香港的時期中少不了她。在何太太，一方面是丈夫的前途，第二方面也正是一種有趣的玩意，已經是三十六歲的何太太，仍舊保持著一身美麗的曲線，這不是容易的；她辛辛苦的節食，服藥，美容，作健身運動……都煞費苦心，養兵十年，用於一旦；她長久沒有機會顯她的身手，現在為丈夫前途，她自然又不免技癢起來。

九

日子過得很快，寰灣公司總經理白登先生終於到了香港。

他是一個壯碩高大，通紅面孔，灰黃頭髮，上唇蓄養一字鬚的紳士。眼睛灼灼有光，只是眼袋有點下垂，皺成兩團肉球。他和自我介紹的八個經理一一握手。握手時全神注視對方，隨口輕輕的說幾句客套話以後，就沒有再說一句話。

獻花，照相……諸如此類的儀程完了以後，八個經理就簇擁著總經理走出來，上了汽車。

勃朗經理陪總經理坐在一車；勃朗好像說了幾句天氣風浪一類的閒話，可是總經理視線一直看在車外，只是用點頭搖頭來回答勃朗；勃朗以為總經理對街景有興趣，於是為他解釋這是什麼那是什麼，可是總經理也沒有理他。

旅館定在美麗華，是一個三間的套間。總經理一進房間，周圍環顧一下，吸上一支雪茄；他走到會客室盡端，回過身子，一手插在衣袋裡。這時候正是面對著已經進來的八個經理。有人就開始問他在香港打算住幾天，是否有特別想考察與遊覽的項目。

總經理一直沒有笑容，這時候忽然咳嗽一聲，堆下笑容說：

「你們以為香港可以待幾天呢？我的目的只是遊覽。」

這一句話竟使大家不知怎麼回答。

「我想先待幾天再決定。」總經理忽然說：「謝謝諸位。」

他伸出粗健有力的手，同八個經理一個個握手。這時候，何經理就說：

「總經理請先休息休息，晚上八點鐘，我們來接你吃飯。」

「好的，好的。」

這時候張經理遞上一張打好字的信箋，他說：

「這是汽車號碼，同司機名字，總經理隨時吩咐侍者就是。」

「好的，好的，謝謝。」總經理一面接過字條一面說。

於是八個經理一個個都退了出來。

晚上是盛大的宴會。八個經理都帶著數字與意見，但是總經理沒有談到任何的業務。好幾次許經理想表示自己的才幹，可是總經理並不表示興趣，許經理也不再接下去。總經理只是輕描淡寫的問一點關於中國的菜肴與風俗，八個經理都爭先的回答。所以他的每一句話，幾乎都有八個答案，他只是笑笑都接受了。三個鐘點的宴會，總經理發言不到五十句。席散後，大家送他下樓，他又同大家握手，約明天雞尾酒會再見。就獨自上車走了。

雞尾酒會是第二天五點半到七點。這是全體分公司的職員會見總經理的場合。五時半的時間也正是為職員們於下班後參加之便利。雞尾酒會在半島酒店舉行，五點二十分人都已到齊，只是李曉丁還沒有來，劉則偉一直看錶，很替李曉丁著急。他知道李曉丁回家去換衣服，但如果比總經理晚到，這就太受人注意，於許經理的面子也過不去，將來一定會更受許經理的歧視的。劉則偉一面看錶，一面計算往銅鑼灣與過海的時間，一面又不斷望望窗外。於是他看到窗外尖沙咀大鐘已經五點半了。

這時候，他聽見外面的人說：

「總經理來了。」

劉則偉跟著大家望出去；總經理與站在門口的八個經理與太太們握手，於是八個經理輪流的為自己屬下的職員介紹。這一瞬間，全場突然鴉雀無聲，劉則偉一時倒忘了李曉丁。可是李曉丁突然在門口出現了。她穿一件灰底紅條呢質的短旗袍，穿一雙黑色的高跟鞋，露著兩條健美的腿。一件黑色絨線衫搭在肩上，手上拿著一只黑呢的手袋，她的頭髮蓬蓬鬆鬆，好像一點沒有打扮，旁若無人似的，昂然一直迎著劉則偉走來。從門口到劉則偉站著的地方有幾十步的路程，這一走，使全場注意總經理的視線都移向李曉丁身上。幾個經理與總經理這時正向左右站著的職員們介紹，也都回過頭來向她注視。許經理面色頓時下沉，但這只有劉則偉看得清楚，李曉丁正背著她。許經理似乎想趕上來關照李曉丁，但李曉丁走得很快，許經理也就退回到總經理的身邊。

當李曉丁走到劉則偉站著的地方，她就同劉則偉他們談起話來，可是大家都暗示她叫她不要作聲。因為，這時候，總經理已經過來，許經理已開始為自己屬下的職員介紹了。

介紹完畢後，才三三兩兩的向侍役拿酒，談起話來。

這時候，何經理的太太已經搶先走到總經理的旁邊，用流利的美語與交際的笑容在同總經理碰杯了。何太太今天穿一件銀灰絲絨的旗袍，頸間一串珍珠，耳葉上亮著金鋼鑽，手臂上是一隻有綠凍的玉鐲，手指上兩隻指環，一隻是鑽石的，一隻是白金的。她的鵝蛋形的臉龐有兩個酒窩很動人，這是她在交際時一定要常笑的原因。

她現在所談的是她到過的歐美各地，她計畫著從這樣的談話中引到她在中國的家，於是談她這裡的家，與家裡的丈夫與女兒，最後，她要說她善於燒中國菜，希望貴賓可以到她家吃一次便飯。可是正當她引到她中國的家庭時候，許經理拿著一杯酒過來。她對總經理忽然說：

「這位何太太是我們香港公司裡最漂亮的太太。」

這一句打斷了何太太的談話，她不知道怎麼樣可以把問題重新拉回來。

「也是我所知道的，我們整個公司裡最漂亮的太太。」想不到總經理忽然說出這樣有風趣的話，許經理吃了一驚；何太太心花一放，她想何妨邁進一步，於是說：

「謝謝你。其實我是最笨的太太。」她笑了一下，又說：「許經理才是事業婦女。」接著，她忽然端莊地說：「她們都很忙，先生要是要參觀什麼地方，我可以陪你去，我反正沒有事。丈夫上班，孩子上學，一個人，呵……呵……呵……。」這一笑，她仰著臉把酒窩對著總經理，露出一排整齊有致的前齒，於是舉起酒杯，說：「祝你在香港快樂。」

許經理也跟著舉杯。就在這時候，後面忽然有人撞了許經理一下，許經理手上的酒竟全杯灑到總經理的身上。許經理一回頭，一看是李曉丁，她正背著許經理同別人在談話。許經理正想表示些什麼？李曉丁已經回過頭來道歉，可是她並沒有理睬許經理不愉快的顏色，她一逕向著總經理說：

「對不起，這是我的錯，對不起。」她一面拿出白色的小手帕，裝作為總經理去揩酒漬。

「不要緊，不要緊。」總經理說著，自己拿出手帕在揩。

這時候，李曉丁舉起杯子，說：

「祝你……」

總經理同李曉丁喝酒時，看到李曉丁披在肩上的絨線衣滑了下來，他順手為她拉了一下。這時候，他已經靠近了李曉丁，他看了她一眼，李曉丁道謝了一聲，忽然說：

「我是船務部職員，李曉丁小姐。」她把小姐兩個字說得很響。

「啊，你在公司幾年了？」

「四年零幾個月。」

「很久了。」總經理說：「我希望，你很愉快。」

「啊，我很愉快，所以我不覺得已經待了四年多；許經理尤其對我好。」李曉丁說到這裡，忽然回頭對許經理一笑。

「你的英語講得很好。」總經理忽然笑著說：「你去過英國麼？」

「沒有，沒有。」李曉丁說：「我從小在上海教會學校裡讀書的。」

「你信教？」

「是的，是長老會。」

「那麼我們是同一教會。」

「啊，我也是。」何太太等了許久，沒有插嘴機會，這時候她實在不能再等，她也就算是長老會的教友了。

何太太過去也曾會見李曉丁，但從未加以注意，剛才李曉丁進門時，何太太覺得她礙眼，才問清楚她是誰，但仍未把她放在眼裡。這時候才覺得未可小看。最使她不悅的是總經理說李曉了英語好，在她看來實在太不流利。於是她想到自己的英語美國音重，大概這個老頭兒是看不起帶美國音的英語的。

就在這時候，就有別人過來了，總經理也就轉向他處。

十

雞尾酒會後的第二天，九點鐘的時候，總經理突然到了公司。這是出大家意外的事。八個經理有五個還沒有來，職員也沒有到齊。船務部的許經理總是比誰都早到，所以她倒毫不慌張，從從容容的迎接總經理。她的職員們，因她早到的習慣，所以也都早到，那天只有史副經理與李曉丁還沒有來，副經理向來跑外面的，所以許經理馬上解說他去銀行了。對於李曉丁她沒有提，可是總經理似乎特別注意，這正中許經理的心計，她就露出諷刺的笑容說：

「小姐們總難免要晚一點的。」

劉則偉聽在旁邊，覺得許經理是有惡意的。他很替李曉丁著急，但也無從彌補，他只好埋頭做事。

接著許經理帶著總經理到每個部門去參觀了。這時候史副經理同李曉丁才陸續來到，知道總經理已先來，大家也就忙著手頭的事情。

總經理與許經理去了大概有三刻鐘的工夫，回來的時候就走進許經理的房間，五分鐘以後，忽然來叫李曉丁進去。劉則偉知道許經理一定在總經理面前說些什麼，很為李曉丁擔心；別人都以為也許要辭退李曉丁了，大家不免竊竊私議起來。李曉丁雖是很從容的進去，可是心裡也有點慌張。

推門進去，她就看到總經理坐在桌前，許經理站在旁邊，桌上放著案卷。她說了早安。總經理也對她道聲早安，又回到案卷上去，李曉丁想從許經理的面孔上看出些什麼，但是許經理只望著總經理面前的案卷。忽然，總經理點點頭，「唔，唔」兩聲。於是許經理就抬起頭來望著李曉丁說：

「你們的工作，劉則偉先生一個人，也夠了。」

李曉丁知道，這樣的開頭，事情似乎很難挽回了，她就說：

「也許。」

「總經理的意思……」許經理說到這裡停了一下，於是用較快的語調說：「你知道總經理這次來香港沒有帶秘書，所以想從這裡調一個人每天到他那裡去辦公，專料理他私人函件。不知道你願意去麼？李小姐。」
這是出李曉丁意外的，但是她不讓自己表露什麼，躊躇一下，才吞吞吐吐地說：
「假如許經理認為我合適，我沒有什麼不願意的。」
「謝謝你。」總經理忽然露出笑容，站起來，他從桌子邊走出來，同李曉丁握手。他一面注視著李曉丁說：
「謝謝你，李小姐，那麼明天起，就每天九點半，啊，十點鐘到我那裡好了。」
在總經理這一注視中，李曉丁就發現總經理對她是另有懷抱了。她眼前一亮，好像自己錦繡的前程都在她面前出現了。她一面同總經理握手，一面害羞似的低下頭，低聲地說：
「是，先生；是，先生。」
李曉丁到了外面，一句話也沒有說，劉則偉很關心地問她。她說：
「回頭告訴你。」
可是，劉則偉並不需要等李曉丁告訴他。許經理於總經理走後不久，就把劉則偉叫進去，告訴他李曉丁要暫時到半島去擔任總經理秘書的事情，勉勵他一個人來擔任這份工作了。
劉則偉對於這工作並不認為吃力，但對於李曉丁去半島辦事，心裡很有點不安，既然是李曉丁自己答應的，他當然沒有什麼可說，但是他已經想到晚上要關照李曉丁當心了。
可是，到了晚上，當劉則偉想詢問李曉丁為什麼輕易地答應到半島去辦公的時候，李曉丁竟先開口了。她說：
「則偉，今天我們應當痛快地過一晚。」
「為什麼？」

「許經理不是已經告訴你，我明天要去做總經理私人秘書了。」

「啊，我正要問你，你為什麼答應他們？」

「為什麼不？」

「我看這個老頭子不懷好意，公司裡這麼些人，為什麼要調你？」

「難道找一個男人去？」李曉丁忽然笑了起來。

「你既然知道就好了，你還答應他？」

「則偉，我們相愛時我不是都同你說過：我的年紀也不輕了，遲早我總要嫁人。」

「你要嫁給他？他可以做你的祖父了。」劉則偉忽然生氣起來，又說：「他不過看你年輕，想玩玩你就是了。」

「但是，除非他娶我，我……哼……我。」

「為他有錢？」

「是的，一點不錯。」

「這樣沒有價值，你這樣一個人，就這樣被錢買走麼？」

「公司裡這許多職員，誰不是被錢買的？」

「但是那是職業。你這是什麼？」

「為什麼不能把婚姻當作職業呢？」

「你就不要愛情了？」

「他如果肯娶我，當然是愛我的。」

「那麼你呢？」

「他如果愛我，我自然也應該學著去愛他。」

「他愛你什麼，愛你年輕，愛你美貌。」劉則偉發急了，他說：「如果你老了呢？」

「我老了，哈哈，」李曉丁大聲地笑了：「那他就死了。」

「那麼你就要人用錢來買你的青春。」

「青春，對的，我的青春也不多了。你知道青春不出賣，它也是要過去的。」

「你要是真要這樣，那我只好離開你了。」劉則偉似乎故意想探探李曉丁。

「是的，則偉，這也正是我的意思。」李曉丁說：「所以我說，今天讓我們痛快地過一晚，明天，我希望你搬出去。我以前什麼都同你講過，我們以後還是朋友。」

這是劉則偉想不到的，他忽然忍不住了，他站起來，負氣地，厲聲地說：

「我不同你做朋友，你這樣沒有情義，你……」

「則偉，你冷靜一點。」李曉丁心平氣和地說：「我問你，你是不是愛我的？」

「是的。我因為愛你，所以不願你墮落。」

「墮落？笑話！」李曉丁笑了：「我比方不離開你，去同別人結婚，也許是墮落；現在別人還沒有表示愛我，我先離開你，這正是我的光明磊落。你是聰敏人，你仔細想想，我們倆這樣下去是沒有結果的。你會毀了我，我會毀了你。你剛才說到青春，我可以告訴你，只要隔十年，我就是卅七歲，已經是老太婆了，那時候你是卅四歲，才剛剛成人，你想，到那時候你還會像現在這樣愛我嗎？這些，我在你要同我結婚時都向你說過。則偉，現在快不要談這些，你愛我，應當為我前途著想，為我幸福著想；我愛你，也要為你著想。不瞞你說，現在我如果是你太太，你的收入不夠我做衣裳，等你有力量養我，我已經不是打扮的年齡了，是不？我們過了幾個月最愉快的日子，大家相愛，這就夠了，今天是我們最後一晚，我們應該儘量快樂高興，是不？」

「但是我離不開你。」劉則偉突然哭起來。

「可是你必須離開我，正如你以前離開你母親一樣，是不？」李曉丁說：「哭沒有用，你是一個男人。你以為我願意離開你麼？我也並不願意。但為你的前途為我的前途著想，我們應當忍痛走開。現在走開，我們彼此保留最美麗的印象，如果弄到將來走開，彼此會只有醜惡的印象的。好，聽我話，我們出去玩玩去。」她說的時候，劉則偉一直很獃地在聽她訴說，這時候突然站了起來，他匆匆地打開小間的門，拖出他搬來時一只手提箱，一面說：

「如果你一定要這樣，反正明天也是要我搬，那麼我現在就走好了。」

「則偉，我希望你可以冷靜些；想想我的話。我決不是想傷害你，或者……啊，你應當先了解我的意思。」

「你已經這樣決心同我走開，」劉則偉很生氣的拿他的雜物裝塞他的箱子，一面說：「那還有什麼可說的。」

「我還是希望你可以明天走，我們再很痛快的過一晚。我們即使走開，也應當是很好的朋友，是不？」

「明天走同今天走有什麼兩樣？」他說：「你給我教訓很多，我也知道你是怎麼樣的一個人；你有什麼愛情，你只是利用我罷了。」

「好，你要那麼說，就那麼說，但是真……」這時候李曉丁忽然嗚咽著說不下去，她用手帕揩揩鼻子。

「今天即使我在這裡，我也不能像平常一樣的。我已經知道你的真面目，我希望以後永遠不見你。」

劉則偉說完這幾句話時，已經把東西裝好，胡亂的蓋上箱子。他把門房鑰匙拋在沙發上，提著箱子，就往外走。

「好，好，你既然要這樣就隨便你。」李曉丁說著一面跟著他，一面又像自語地說：

「好，好，隨便你……」

劉則偉頭也不回，重重地關上門就獨自走了。

李曉丁還是自語地說：

「好，好，你要這樣……」

十一

劉則偉一時的生氣，並沒有想到他這一走就再無機會與李曉丁相見。當時也許就因為李曉丁挽留他，他以為李曉丁一定會追出來，或者會因為需要他，而把這件事情重新談過。但是李曉丁並沒有這樣做。李曉丁自從早晨從許經理的房內出來，她已經想了一天，這是她平步青雲的一個機會，她不能放過，她必須用她的全力去獲取，因而覺得越快的與劉則偉分開越好，不然，劉則偉一定是她的唯一的阻礙。

劉則偉出來後，就在附近旅館開了一個房間，他一直想打電話給李曉丁，但是為維持男人的自尊，拿起電話又放下的，少說說也有七、八次。最後他打了一個電話給一個姓韓的同事。劉則偉找他，並沒有什麼目的，那位同事是很會玩的朋友，聽說劉則偉一個人在旅館裡，就來找他。

那夜兩個人到舞場裡混到很晚。那位同事曉得劉則偉很少這樣荒唐，又見他精神異常，於是就問他受了什麼刺激。

劉則偉並不想傷害李曉丁，但一個人在這樣的時候，訴說就是發泄，發泄也就是慰藉，於是他說：

「我失戀了。」

「失戀？對方是誰呀。」

「說起來你也認識，但請你千萬不要說出去。」

「我為什麼要給你說出去？」

「就是李曉丁。」劉則偉很痛苦的說。

「李曉丁？」

要是劉則偉的對象是別人，那位同事對這個失戀的故事並不會發生什麼興趣，如今是李曉丁，不免問這個那個，劉則偉有意無意的就說了不少。最後他還是叮嚀那位同事千萬不要告訴別人。

這件事究竟對李曉丁有什麼影響，沒有人知道。但是李曉丁於第二天到半島去辦公後，李曉丁這個名字已經轟動了整個公司，她已變成了整個公司裡一個談話的資料。

總經理究竟預備在香港住多久，還沒有決定，但是李曉丁去半島辦公的時候，已發現他至少還要住一星期。秘書的工作就是速寫、打字、發信，但是許多請客單與不重要的文件，李曉丁就擬覆了，請總經理簽字就是。安排節目就是她一個重要工作。不但如此，總經理對於中國畫的蒐集稍有點經驗，也有點興趣。許多掮客現在就要開始走李曉丁的門路。也就在這時候，李曉丁看到何經理的太太有請總經理到她家吃飯的信。信很長，從上次雞尾酒會的談話說起，說到中國菜；說到她自己燒菜的藝術，又說到中國的家庭同她的女兒。她用十八世紀法國沙龍女主人的口氣，把信寫得像是預備被人出版似的。信紙的講究不必說，字跡也非常秀麗。李曉丁當時就打了一封婉謝的信，同許多信件一起，請總經理簽字。

總經理已經簽上字，但忽然又撕了，他說：

「重新寫過。」

李曉丁沒有辦法，開始速記。萬沒有想到總經理說的是：

「很愉快的可以與賢伉儷吃晚飯，但希望你允許我帶一個伴侶，飯後我想請你們賢伉儷喝一杯酒，並且見識見識香港的夜生活。」

總經理雖是這樣唸，面孔仍是十分莊嚴，他是一個不常笑的人，可是當李曉丁拿速記稿去打字的時候，李曉丁又看到他在許經理房間內調用她時的一種眼光。這個充滿老年智慧與騎士風情的眼光，忽然使李曉丁感到了一種誘惑。她露著微笑，低著頭出來打字。

當這封信打好，請總經理簽字的時候，總經理唸了一遍，拿著筆說：

「這樣寫，在中國規矩上算合於禮貌嗎？」

「啊，我想沒有什麼不合。」

「那天你有空？」

「我？」

「我說帶個伴侶，可是我沒有人可帶啊。」

「假如你喜歡我陪你去，我當然奉陪。」

總經理沒有再說什麼，他簽了字，忽然就：

「一個人到人家裡去吃飯，往往很窘，所以我想應當帶一個女伴。」

「是的，先生。」李曉丁說。

第二天何太太就有很客氣的信給總經理，表示歡迎。何太太以為總經理的女伴，一定是一位英國老太婆，可能是他以前的朋友，或者是有地位的富孀，這倒是可使何經理多有一些伸展的機會。她本來想在請客那一晚故意叫何經理晚一點回來，如今既然總經理有女伴，她不得不改變計畫，要何經理很早的就打扮得整整齊齊，專候貴賓的光臨。她自己不必說了，那天上午就出去洗頭，下午就稍稍午睡，接著布置這個那個，花瓶裡換上了花，客廳裡掛上一、二張中國畫，鋼琴上放著自己彈熟的蕭邦的幾個曲譜，她還找一本英國女作家伍爾夫的小說，攤在一百十四頁上，放在沙發的旁邊。於是她開始打扮女兒小鳳，自己再洗澡化妝；然後，她細察丈夫的服裝與領帶，於是相偕坐在客廳裡專候貴客的降臨，她還不斷的站起來用手鋪平皺了的沙發套，拉正斜了的窗簾，理齊小鳳的辮子。又一再關照女佣，專心的等門，門鈴一響就馬上去開門。

七點一刻的時候，門鈴果然響了，何太太指揮女佣開門，自己也就走到客廳的門簾邊。她萬沒有想到首先在她面前出現的竟是一個中國的年輕女人，一時她還想不起是誰。她還以為第二個該是她所想像的英國的老太婆了，但偏是總經理。李曉丁今天打扮得非常別致，米色藍紋的旗袍外，披一件藍色的外套，她把外套移下；何太太馬上發現旗袍領圈上的藍緞邊沿，同她耳葉上藍寶的耳環竟閃著同樣的色澤。她同李曉丁握手之間，驟然感到李曉丁的身分的重要。她也馬上想起了她就是在那雞尾酒會碰到的李曉丁。

何經理這時候已經在太太旁邊，他同總經理招呼後就轉向李曉丁。他用中國話問李曉丁是不是很忙，她知道李曉丁現在已暫時充總經理的秘書，但是在他想來，這不過是總經理留港時期的借用，以職位論自然還是遠在他的下面，他必須有一點上司的莊嚴。

何太太介紹了她美麗聰敏的女兒小鳳，於是大家就座，佣人拿上餐前酒，何太太把她預備的辭令與笑容一無遺漏的表現出來。何經理原以為有英國的貴婦人可交際，自然也準備給人一個活潑聰敏能幹的印象，如今女的是李曉丁，他覺得大材不必小用，所以把注意力放在總經理身上。倒是李曉丁很自然，她拉著小鳳在一個角上交談。

可是何太太已經注意到總經理在交際之中，還是不斷的在看李曉丁，而她忽然感到自己的女兒小鳳竟做了李曉丁的點綴，她有說不出的一種妒忌。

何太太滿以為這個老頭子周遊世界，理應逢場作戲，不著痕跡的風流風流，那麼自己正是最合他理想的對象。她原以為在今夜跳舞的場合中，她可以引導總經理走入自己為他鋪平的港口。沒有想到他帶著李曉丁！她知道像李曉丁這樣的女人，從她今天的打扮就可以知道，她是想終身靠在老頭子身上了。而總經理，從他望著李曉丁伴著小鳳的神情看起來，似乎也不惜喪失獨身者的資格，或者他竟是在尋求一個美麗的太太與一個可愛的小女孩的家庭的。

何太太在一轉念之中，知道在老頭子後一個意念下，她不值得也沒有資格與李曉丁競爭，倒不如順水推舟，去做一個功臣，讓老頭子與李曉丁都感激她。於是，她發現她丈夫並沒有看到李曉丁的重要。她知道今天正是一個難得的機會，離開今天，等何經理發現李曉丁的重要，恐怕想巴結連機會都沒有了。何太太於是聰敏地離開了座位，她敬總經理一支雪茄，於是讓她丈夫與總經理應酬，自己跑到李曉丁地方，她說：

「小鳳，你喜歡李小姐，我就把你送給她好麼？」
「好，好，好。」小鳳活潑地說。
「這小鬼。」何太太於是對李曉丁說：「頂喜歡漂亮的客人。所以她一見你就纏上你。」
「她很聰敏。」李曉丁說。
「李小姐，你雖是他的同事，可是我還是上次雞尾酒會才碰見。你真是好看。以後請你常常來玩，我這裡就是一個人，我也不喜歡同他的那些朋友太太們應酬，孩子也大了，一個人沒有事。」何太太說：「你住在什麼地方？」
「銅鑼灣。」
「你寫一個地址給我好麼？」何太太說：「哪天你沒有事我來看你。這裡香港，都是他的朋友，我沒有朋友，應酬也都是他的，太沒有意思。哪一天禮拜天，趁他有事，我找你，我們自己去郊外玩玩。」
「媽，我也去。」小鳳說。
「只要李小姐不討厭你。」
「李小姐不會討厭我。」
「你怎知道？」
「我們倆喜歡的電影明星都一樣。」小鳳說。
李曉丁笑了，何太太也笑了。
這時候，女佣進來說，飯已經預備好了。

十二

三天以後，總經理在美麗華舉行一個酒會，請全體香港分公司的職員與他們的太太，請帖自然都是李曉丁預備的。

在這個雞尾酒會裡，李曉丁穿得很樸素，站得遠遠的，很少說話，也很少同人交際；她一任經理與經理太太們圍著總經理去獻殷勤。可是那天的何經理與何太太並沒有對總經理去尋話談，這兩口子始終繞著李曉丁。何太太約定於後天星期日早晨帶著小鳳去看她，一同到郊外去野餐，並說明她會預備好一切，請李曉丁千萬不要客氣。

此外想同李曉丁談話的是劉則偉。他已經打了不少電話給李曉丁，但阿和接電話都說小姐沒有話同他談。他也曾去找李曉丁，但是阿和不再開門，說小姐沒有回來，或者已經睡覺了。在這個酒會裡，是劉則偉那天提著衣箱出走後第一次見到李曉丁，他一直望著她，想找機會同她談談，可是李曉丁一直避著他，甚至他的視線。恰巧何太太纏著她，她就借此機會同何太太在一起。這使劉則偉非常惆悵。

雞尾酒到七點鐘，總經理站在門口同每個人握手。最後就只剩了李曉丁，她是私人秘書，理應晚走，但她不是主人，用不著同每個人招呼；所以這時候她就趁機會躲在一邊。

這次雞尾酒會是總經理要離開香港的風訊；沒有人知道總經理這次在香港會那麼久，可是如今大家雖不知道確實的日期，都相信總經理是很快要離開香港了。儘管有人對李曉丁被借為私人秘書事，認為很可羨慕；可是大家都以為總經理一走，李曉丁就會重回到船務部去的。劉則偉與李曉丁的戀愛故事與劉則偉的失戀大家有點知道，可是劉則偉並沒有透露李曉丁對總經理的念頭，他想總經理不見得要在香港娶一個中國太太，那麼總經理一走，李曉丁回到船務部，他也許還可以與她重修舊好。在今天的雞尾酒會中，總經理並沒有特別的與李曉丁接近，也可見李曉丁也許已經放棄了妄念。

劉則偉在整個雞尾酒會中，找不到機會同李曉丁談話；所以他就拖拖捱捱想跟李曉丁一起走，他先還以為李曉丁會同何太太一起，可是何太太同她丈夫走了，別人也陸續出去，他似乎也無法再捱；他同總經理握手時，後面只有兩三個人。他出來後，敷敷衍衍的同那兩三個人道別，自己蹓一個彎就等在門口，他想李曉丁最多同總經理交談些什麼就會出來，這一次總可以約她到一個地方談談了。

劉則偉竟沒有想到李曉丁同總經理一起出來。

他這時才看到公司裡撥給總經理用的汽車，在他們出來時已經駛到門口，這倒使他避免了躲避的慌張。他在車子後面看到他們兩個人上車，恰巧後面有一輛街車正放下客人，他就跳了進去。他對司機說：

「同前面車子一起，你跟他走好了。」

劉則偉怕李曉丁發現他跟在後面，所以躲在車子裡，但是他很清楚的可以看到總經理與李曉丁，他們倆並坐在一起，並沒有劉則偉想像的親熱；總經理似乎一直望著前面，李曉丁則不斷的側過臉，同總經理談話。劉則偉馬上想到，也許是總經理要請李曉丁吃飯；也許是總經理要赴什麼宴會，叫李曉丁先陪他到那裡，順便叫車子送她同去。他希望是後者，但假如真是兩個人去吃飯，他也就想一個人到飯館，假裝無意的碰見他們，看李曉丁是怎麼一個態度。無論如何，他想知道一個究竟。

這時候，車子已經駛到佐頓道，劉則偉馬上想到那裡並沒有酒家飯館，或者他們是要過海了。果然，前面的車子慢下來，它排在一大串車子的後面。他就叫街車駛向搭客的進口，他下了車子，他知道他會比他們先到對海，在那裡他可以等他們的車子。

在海上，劉則偉在船欄邊回想剛才雞尾酒會裡與汽車裡所看到的情形，他想像到李曉丁的計畫並沒有成功。總經理是六十歲的人，什麼沒有見過，不會輕易的想娶一個陌生的中國女子，而且今天的酒會是他快離港的風訊，並沒有多少日子可以讓李曉丁再作此項打算。於是他想到也許李曉丁在進行調到別部門的計畫。李曉丁本來討厭老處女，再加上他的事情，她一定不想再在船務部。這樣，他想起了酒會中，何經理與何太太同李曉丁親密的情形，那麼大概是何經理已經有總經理的示意了。這樣一想，他又是高興，又是失望。高興的是李曉丁想嫁給老頭子的計畫沒有希望，失望的是李曉丁會離開船務部而他調。他相信李曉丁對他的情感不見得已經完全沒有，如果她還是回到船務部，他總會有機會使她回心轉意；如果離開船務部，那麼他要表示些什麼就不容易；但至少他還是有機會與希望的。他忽然後悔，他把與她戀愛的事情告訴了同事，這使公司裡的人現在都有點知道。也許李曉丁因此不會再原諒他。但想一想，倘若公司裡的人都知道他與李曉丁的關係，也許可使李曉丁想到，不如同他結婚倒可避免別人的閒話與歧視，所以也不見得一定不好。

上了岸，他在路口等著，他等候長龍的汽車一輛輛的自輪渡出來，於是他叫一輛街車，緊跟著總經理的車子直駛。車子一直往東北駛去，劉則偉猜想到總經理是先送李曉丁回家了。以後，可能是總經理在哪裡有應酬，那麼他正可在李曉丁下車後去找她談話。還有一個可能是總經理先下車，他打發車夫送李曉丁回家，那麼這也是一樣，他可以一直跟她到家。他這樣一面想著，一面注視著前面的車子，不知不覺已經快到銅鑼灣。他知道他的第一個猜想已經對了。當前面的車子停在李曉丁的公寓前時，他故意叫司機駛過去一點，停在他們車子的前面，他下了車，付了錢。於是，出他意外的是他看到了總經理已同李曉丁一同下了車，他們相偕的走進公寓。劉則偉猜想，可能是總經理禮貌周到，要送她到寓所門口才下來。他乃在附近蹓躂，買了一份晚報，一直在門口等著，但是等他看完了晚報第一版，總經理還沒有下來，他猜想他一定已經被請到裡面了。這時候，他有一種奇怪的妒嫉，也有這種說不出的好奇，他就拿著報紙走上去，他步步防著總經理會從上面下來，他決定故意用報紙擋著臉，不同他招呼，他相信像總經理這樣的英國老頭子是不會認出他的。

李曉丁住在三樓。劉則偉走到門首看不出什麼動靜，於是他走到上四樓的樓梯，向下窺伺，他計算李曉丁可能倒一杯酒給總經理，因此多坐一會。可是他足足等了半個鐘點，在這個時間中，樓梯上有兩個人走上去，他裝作等人似的等了一會。於是又有一個人從上面走下來，他恐怕為人懷疑，他也跟了下來，到李曉丁門口，他靜聽了好一會，他聽到裡面正響著音樂。

他忽然想到李曉丁穿著那件有紅藍花朵組合的和服的神情。一時他妒憤之情，一齊湧填胸頭，他狼狽地把手指按上了電鈴。

門口小洞上出現了一個眼睛，他聞到了他熟識的李曉丁身上的香氣，隔了一會，阿和打開了門，她說：

「小姐說，先生有什麼事請明天再來，今天她在家請客。」

劉則偉一時沒有話說。從門隙中，他聽到那音樂已經換上了〈森林裡的羊群〉，那支古老的華爾滋。

他痴望著阿和關上了門，那支〈森林裡的羊群〉也就離他遠了。

十三

星期日，何太太一早帶著女兒小鳳來拜訪李曉丁，何太太一身郊遊的打扮，她自己開一輛佳克跑車，帶了不少熱飲同冷食，他們在深水灣海邊野餐。何太太很快的就成了李曉丁的知己。這因為何太太知道怎麼樣交朋友。

何太太第一次告訴她，何經理公司裡帶來關於李曉丁的謠言，說李曉丁為利用一個年輕的職員替她做事，不惜假作愛情。她接著就說她當時就罵何經理一頓，說活了這麼久竟這麼糊塗，公司裡的人還不是因為妒嫉李曉丁被選任總經理私人秘書，所以信口胡說；他身為經理，不抑止這些謠言，還倒好意思來說給她聽。於是她說了許多自己的丈夫許多事情，說他大事清楚，小事糊塗；說他忠於公司，不顧家裡，小鳳病到一百另四度高熱，叫他告一天假，他都不肯，她為此幾乎同他離婚。又說她有一個親戚在南美洲開紗廠，幾次三番請何經理去任經理，他不肯去，說他同公司有情感，不忍離開；他還說公司在南美洲也有分公司，總公司將來知道他的功績，也會把他調到南美洲去的。可是這次總經理來香港，一點也沒有表示這個意思……

李曉丁在香港這麼久，還是第一次聽到一個太太把她男人的事情這樣坦白的告訴她。再沒有比一個女人講自己的丈夫容易交到女友，對於李曉丁這樣的女人似乎更容易。但是李曉丁並沒有把自己的事情告訴她，她現在的心事之中，可以請教何太太的而無關大局的是她的房子，她說：

「每個人有每個人的事情，我一個人在社會上，應說是很簡單，可是事情也非常多，實則別人對我的壞話，都由於這個房子，好像我一個人住這樣一個公寓，是一定有什麼男人的。這真是冤枉，我本來住女青年會，後來因為要母親出來，所以頂一個房子。偏偏母親忽然不打算出來，我很想把它頂掉，再搬到女青年會去住。可是總找不到有合適的人要頂。」

「真的，」何太太說：「我就想你為什麼一個人住一個公寓，開銷一定很大。如果你不嫌棄，可以搬到我家去，我讓出一間房子給你住，豈不是簡單。你每天外面做事，還要管家，一定很累，住在我那裡，我每天沒有事，什麼都可以替你管了。我們的菜也許不合你口胃，你可以告訴我。一點不要客氣，當我是你的姊姊，這樣可以省許多事。」

「這我怎麼敢當？」

「大家是上海人，在這裡都是難民，你又是我丈夫的同事，這有什麼客氣。我雖是養不出你，但也可做你姊姊，你來了，我也多一個伴侶，你不知道我在家裡有時候一個人多悶。」

「何太太，你的好意我很感激，可是不瞞你說，我也許暫時要離開香港，你知道總經理還要去日本，澳洲，南美，他要一個秘書，那天問我願不願去？」

「你答應他了？」

「還沒有。」李曉丁故意淡淡地說：「我說考慮考慮，你想我一個女孩子跟著他到舉目無親的地方去，雖然待遇好一點，究竟……」

「這倒是的，」何太太露出非常同情的口吻說：「要考慮考慮。不過，……不過借此走一趟見識見識也好，好在現在方便，什麼時候不高興幹，就什麼時候回來好了。你一回來，就可以到我家裡去住。我想你自己當心，也不必怕，用得著我的時候，隨便給我一個電報。」

「何太太，你真是太好了；那麼我如果要走，把我的房子托給你吧，你替我頂頂掉，怎麼樣？」

「那是小事情，」何太太笑著說：「你如果要錢，我可以先給你。我想你一個人到外面去，不能不多帶一點錢。」

「啊，何太太，你真……」

「我叫愛倫，你叫我名字好啦，不要何太太何太大的，我以後也叫你曉丁。」

「好，我就叫你愛倫。要是這樣，我太感謝你了。不瞞你說，我要跟總經理去，就想需要帶點錢。萬一半途裡不合適，我也可以一個人自己回來。」

「自然。一個人出門，自然你要多帶點錢，省得到處依賴人。你千萬不要客氣，自己人，要錢儘管問我拿好了，而且以後隨時可以打電報給我。我們在外面，誰都靠朋友。是不？」

沒有再比女人的談話容易使時間過去，也沒有再比投機的談話容易使女人忘去時間。也許，女人如果肯少說點話，女人就不是這樣容易老了。

何太太與李曉丁回家的時候已經下午四點鐘，何太太陪李曉丁到家，等她洗澡換衣服，再邀她一同到何家吃飯。晚上，何經理自己駕車同何太太兩個人送李曉丁回家。

第二天星期一，下午何經理就接到總經理的電話，請他訂星期四去東京的泛美的機票，是兩張。公司裡馬上大家知道李曉丁將繼續擔任總經理的私人秘書了。

星期二的晚上，八個經理又為總經理及李曉丁餞行。總經理的左首就是李曉丁，右首是許經理，李曉丁的左首則是何經理。那天的經理們也都帶著太太，所以一共兩桌。何太太坐在勃朗經理的隔壁，她今天談話的主題是以中國菜比中國女人，說中國女人也許不是偉大的情人，但是最好的太太，溫柔、美麗、聰敏、嫻靜、不自私。她列舉了四十八種的優點，認為是全世界女人所沒有的。一座都為之折服。

星期三，八個經理合贈總經理一幅烏木嵌金的香港地圖，經理太太們都有禮物送給李曉丁。許經理是女人，沒有太太，所以給李曉丁的禮物也需她自己出面，那是一本非常精致的中英文對照的聖經。李曉丁與總經理是屬於一個教會的，但李曉丁對於聖經實在很荒疏。還是到東京後，總經理在那本聖經裡翻到許經理畫著紅筆的地方，好奇地給李曉丁看。那是提摩太前書第六章：

凡在軛下作僕人的，當以自己主人配受十分的恭敬，免得上帝的名和道理，被人褻瀆。僕人有信道的主人，不可因為與他是兄弟就輕視他，更要加意的服事他，因為得服事之益處的，是信道蒙愛的，你要以此教訓人，勸勉人。

星期四，經理與經理太太們都到機場送行。

李曉丁就此就隨總經理離開香港。

於是，一星期後，香港公司裡就傳來李曉丁與總經理結婚的消息。

十四

寫這個故事的人所以要講這許多關於李曉丁的事，原因是相信這次寰灣公司香港分公司的變動是與她有很大的關係的。

李曉丁為什麼要使公司有這些變動，這個理由很難講。而事實上，李曉丁心理的變化很複雜，這複雜心理還要向總經理表白，再通過那個六十歲的英國老頭子的考慮，才有分公司的這些變動。

如果有一個精通中國世故的洋人，要說寫這個故事的人是因為他太熟識中國官場圈子，所以把寰灣公司香港分公司人事的變動同一個女孩子的故事拉在一起；那麼，寫這個故事的人不得不承認，他正有一個弟弟，同劉則偉有相仿的遭遇而做了部長。對於戀愛與婚姻的主張，像李曉丁所說的，也許正是這個時代小姐們共有的人生哲學。

而如果世界上多數小姐們抱這樣的戀愛態度與婚姻哲學，於歷史的影響會是很大的。寫故事的人不敢用更真、更現實的背景，因為怕歷史家以為他在重寫近代的歷史呢。

一九五七，五，一二、星期日。晨。

後門

一

許多城市居住區的建築，都是一列一列大小相同的房子，整整齊齊的排在一起。這種設計，大概就是地產商最經濟的一種經營方式。

上海的弄堂房子，也就是這樣的一種格局，那裡每一列就叫做「弄」，於是有多少列就是多少弄，從第一弄開始可以隨意到一百幾十弄，而每弄的門牌都是一樣，因此前一弄的任何號的後門，一定對著後一弄同號的前門。

這種房子自然也有大有小，有講究一點的，有簡陋一點的。這與弄堂的大小往往成正比例。小的只能容一輛三輪車，大的可以容三輛大卡車。

霞目村的弄堂大概只能容一輛卡車。每家前門裡面有幾尺空地的院落，除了容納幾盆草花以外，大概只能算作過路，很少有風也很少有陽光。因此這弄堂的用處很大，它要做人們進出的甬道，也要做兒童們遊戲的場地；夏天，它也就成為人們乘涼的所在。

在大都市裡生活的人，大家很忙，一天的辦公應酬都在外面，回到家裡往往很疲倦，不會再同鄰居去交際。有的太太們喜歡打牌，拉拉扯扯的還會同鄰居有點來往，我的太太既不打牌，每天要去教書，所以根本不知道前後左右住些什麼人。有的家庭有孩子，也因孩子們的交際會認識鄰居，而我們偏又沒有孩子。如果還有一點片斷的認識，那麼這都是從王媽來的。

王媽一直在妻家做工，我們結婚後，王媽就隨著妻到我們家來。所以在她眼睛裡，妻始終是一個女孩子，她常常要管教她。她待妻很好，妻也不完全當她是佣人，有時候也帶她去看看戲什麼的，但是她對這些都沒有興趣，唯一興趣就是同鄰居的佣人交際，把別家的大大小小的事情來告訴妻。妻有時候也告訴我，但是我從來沒有記清楚這些囉囉嗦嗦的事情，聽過了也就忘去了。

我們住在霞目村第八弄六號，我們的前門就對著第七弄六號的後門。我從來沒有看到，也沒有注意過這第七弄六號的主人。這因為他們進出是前門，我根本沒有機會同他們碰到，即使有偶然在總弄路上碰到的機會，我也無從知道他們就住在我們的前面。

但不知道從哪一天開始，我忽然發現我們前面那一家有一個大概六、七歲的女孩子，大大的眼睛，黑黑的皮膚，圓圓的臉，黃棕的頭髮梳著兩條辮子，長得非常漂亮有趣。她一天到晚都在後門外，不是坐在小櫈子上吃什麼，就是玩一隻白花的小貓；碰見鄰居的孩子在玩什麼，她也湊著熱鬧，但因為太小，並不能同人玩在一起；看到有人推著嬰孩的車子在弄裡閒蕩，她很有興趣走過去看看，如果沒有人去干涉她，她就會去逗逗車裡的嬰孩。好像許多過路的人也都喜歡她，不是去摸摸她頭，就是去碰碰她臉，她對她喜歡的人從不反抗，對她所不喜歡的人往往就揮著她的小手打人家兩下。自然也有許多人走過時順便給她一點糖果，她也從不拒絕，但她似乎從來不向別人去討過。

自從我注意到這個小女孩起，從未看到她的父母來管她。只有三、四次，一個胖胖的女佣從他們後門裡出來叫她，或是關照她一點什麼。

慢慢地我對那個小女孩發生了興趣，就常常在樓上窗口望她。我們結婚八年，還沒有一個孩子，妻常常怕自己不會生育；因此，為怕妻有什麼感觸，我從來沒有同她談到那個後門口的女孩。

可是有一天，大概是春末夏初的時候，我剛剛看完一本書，不想做事，在樓上的窗口看那個女孩子坐在門口，玩一個不知誰給她的破氣球。這時候，我遠遠地看到妻回來了，她手裡拿著一包水果。等她走近，我正想同她招呼的時候，她忽然同那女孩子談起話來。我看她從水果紙袋桌拿出一隻蘋果同一隻橘子給她。看樣子似乎同那個女孩子很熟。妻是並不愛同鄰居搭訕的人，怎麼同她竟很熟稔，不知道妻是什麼時候開始同她交際的。

妻回來的時候，我就說：

「我看見你給蘋果給那個小女孩，你認識她？」

「啊，」妻忽然莫名其妙的臉紅了一陣，說：「她叫阿琳，怪可憐的。」

二

這以後，我與妻常常談到阿琳。我發現妻注意她喜歡她已經很久。妻告訴我阿琳的母親已經同她父親離婚，現在住在我們前面的是她父親同後母。她還知道他們姓何，男的是一家英文報館的編輯，還在一家女學校教英文，現在的何太太就是他以前的女學生。

妻平常很少管人家閒事，但是對於阿琳的家庭竟這麼詳細，我自然非常奇怪，我說：

「你怎麼知道這許多？」

「都是王媽，王媽一天沒有事，就愛東問西問的。」

「那麼阿琳的母親呢？」

「聽說她也已經嫁了人。」

「離婚在男女都沒有什麼，於孩子實在太苦了。」我說。

「可是她母親很苦，她還來看過阿琳。」

「來看阿琳？」我說：「為什麼不帶過去？」

「帶哪裡去？」

「跟母親去住，」我說：「離婚以後，孩子總還是跟母親對。」

「聽說她母親來看她還是偷偷地，不願意讓人知道呢。」

「這又是為什麼？」

「大概她母親再嫁的時候，沒有告訴她現在的丈夫。」

「你知道得真多。」

「她怪可憐的，也很可愛。」

「你喜歡，認她做女兒好了。」我同她開玩笑，可是她可認真起來：

「真的？你不反對？」

「我只是同你開玩笑。」我說。

「那麼你不贊成？」

「我也很喜歡那個女孩子，」我說：「但是人家有母親父親，怎麼肯給我們做女兒？」

「啊，假如你喜歡，」她又莫名其妙的紅了一陣臉說：「我想法子去問問他們看。」

這是第一次我發現妻是這樣的想有一個孩子。她也許也看出我很喜歡阿琳，所以故意對我這樣開玩笑。當時談過以後，我也就不記在心裡。於是，不知怎麼，阿琳開始在我家出現了。妻回家時，總是帶著玩具食物，走到門前，順便把阿琳帶了進來。阿琳也一直跟著她，有時候妻去燒點點心，阿琳也跟她一同到廚房裡。接著，妻在不去學校的時間，就開始教阿琳讀書。這以後，我漸漸發覺我們客廳同以前不同，以前總是整整齊齊清清楚楚乾乾淨淨的地方，現在開始雜亂起來，沙發上往往放著孩子的衣服，地下散著孩子的玩具，桌上堆著孩子的畫報與書籍。到處有斷頭的鉛筆，骯髒的橡皮同撕碎的紙片。

雖然這樣，可是我還是很少同阿琳接觸，原因是我生活在三樓。我除了偶爾出門外，總是在我的書房裡。我那時正在為書局寫一本文學史，很想把它在半年中趕完，所以極少下樓，除了吃晚飯的時間，那時阿琳總已經回家了。

有一天的傍晚，我還未放下工作的時候，有人敲門，我以為是妻，就說：「進來。」於是，門扭動了起來，好像很困難似的，門並沒有開，我就過去把門打開。

原來是阿琳，她穿一件新的花布童裝，穿一雙紫色的新鞋。她看我一眼，笑了笑。這時候，我看到地下正放著一個盤子，那是一杯咖啡同一種妻自製的叫做「溜麥黃」的點心。阿琳一本正經的彎腰捧起那個盤子，一直端到裡面，放在我沙發旁邊的一個小桌上。她很勉強似的說：

「大媽叫你快點吃，怕冷了不好。」大媽自然是對我妻的稱呼。

說完了，頭也不抬，一轉身，一本正經的就往外走，綁著嫩黃絨繩的兩條棕色小辮像是剛剛梳過。

「謝謝你，阿琳，」我望著她的小辮說：「你不陪我吃一點嗎？」

「我？」她忽然回過頭來，兩只烏黑的眼睛閃動著，含羞地微笑著說：「我已經吃過了。」
「那你陪我一會好麼？」
「我？」她用小手指指自己，躊躇了一會，忽然說：「大媽說你在寫書，不要打擾你。」
「你不是叫我吃點心嗎？」我笑著說：「我不寫書。」
阿琳又躊躇了一會。我指著我沙發旁的空位說：
「來來，坐在這裡，陪我一會。」
阿琳四周望望，忽然說：
「那我先關上門。」她跑了幾步，關上了門，又匆匆回到我的地方，很端莊的坐在我的對面，還把她的新衣服拉得平平正正的，一直望著我。我看她很窘，我開始找話說：
「你第一次到我書房裡來吧？」
她回過頭去勉強地四周望望，但是人小椅背高，我相信她並沒有看到什麼，所以也並沒有說什麼。
「你喜歡這地方麼？」我喝著咖啡說。
她搖搖頭。
「為什麼……？」
「全是書。」她說。
一時我又找不出什麼話來同這個小朋友交際，我看她也是很窘。
「我沒有東西接待你，你還是去找大媽吧。」我說。
「不要緊。」出於意外的，她竟很肯定地說：「你吃吧，吃完了我好把盤子帶下去。」

這是我第一次同阿琳單獨的接觸。

三

夜裡，妻忽然要我買一架鋼琴。

「鋼琴，」我奇怪起來：「你自己要賣去的，又買它幹嘛？你也不會再去練它了。」

「我想教阿琳。」

「阿琳？」我說：「怎麼，你真要認她做女兒了。」

「怎麼，我不是同你講過麼？」

「她有自己的父母。」

「那倒不是問題，問題倒是你是不是喜歡她。」

「我？」我說：「我想問題還在你自己。你現在好像很喜歡她，哪天你自己有了孩子，你說……」

「天鶴，」妻忽然靠近我的身體說：「有一件事情我一直沒有告訴你，我……我，我是不會生育了。」

「你？你怎麼知道，年紀輕輕的。」

「醫生同我說的，我看了好幾個醫生。」

大家沉默了好一會，她忽然閉上眼睛，擠出一滴淚珠，我於是安慰她說：

「沒有孩子，也不要緊。我們也可以有很幸福的生活。」

「但是阿琳，阿琳你不是很喜歡她麼？」

「只要她父母願意，當然也很好，只是……」

「她父母願意的，」妻忽然高興地說：「我已經叫王媽偷偷地托她們佣人去問過。而且，而且那位太太自己的肚子已經大了。」

「只要他們願意，」我說：「那當然很好。」

「那麼你明天為她去買一架鋼琴。」

「明天？」我說：「一定要明天？」

「明天是阿琳的生日，我已經約了她的父母，在我們家裡吃晚飯，順便就彼此承認一下。我想就此叫阿琳搬過來。」

我沒有說什麼。我想不出有什麼不對，但總覺得有點不自然，好像這樣做很有點不正常。

「他們知道你。」

「知道我？」

「他們讀過你的書。何先生在英文報館做事，也很可以做朋友的。」她說。

「你已經會過他了？」

「沒有，沒有，」她說：「但是我會過他太太。」

「你去找她的？」

「不是，自然不是。我們在羅醫師那裡碰到的。真巧，她也是看羅醫師，在候診室裡，她先同我說話的。因為她常常看我帶阿琳，她們又知道你，所以雖是短短的時間，談得很熟。」妻說：「她已經有三個月的孕了。」

「你沒有同她談阿琳的事？」

「沒有，這是我叫王媽托她們的佣人去問的。」

「問何太太？」

「自然囉。」

「阿琳不是她養，她也許會答應，可是她先生呢？自己女兒，你想想。」

「何先生他說如果你真愛阿琳，會像自己女兒一樣看她，他也不反對，不過想先同你談談。」妻囁嚅地說：「所以，我想趁明天阿琳生日，請他們吃飯，你們兩個人可以在樓上談談。」

「啊，你看，你什麼都安排好了，不告訴我。」

「我不願意你太操心，我想這樣很好，明天談好了，雙方願意，阿琳就是我們的了。她也很喜歡你，昨天我叫她拿咖啡給你，她真是很認真。她現在喜歡我們這裡已經比喜歡自己的家要多得多了。」

四

第二天一早，妻催著我去買鋼琴，還叮嚀我要琴行在下午五點鐘前把鋼琴送到。我說，我對於鋼琴反正不內行、我有一個朋友在琴行，不如打一個電話給他，告訴他我願意出多少錢，請他選一架琴送來，豈不是簡單？可是妻一定要我自己去，好像不是這樣就不能表示不我熱心一樣。

我只得親自出門，找我那位朋友陪我選了一架，回家已是吃中飯的時候，妻正在忙著整理房間。

飯後，我休息了不一會，妻就來催我換衣服，說是何家的先生也許會先過來同我談談的。隨即她為我清理書房，跑上跑下，指揮佣人預備這個那個，在客廳裡搬動家具，留出放鋼琴的地位，於是就不斷的叫我打電話，催詢琴行怎麼還不把鋼琴送來。

妻等鋼琴送來後，把插置好的花瓶安放在鋼琴上面，巡視了一周看看什麼都沒有多大差疵時，才去洗澡打扮。好像在妻尚未打扮妥當的時候，佣人已經來叫我，說是隔屋何先生來看我了。

我走到客廳，何先生已經坐在沙發上，我們雖是鄰居，但是初會。他是一個身材稍短，粗健活潑的典型，看上去不過二十七、八歲，眼睛大大的正是阿琳的那一對。我們寒暄一番，談談彼此的職業與生活。

大概還沒有一杯茶，一支煙的工夫，妻已經打扮得像大使夫人一般的下來了。我想為他們介紹，但是他們已經招呼起來。妻馬上問何太太，何先生說她回頭就來，因為他想同我先談談，所以早點過來。這時候妻馬上叫我請何先生到書房去坐，一面叫佣人端茶。

就在我三樓的那間書房裡，何先生開始同我談到阿琳的事。

他先對我致敬仰之意，於是說到對我太太的愛護阿琳，非常感激。接著他很坦白地說：

「我事情忙，應酬多，對於阿琳很難照顧。我本來想請一個保姆，可是我太太反對。阿琳不是她生的，你知道；離婚夫妻的孩子總是一個問題，而且她自己也快有孩子了。所以聽說你們要小孩，喜歡阿琳，那真是再好沒有，希望由此我們大家也做個朋友。」

「謝謝你。我們男人對男人，什麼話都可以說。內人因為不能生育，所以想領一個小孩。普通小孩怕我不會喜歡，阿琳因為天天在後門口，我每天看見她，日久不免有點感情。內人見我喜歡，所以趁此同你們談起。我們都是現代的人，什麼都不必拘舊禮；阿琳到我們這裡來，您也可以常來看她，同朋友一樣的。至於阿琳的前途，您可以放心，我們一定當她自己的孩子一樣。妻已經在教她唸書，還打算教她鋼琴。今天是她生日，妻就叫我買一架鋼琴送她。」

「自然，我也想了許久才答應的。」何先生笑著說：「不瞞您說，我們雖不是很熟，但做鄰居已經很久。徐先生是一個學者，您太太是一個最賢慧的夫人，也不打牌，也很少交際，這弄堂裡的人都知道，大家對兩位都很敬仰，要不我也不肯把阿琳過繼給你們了。老實說，我是實實在在考慮到阿琳跟你們比跟我們會幸福，才一口答應的。」

當時彼此談得很和諧，我發現何先生雖是比我年輕，但很明情理，並且很豪爽。以後我們還談了很久，我也更知道他一些。他喜歡賭博，又是一個騎師，交際廣，應酬多，所以很少在家。我自然也知道了他的名字，他叫澤美，英文名字就叫Jimmy Ho，他希望我以後叫他澤美。

這時候，佣人上來，說客人都已來了，請我們下去。到了樓下，我真是吃了一驚，原來妻不但請了她自己的父母姊妹兄弟，還請了我的姊妹兄弟以及他們的孩子們。亭子間是一桌酒席，客廳裡又是一桌。

那時我是三十六歲，年年生日都沒有這樣熱鬧過。

五

那天以後的第三天，何家回請我們一次，讓我們碰到他們的一些親友，也宣布阿琳過繼給我們做女兒的事情。

阿琳是一個聰敏不過的孩子，她自然早知道這件事情，我想她同妻的感情已經很深，所以都很高興。前幾天我們請客，對大家宣布她以後是我們女兒時，有人同她開玩笑，她只是有點害羞，並不怎麼；可是那天當她父親宣布她將做我們的孩子時，她忽然哭了起來。這使我們兩家都很窘。

當時何太太就說：

「你哭什麼？那麼好福氣。有那麼一個媽媽，將來你是獨養女兒了，還不好？」

何太太不過二十一、二歲，小巧玲瓏，有一個非常甜美的嘴與笑容，可是說這句話的時候，我竟發覺她臉上的笑容非常蠢俗。

妻當時馬上去抱阿琳，問她是不是不肯到我們家去，她搖搖頭。何澤美這時也過來，拉著她小手，說她到我們那邊去，隨時還可以過來玩，還問她家裡有什麼喜歡的東西，都可以帶到我們家去。

阿琳睜著閃著淚珠的大眼，望了她爸爸很久，最後她呆呆地說：

「阿花。」

這引起大家都笑了。

阿花是她們家的貓，那隻常在後門陪她的花貓。

我當時可並不覺得好笑，我不但發覺阿琳很愛她爸爸，也發覺澤美也實在有點捨不得阿琳。宴罷回家，我對這件事實在有點後悔。我想到中國舊式抱領孩子，都是抱領剛出生不久的嬰提，就是可以使孩子不知道自己親生的父母。現在阿琳已經七歲，自然永遠會有自己父親的印象的。

我當時就責問妻，究竟有沒有事先問過阿琳。妻說問過她不知有多少次。妻以為阿琳今天的哭泣並不是因為她還留戀她的家，而是何澤美對這許多客人宣布，像是不要她似的，是一種對她自尊心的打擊。她還說，那天在我家的宴會上，當她宣布有阿琳這樣一個女兒時，大家表示愉快歡迎，在阿琳心理上則是一種光榮。所以有完全不同的效果。

妻的解釋我並不十分滿意，但是我沒有說什麼。而我的心裡，似乎因阿琳今晚的一哭，倒更覺得阿琳的可愛。

事實上，當兩家都已經請客宣布，我們都好像無法反悔這件事情。阿琳於第二天就同阿花到我們的家了。

阿花是一隻好貓，阿琳是一個可愛的孩子。我們的家馬上有了不少的生氣。寢室裡有阿琳的笑聲，客廳裡有阿琳的琴聲，下午，我的書房裡也有阿琳的小足跡，每天到時候，我總是等她拿茶給我。偶爾一、二次因為妻帶阿琳去什麼地方，王媽拿茶給我，我就會感到有點失望。

阿琳不但使我們夫妻生活有點不同，也使王媽的生活有許多點綴。許多小差使，如送茶、拿報紙，王媽都叫阿琳做，阿琳也都能勝任愉快。當我看到王媽把阿琳小小紅綠的衣衫褲曬在竹竿上的時候，我心裡也有一種奇怪的感覺。我對王媽說：

「這竹竿就像一株樹，曬上小孩子的衣服，就像樹木開花一樣，有春天的味道。」

「可不是麼？」王媽說：「這個家，有了阿琳，像是樹上有了鳥。熱鬧得多了。」

不但我們家裡的人有這個感覺，客人們親友們也都有這個感覺。姊姊竟說：

「你們家本來像是沒有菩薩的廟，有了阿琳，好像有了神靈。」

而奇怪的是何澤美，他對於阿琳本來很少注意，現在則忽然常常想到。一星期也有一、二次過來看看阿琳，來時也常帶來點食物與玩具給她。

這些還都是想像中的事。但不知是因為妻愛到處稱讚阿琳，還是大家好奇，遠近的親友都知道妻有了一個聰敏美麗可愛的孩子，大家帶著禮物來道喜參觀。客人一群進一群出，阿琳變成了大家稱讚與喜歡的對象。一時我寂寞的家裡竟非常熱鬧。妻的生活自然也豐富充實起來。

一個家庭的需要孩子正像風景裡需要人物一樣。我與妻雖是由戀愛結婚，但是結婚後生活由平淡而枯燥。我不會說話，同妻在一起更是沒有話說。有許多夫妻往往因沒有話說，用吵架來代替說話，妻也許曾經想試辦，可是我不會吵架，妻一囉嗦，我就只會躲到書房裡，不再出來。這想是使妻非常失望。妻大概就因為這份寂寞，才去教書。教書以後，妻完全像是個獨身的教員一樣，好像獨立，實際是孤獨；好像沉默莊嚴，實際上是寂寞枯燥。阿琳一來，妻像是湖水遇風，話與笑容一齊多了起來，她不但顯得健康，也顯得年輕漂亮。

至於我，說起來自己也不解，我突然有了初戀時的心情，我時時想見阿琳，想看見阿琳與妻間的情形與談笑，我還時時想討阿琳一點喜歡，希望她同我接近一點。每天下午，妻總是預備了點心叫阿琳拿來給我，我不免想找些圖畫一類書籍給她看，使阿琳在陪我的時間不致無聊。我還有興趣預先讀一篇笑話或故事，等阿琳陪我時講給她聽。

阿花是阿琳的伴侶，它總是跟著阿琳一同上來。當阿琳坐在我的膝上聽我講故事的時候，阿花就躺在我旁邊，可是阿琳拿起碗碟下樓，阿花也就跟著下去，從來不肯多呆一會的。

晚飯的桌上，本來我總是帶著一本書的，現在阿琳看見書，就把它拿走。我與妻似乎也多了一些話可以談，先是關於阿琳的讀書練琴，再是阿琳的升學問題；有時也就談到星期日應該帶阿琳到哪裡去走走的問題。

妻喜歡看電影，我很少陪她；沒有我陪，她也慢慢的懶去，如今有了阿琳，她就帶阿琳同去。有時候阿琳要我一齊去，說我不去她也不想去，這就使我也有機會同她們在一起了。

我以前曾玩著照像，後來竟一點沒有興趣；現在妻忽然把我收藏的照相機拿了出來，說星期日到郊外去走走，替阿琳照點相，我也就很高興答應了。

總之，我們的生活因阿琳有許多改變。正當我發現妻比以前年輕美麗的時候，王媽也說我比以前活潑年輕了。

六

有一天，好像我們正吃完中飯，我與阿琳在客廳要看我們洗來的照相，妻在清理琴譜，王媽在後面進來說：

「阿琳的媽媽來看阿琳。」

「何太太嗎？」我問：「請她進來麼，她在後門？」

「阿琳的親媽媽。」王媽很慌張似的說。

「請她進來，請她進來。」妻放下照相，站起來說。

我自然也想到上次談起過的何澤美的前妻，一時房中的空氣有點異樣，阿琳抬著頭，張著她大圓的眼睛望著我。

這時候，王媽帶著一個高高瘦削的女人，她打扮得很不落俗，但並不講究。我估計她要比何澤美要高。

「是何太太？」妻迎上去說。

「我是阿琳的母親。」她說著一眼就看到阿琳，於是，伸著兩臂彎著身子，露出像很悲戚的笑容向阿琳走來。阿琳愣了一會，突然，「媽」的一聲哭出來，像風一樣地投到她母親的懷裡。這位來客一面把阿琳抱起來，一面臉上垂下眼淚，她的臉貼在阿琳的小臉上。她的淚與阿琳的淚粘在一起。

「請坐，請坐。」我一面開風扇，一面說。突然我注意到妻對這個女人不歡迎的顏色，為緩和妻的緊張，我對妻說：「叫王媽倒杯茶來。」

那個女人抱著阿琳坐在沙發上，旁若無人的問長問短。這時候，我突然聽到阿琳說：

「他們待我很好。很好……」

不知怎麼，阿琳的「他們」兩個字使我覺得非常刺耳。當時我就插進去說：

「阿琳真是一個好孩子，我們都喜歡她，你可以放心。」

「說哪裡話，我怎麼會不放心。你們肯把她認作女兒，是她的福氣。」

「何太太怎麼知道……」妻說了一半，好像發覺問得多餘，眼睛望望我，又不說下去了。

「我去找阿琳，是他們佣人同我說的。」她用手帕揩揩眼淚，露出一種很可同情的笑容：

「我……我真是不好意思，不過我只有這一個女兒。」

「何太太，……」

「你叫我史小姐好了，我同何澤美早就離婚了，現在我同譚濤也離婚了。」

「你又離婚了？」

「是的。」她說：「這是我的不好，我始終沒有告訴他我有了一個女兒。我一直想念阿琳，但只能偷偷地來看她，我太苦了。所以我就告訴他，想把阿琳接去，他對我不諒解，我們就無法再相處了，因此我提議離婚。我想離了婚，我自己找事做，把阿琳接去，獨自過活？」

「把阿琳接去？」妻吃驚了。

「她是我的女兒。」史小姐沒有望我的妻，只是望著我，很大方的說：「我也不想再嫁人了，我已經有一個職業，我有能力可以教養阿琳。我只有阿琳這一個女兒。」

「但是，」我說：「史小姐，你知道，阿琳到這裡已經幾個月了。這是她父親同意，也是她自己願意的。她已經是我們的孩子，我們不但想到她現在時幸福，還想到她的前途，我們愛她，決不下於你，你如果真是愛你的女兒，為什麼這幾個月來都沒有來看她？」

說到後來，我的聲音不知不覺地稍稍提高。阿琳這時已經從她母親懷裡下來，站在她的面前。妻要看見我已經說出她想說的話，她來牽阿琳去，想把阿琳帶到後面，但是阿琳好像不願走開，她望望她的母親。可是，史小姐很大方，她拍拍阿琳的臉說：

「好，你跟徐太太上去玩一會再來。乖乖的。」

這「徐太太」三個字對我很刺耳，對妻自然更是一種侮辱。但是妻當時竟沒有抗議，我很快的為她更正說：

「阿琳叫我們爸爸媽媽，完全沒有把我們當作是別人。」

「啊，對不起，」史小姐笑了一笑，很大方的說：「這是你們待她好。」

這時妻已帶阿琳出去，在門口，阿琳還回過頭來望望我，又望望她母親。

妻與阿琳出去後，客廳裡只剩了史小姐同我。我有更多的鎮靜去觀察史小姐。因為她的大方，使我對我剛才提高嗓子的態度很覺得不安。

史小姐這時候堆下笑容，很從容的打開皮包，拿出一包紙煙，先遞給我。我一時很慚愧，沒有盡我主人的禮貌，但也不能拒絕她的好意，我一面拿了她一支煙，一面找火，為她點煙。她吸上紙煙，於是說：

「先生，你不覺得一個孩子跟自己的母親比跟別人好一點麼？」

「這……這也許，」我說：「但是也要看情形。」

我一面說著，一面注意史小姐的儀容，不知怎麼，我竟慢慢地發覺她的秀麗，看上去她大概小過二十七、八歲，她沒有什麼化妝，明朗的臉龐有修長斜文的眉稜，挺狹的鼻樑同薄薄的嘴唇。她聽了我的話，看著手上的紙煙，側著臉到煙灰缸上彈去了煙灰。

那是陰曆五月的天氣，史小姐穿的是一件短袖的灰底紅花的旗袍。我注意到她稍嫌瘦削的手臂，她的皮膚淨潔得像張白紙，只是略顯乾燥，她的細長的手指，沒有一點污疵，也沒有一絲煙黃。她彈了煙灰，嘴角露出很動人的笑容，於是躊躇了一回說：

「也許，先生，你也許以為我不會是一個很好的母親，離了兩次婚。一個孩子跟著這樣的一個母親，不見得會好，尤其是一個女孩子。」她說著一直沒有看我，只是望著手上的紙煙。

「我不是這個意思。」我截斷她的話說：「我以為你還年輕，你也很漂亮，你應當忘記過去的不幸，重新找合適的對象。帶著這樣的一個孩子，於你前途也許會是一種妨礙。」

「謝謝你。」她又苦笑了一下說：「但是我不會再嫁人了。男人都是自私自利的；我有一個孩子，我愛她，也要她愛我，我們也許可以過得很好的。」

「史小姐，你說男人都是自私自利的，但是你現在的話何常不自私自利。你要你的孩子來作你的伴侶，你沒有想到她。你給她的是一個母親，但是一個家，她還需要一個父親。是不？」我一面看著她，看她不說什麼。我又說：「我覺得你現在的想法，完全是因為你剛剛受了離婚的刺激，等過些時候你也許會改變了。而且阿琳也不是永遠可以是你的人，她長大了要去學校，要戀愛，要結婚，那時候還要離開你，你又會有什麼樣的感覺？男人也許多半是自私的，但也有好的。你還年輕，將來一定會找到真正愛你的人，你可以有幸福的家庭，你應當忘去阿琳，忘去你的過去，是不？老實告訴你，妻是不會生育的人，我們有了阿琳，一定會愛她像自己的孩子一樣，你可以放心。」

我這一番話似乎把史小姐的心有點說動，她沉吟了一回，於是抬起頭來，我看到她眼睛有點潤溼，她望著我說：

「謝謝你，先生，你的話很有道理。可是我現在只有一個人，我需要阿琳，她是我唯一的親人。你知道。」

「我很了解你的心境。」我說：「但是如果你願意，你可以常常來看看阿琳。」

「謝謝你。」

「阿琳可以是你的朋友，我們也可以是你的朋友，你可以常常來玩，我希望你可以慢慢的改變想法，重新遇到真正的愛情，那時候，你就了解我說的話是不錯的。」

「謝謝你，先生，我想你慢慢的會了解我並非是什麼浪漫的女性。現在的社會，男人離婚不算什麼，女人離婚，總以為是不安於家室的人。」

「我決沒有這個意思，史小姐。離婚是不幸的事情，但也正是可以使你有真正幸福的婚姻。」

「謝謝你，那麼我走了，我希望可以同你太太說一聲再會，也讓我再看看阿琳。」

七

這以後，史小姐就成了我家的常客，慢慢的也真的成了我們的朋友。隨著天氣熱起來，史小姐也活潑起來，話也多了，人也豐腴了許多。她是一個很聰明會適應環境的人，她要阿琳叫妻為「媽媽」，叫她自己為「大媽」，這似乎使妻很高興。她每次來總是帶些東西，但並不一定是給阿琳的。所以我們家裡，人人都很喜歡她。除了星期日外，因為史小姐白天要做事，來我家總是夜裡，有一、二次竟同前弄的何先生碰見。史小姐倒大方，可是何先生似乎有點不安；以後大概史小姐把過去與何澤美離婚以前的事告訴了妻，所以妻就很看不起何先生，對他很冷淡，以後，他也就很少來了。

史小姐在一家賣收音機、唱機的公司裡做事，住在一個朋友家裡。那位朋友是陸太太。陸先生是一家銀行的襄理，史小姐也曾帶妻到她住處去過，但是從沒有帶阿琳到她那裡去玩。

在史小姐同我們做了朋友以後，我們好像也就把她當初想要回阿琳的事情忘記了。事實上，史小姐現在又活潑又漂亮，她也一定忘去了不幸婚姻的痛苦，而希望可以重新結婚了。據妻說，追求史小姐的人很多，不過她經過兩次教訓，這次自然要特別小心了。

妻並不是一個愛管閒事的人，可是對朋友托她的事情往往很熱心。大概就因為史小姐拜托過她，所以對來看我的獨身的朋友，常常想到同史小姐介紹。

妻有一種奇怪的成見，以為夫妻間男人總應該比女人高一點；她以為史小姐比何先生要高，這也是他們離婚的主因。在與我來往的朋友中，多數都已經結了婚，有兩個沒有結婚的，偏偏個子都矮，妻認為都不配做史小姐的朋友。

就在那時期，有一位叫應作圖的朋友從英國回來。他在英國住了十八年，娶了一位英國太太，回國前離了婚。他的家在北平，可是一到上海竟待了好幾個月。他第一次來看我，妻就想把史小姐介紹給他。

應作圖已經有四十二歲，個子高高的，身體很好，只是頭髮白了許多，看上去總有四十五、六。他逗留在上海不走，就是想娶個太太。聽說妻要為他介紹女友，非常高興。於是我們訂一個日子，邀應作圖和史小姐在家裡吃飯。

記得那天白天非常炎熱，但傍晚下了雷雨，驟然涼爽。史小姐先來，她因為不知道有外客，所以穿得很隨便。應作圖打扮得非常整齊，完全牛津作風。他們見面之後，史小姐倒沒有什麼，可是應作圖就一見鍾情了。

飯後，妻為留客，發起打一會兒橋牌。十點鐘的時候，史小姐要回去，我就請應作圖送她。第二天一早，史小姐打電話給妻，說是昨天晚上，那位應先生一定要請她去跳舞，她又回家換衣服，到華美跳舞到一點半。接著她就向妻打聽應作圖的身世。

這以後，足足有兩個多星期不見史小姐，我們都很關懷她。奇怪的是阿琳，不斷的向王媽打聽她的「大媽」。有一個星期日，我看她整天在盼待中，起初我還以為她有什麼不舒服，後來聽王媽說她在牽掛大媽。我恐怕妻不高興，沒有說什麼，下午我叫妻帶她外面去走走，她也不願去，後來我偷偷地打電話給史小姐，想叫她來，可是她不在家。

那天晚上，妻在床上久久沒有入睡。我知道她也發現阿琳在想史小姐而有所感觸，但是我不知道應該用什麼話去安慰她，所以只好裝睡，沒有去理她。

於是，一件不平常的事情就發生了。

那是三天以後的一個傍晚，應作圖忽然打電話來，說是史小姐患盲腸炎，他已經把她送到虹橋療養院，希望我們去看看她。妻當時就洗澡，換衣服。就在那時候，天忽然打起雷來，接著是傾盆大雨。妻望著天，想等雨下得小一點再去。這時候，阿琳忽然眼淚汪汪的說要同妻一同去看大媽。妻覺得天色已晚，又是大雨，不要她去。可是她竟號淘大哭起來。妻有點生氣，我先勸阿琳，說媽媽去了就會回來，大媽的病很快就會好的，她去了也不會有什麼幫助。可是阿琳還是嗚咽不休，最後我就說反正一輛的士，早去早回，帶阿琳同去也無所謂。當時妻也就叫王媽為阿琳洗澡，換衣。

她們於七點鐘出門，妻於九點鐘回來；一見我就倒在沙發上嗚咽起來。

「怎麼？史小姐怎麼樣？她……」我真是吃了一驚。

妻還是在啜泣。

「怎麼樣？應作圖呢？」

妻還是不理我自顧自在啜泣。

「哭有什麼用？人已經……」我說：「到底是什麼一回事？」

「唉！」妻忽然揩揩眼淚嘆了一口氣。

「是盲腸炎麼？」

妻似乎沒有聽我說什麼，她站起來，把手帕往桌上一拋，說：

「養一隻狗比養孩子好。」

「怎麼？」我這時候才發現阿琳沒有回來，我問：「阿琳呢？」

「哼，她是一個孝女，一定要在那面陪她母親。」

「史小姐沒有什麼？」

「很好，動了手術，很好。可是阿琳一定不肯回來。」妻氣憤地說：「你的朋友應作圖就說，她要陪在那面，就讓她留在那面待一晚好了，不要勉強她。」

我當時半響說不出話，因為實在不知說什麼好。妻又說：

「他讓阿琳睡在旁邊的床上，就自己陪我回來了。」

八

史小姐既是阿琳的生母，阿琳的愛她原是人類的天性，阿琳只是因為聰敏，所以特別敏感。妻說：「養一隻狗比養孩子好。」這是多麼不講理的話。我在第二天早晨把這層意思向妻解釋。我告訴她我已經仔細把這事情想過，我們要領孩子還是領一個剛出生的。阿琳既然屬於她的母親，我們應當成全他們。看來應作圖就會同史小姐結婚，那麼我們正可以把阿琳交給她們。

妻聽了我的話，半天沒有作聲。我說：

「愛情是不能勉強的，尤其是母女的愛；我們完成她們，倒可以永遠是他們的朋友。」妻眼眶裡噙著淚，點點頭。

那天下午，我伴著妻去訪史小姐，還帶去阿琳要換的衣服同她的玩具。應作圖已先在，他似乎已經很快樂的做了阿琳的朋友，阿琳昨夜好像因為他，才沒有被妻帶走，所以對他很親近。我們一去，還以為又要把她帶回家，所以起初不十分歡迎。後來我把衣服和玩具給她，叫她乖乖的陪陪母親，她才高興起來。

史小姐在療養院待了五天就出院了。二十八天以後，她就與應作圖在國際飯店結婚，婚後就住在國際飯店。阿琳仍舊回到我們家裡。四天後，他們往北平去，自然也帶走了阿琳。

在車站上，妻哭了，我也忍不住流淚，阿琳這時候才抱著妻哭了起來。

阿琳隨著她母親走後，雖是常有可愛的信來，但無法安慰我們，我們的家又重新枯寂起來。我一再提議我們另外去領一個孩子，但當時妻覺得世上再找不到像阿琳這樣可愛的小孩子了。

對著我們前門的還是何家的後門，但後門外再沒有大眼睛、黑皮膚，黃棕頭髮的女孩子坐在那裡了。妻每天從外面來，往往在那後門外盤桓許久。我在樓上看到這情形實在很難過。所以秋涼的時候，我就主張搬家。

那次我們搬到巨籟脫路的天籟村。弄堂比較寬大，但我們的前門也是對著人家的後門。

好像四、五天以後的一個黃昏，我買了一些東西，在郵政箱拿了些郵件回來，裡面正有一封北平的來信。下車以後，我一面拆信一面走回家去，走到門首的時候，我忽然看見前面一家的後門外也坐著一個六、七歲的女孩子，也是大大的眼睛，梳著兩條辮子，不過她有一顆胖胖的圓臉和白皙的皮膚。

我吃了一驚。一抬頭，看見妻在樓上窗口正在注視著這個女孩。

我匆匆進門，跑到樓上，我說：

「你在看什麼？啊，人家的孩子！」我說著把東西放在桌上，從郵件中檢出一封北平的來信，我說：

「阿琳又有信來了！」

一九五七，七，一五，午夜。

離婚

一

我平常很少同人證婚，但當朱宛心同葉叔寅來請我為他們證婚的時候，我沒有拒絕他們，這因為葉叔寅是我的學生，朱宛心則是我一個朋友的學生。

那正是抗戰時期，在重慶。葉叔寅是大學裡成績很好的一個學生。畢業後，他急於找事，曾經來托我寫幾封信。當時政府正舉辦留學考試，好幾個同學預備應考，我覺得叔寅去考一定可以考取，所以問他怎麼不去進行。但是他不想出國，他說：

「我因為要結婚。」

「你已經有了對象？她是哪裡的？」

「她在復旦大學讀書。」

「已經畢業了？」

「還有兩年。」

「那不是很好，你出國兩年，她正好畢業。」

「可是，可是，……你想局面這樣不穩定，要是分開兩年……」

「那麼，你們結了婚，她就不讀書了？」

「暫時只好這樣。」

「你這也不對，是不是可以說是自私，不讓她大學畢業。」我說。葉叔寅羞澀地微微一笑說：

「也許可以這樣說，但是，你知道她的家都在江南，這裡沒有一個親人，早點成家對於她也許是好的。」

「她是復旦那一系讀書？」

「外文系。」他說。

「她叫什麼名字？」

「朱宛心。」

「自然，這種事情只有你們自己考慮是對的。」我說。

當時，我就答應他為他寫幾封介紹職業的信，他就去了。

許多人或者都希望自已的子弟多重視一點事業與前途，而對於兒女之情的事情看得淡一點，我則並不是這樣想。葉叔寅正在熱戀之中，他想早點與他的情人結合，正是他的可愛之處，如果因為我的鼓勵或勸告，而獨自出國，可能一生再得不到這樣美麗的愛情。所以，當時許多人都為他的前途可惜，我倒並不覺得怎樣。

幾星期後，我有機會到北培復旦大學去。我有一個朋友史復元，正是外文系的教授，那天在他的家裡我偶然問到朱宛心。

「怎麼，你認識她？」

「我不認識，她是我的學生的情人？」

「真的。」

「怎麼？」

「怪不得這裡許多人追求她，她都不理。」

「她很漂亮？」

「長得很秀氣。」他說：「你想看她，我可以叫校役去請她來，她是我很熟的一個學生。」

「很好。」

史復元當時就差了一個校役拿了一個字條去請她。我說：

「她功課好嗎？」

「她英文根基很好，她以前好像是上海美國學校讀書的。」史復元說：「可是對於文學理解不見得強。現在許多學生，似乎進西洋文學系是專門為學語文而來的。」

「所以你們西洋文學系有許多漂亮小姐。」

我們這樣閒談了約有十幾分鐘，外面有人說話的聲音，史復元就說：

「她來了。」

我細聽時，是一個很甜美的聲音在同史太太談話。

「你剛下課麼？」

「剛下課，你看我還沒有放下書。」這聲音充滿了嬌甜與天真，我好像從這聲音裡看到了她臉上應該有的笑容。

「你就在這裡吃飯好了。」

「不，不。」這聲音很羞澀。
「你下午第一堂有課麼？」
「第三堂才有課。」
「那就在這裡吃飯好了，客氣什麼？」
「不客氣，史太太。」
「他們在裡面，你進去好了。」
「還有客人麼？」
「徐先生，中大教授，他特為要見見你。」史太太的聲音。
「要見我？」聲音很俏皮，她像是伸了一下舌頭。
於是敲了兩下門，一個苗條的人影就進來了，她穿一件藍灰色的旗袍，藏青的毛線衣，兩只手放在口袋裡，她笑著說：
「史先生你找我？」
「這位是徐先生，從中大來，想見見你。」史復元說：「請坐請坐。」
朱宛心臉上浮起含羞的笑容，右手從毛線衣袋伸出來，握著一塊花手帕，於是又伸出左手，揩了揩，坐在我的斜對面。
我當時注意她的臉，她的臉近乎扁平，鼻子很小巧；眉眼長很得開，薄薄的嘴唇，笑的時候有兩顆淺淺的笑窩，一排短齊的前齒。她大概正從太陽下面走來，細緻的皮膚上透露著一種自然的紅暈，更顯得少女的嬌媚。
「葉叔寅是我的學生，所以想見見你。」我說。

她沒有作聲，看我一眼，笑了笑。

關於葉叔寅，我只提了這一句，以後大家就談了些別的。

朱宛心大概只坐了二十分鐘，就告辭了。史太太留她吃飯，她怎麼也不肯。

這是我第一次同朱宛心見面。

二

叔寅終於在一家銀行的經濟研究處裡找到了工作，他住在職員宿舍裡。抗戰時期，一般待遇都不高，叔寅尤其非常刻苦，他已經預備在冬季結婚，所以他必須積蓄一點錢。那時恰巧有一家書店要出些經濟學的書，我就介紹叔寅翻譯一本凱因氏的著作。他很高興接受這額外的工作。

留學考試揭曉，叔寅同班有兩個同學考取了。一個高常英，一個孫及熙。在同學們為他們餞行那天，也請了我。許多人都為叔寅可惜，大家都覺得如果叔寅去應考一定是不會落選的。但是叔寅並不在意，他覺得他現在工作不忙，自己也很可以讀書，不必要到國外去，有人問他結婚的時期，他說大概在冬季寒假的時候，那兩位考取時同學，就表示不能吃他的喜酒為憾。

那次宴會後，我很少碰見叔寅。一直到聖誕節前後，他來看我，說他已經把書譯好，也領到了稿費，並且說這筆錢對於他結婚很有幫忙，他已經定了結婚日期，要請我做證婚人，我也就答應了他。

當時在重慶結婚，最大的困難就是房子，叔寅也順便同我商量。

那時我的妻在城裡一家報館裡做事，我們就在朋友家分租了三間房子。那個朋友是四川人，他有一所老式的狀元第的大房子，我住的是他們的後院，另外有一個小小院落。他們的正房也分租出幾間，但仍有許多堆著雜物的空房。當時我就為叔寅同我的房東商量，總算由他們勻出了兩間。叔寅為粉刷裝修這兩間房子也花了一些錢。

當我為叔寅證婚的那天，照例要講幾句話，我當時就把叔寅為這份愛情努力的地方表揚了一下，鼓勵他們永遠相敬相愛。

那天婚禮很簡單，新娘也沒有穿什麼華貴的衣服，但是從她簡樸的打扮中，我發現她是一個懂得怎麼樣打扮與怎麼樣穿衣服的人。當時幾乎每一個人都誇讚新娘的美麗，大家都覺得這也無怪乎叔寅肯為她作各種努力與犧牲了。

他們結婚後，因為成了鄰居，所以特別接近起來。我平時住在學校裡，周末才回家。妻與我們一個十五歲的孩子，也很孤單，有了他們一對新婚夫婦作鄰居，就熱鬧了許多。

我的女兒在中學讀書，英文程度很差；後來妻就請宛心為他補習點英文。我不在家，妻有許多事麻煩叔寅，叔寅也都肯誠心幫忙，這使我與妻都很感激他。就因為這些種種關係，妻同他們很快的變成了密切的朋友；因此每星期當我回家的時候，我們狀元第的空氣就很不同。

幾個月以後，妻的報館需要外勤記者。宛心的英文不錯，妻就介紹宛心去試試，宛心居然很勝任愉快。這使宛心與叔寅的經濟情形比較寬裕，但是他們仍是很節約，因為他們怕很快就會有孩子了。

在宛心充任外勤記者的時期，她自然認識許多人，其中也有不少喜歡她的人在追求她。可是她並不同人來往，她還把許多別人寫給她的信給妻與叔寅看。她在報館裡工作大概有九個月，以後因為有孕了，外勤記者的工作對於孕婦很不便；我們大家都勸她辭職，她也就接受了。

在那段生活中，叔寅真是標準的丈夫，宛心也真是標準的妻子，兩個人除了工作時間外，從來沒有分離過。

第二年，宛心生了一個女孩，我為她取名叫做希慶；他們的家庭生活也很豐富美滿，我們也為他們快樂。自然許多朋友都很羨慕他們。

那時候，那位兩年前考取留學的孫及熙從美國回來，孫及熙就進叔寅同一個機關裡工作，待遇與職位都比叔寅要高。這大概很使叔寅不舒服，他很想辭職，但因為生活關係，他只好忍受著。這時候他開始後悔他沒有聽我們的勸告，去留學兩年。現在已經有了家室，再不會有這種機會。家室曾經給叔寅很大的安慰，如今家室竟使叔寅感到了是一個羈絆。當時我就指責他不應該有這些想法，我說：

「一個人的幸福很難講，你如果當時出國了，你也許就不會有這樣美麗賢慧的太太，自然更不會有這樣可愛的孩子。」

「這話也許是對的，但是倘若我沒有這個家，我就不必在那裡受氣了。」

「受氣，你受什麼氣？」

「孫及熙，你知道他在學校裡成績並不如我，也不比我聰敏，也不此我用功，可是他現在在我的上面。財政部也請教他，經濟部也請教他，像一個專家。他出國兩年，得了一個學位，就這樣不同。我在這裡兩年，也不見沒有用功，就這樣被人……」

「這是社會，」我說：「但是一個人如果要計較這些，哪一件事情不可以使你氣憤，你以為那些高高在上的人們都是比你有學問有能力嗎？」

「話雖這麼說，但是我只是剛剛親身經歷到，所以我想離開那裡。」

「但是你到別處也是一樣，許多不學無術的人，遠不如孫及熙的人，會在你的上面。現在至少孫及熙很重視你，沒有什麼使你不舒服。」

叔寅當時沒有再說什麼，可是我知道他的心裡很不快樂。從宛心那裡知道，叔寅常常有許多牢騷。許多他的研究與方案，通過孫及熙拿出去，都變成孫及熙的榮譽與功績，他覺得為國家做事很灰心。也在家裡脾氣也開始不好，時時覺得他的太太與女兒是他的羈絆。

宛心與叔寅也偶爾有些勃谿，宛心也開始在妻那裡談到叔寅的怪癖，妻總是在勸勉宛心。雖是如此，但是他們夫妻的愛情並沒有變化。叔寅有時發了脾氣，也會很快的對宛心認錯求原諒。年輕夫妻小小的爭執，原是常有的事，我們總覺得環境改變了，他們就會好的。

三

抗戰勝利，我的家先離開重慶，回到北平；我知道叔寅他們於一個月後去上海的。他們到了上海，宛心曾經給我太太寫過一封信，以後因為時局很亂，幣值不穩定，所以大家也沒有心緒寫信，因此就不知他們的情形了。

我們在北平住了不到一年，第二年暑期回到上海。那時候，叔寅和宛心已經搬了家，我們沒有找到他們。可是有一天妻在百貨公司裡偶爾碰到宛心，才知道他們的新址。宛心就與妻訂了一個日子，約我們到他們家去吃飯。

他們那時候住在亞爾培路一家公寓裡，我們一去，真是大出意外，原來叔寅已經同在重慶時完全不同了。

一個女佣開門，宛心就跟著迎出來，她一面說叔寅還沒有回家，一面請我們進去。她穿一件鵝黃的旗袍，還是同以前一樣年輕。

這公寓有一個很大的客廳，客廳裡布置得非常講究時髦，家具都是簇新的：金黃面子的沙發，紅木的圓几，靠右首是一架鋼架，窗簾是黃色的綿緞，牆上還掛著八大山人的畫幅。這環境雖是華麗光亮，但我竟覺得有些暴發戶氣的庸俗。宛心招呼我們坐後，女佣送茶上來，從這講究茶具上也可以看出叔寅一定發了點財。

「啊，叔寅怎麼樣？」我說：「看樣子他好像發了點財。」

「他回到上海後就一直做生意，現在真是完全變了。」宛心說。

「我真高興看見你們很幸福。」我說。

「你知道有錢不見得就是幸福。」宛心說。

「我想至少他心境好一點，不會老是發牢騷了。」妻說著又問到希慶。

「佣人帶她去買冰淇淋，大概就快回來了。」

「她一定長得不認識了。」我說。

「她已經在學琴了。」宛心說。

「你後來沒有養過？」妻問。

「我去年又養了一個男孩子，剛在睡覺。」

「我去看看他。」妻說著就站起來，同宛心一同進去。

我於是就站起來，踱到隔著紅木銀紗的圍屏後的飯廳裡去，那飯廳也很大，放著一個大冰箱，一個酒櫃，一個長方的桌子，八把椅子外，還有很多的空隙。

就當我在觀望的時候，門鈴聲響起來，我猜想是叔寅回來了，就回到客廳。

於是，我聽到叔寅的腳步聲。

「啊，徐先生！」他一面開門進來，一面說：「你幾時來上海的？怎麼不早點通知我們，我們可以來接你。」

「你們搬家我們都不知道。」

「真的，宛心也糊塗，沒有寫信告訴你們。」叔寅一面說著一面邀我坐下，於是說：「你喝點酒？」

「也好，稍微一點點。」

叔寅就到飯廳去倒酒。我發現叔寅的確與以前不同了，這不同似乎不光是外型，外型上只是消瘦一點，而是一種說不出的浮在面上的一種神情。

叔寅倒了兩杯酒回來，一面說：

「你住在那裡？」

「虹口一個親戚家裡。」

「搬到這裡來住，好不好？」

「我那面也很好。」我說：「我下半年也許會到南京去教書。」

叔寅一面給我酒，一面坐下，喝了一口酒，把杯子放在几上。於是從衣袋裡拿出一隻銀質的煙盒，敬我一支煙，自己也含上一支，又從右袋裡拿出打火機，為我點火。我吸了一口煙說：

「你也吸煙了。」

「是的，我還喝酒，我現在什麼壞事都做。」

「吸點煙，喝點酒，也不能說是壞事。」我說。
「是的，也許是的，但是……啊，你看我變了沒有？」
「好像消瘦一點，」我說：「你現在物質環境還不錯，怎麼反而瘦了？我看你應該多保重一點身體。」
叔寅苦笑了一下，沒有說什麼。
這時候，宛心同妻開門進來，宛心抱著小男孩，妻帶著大的女孩，我知道這是希慶，我說：「希慶，你這麼高了。還認識我麼？」
叔寅在同妻打招呼。我又看看宛心手中的男孩，臉圓圓的，眼與眉毛長得很開，很像宛心。在他們一家四個人面前，我覺得他們的家庭真是非常美滿與幸福。
叔寅當時叫宛心吩咐佣人把兩個孩子帶走，我們又重新坐下。
我當時又問他分別後的情形，現在做些什麼生意。
「生意？」叔寅說：「什麼生意，大家都是囤積居奇，囤積居奇！」
「真是，但是為生活，好像在上海都只好……」
「什麼生活，還不是醉生夢死。」叔寅憤慨地說著，一面又對宛心：「再給我們倒點酒吧。」
「我不喝了。」我說。
「那麼給我倒一點。」他說著又對我說：「現在我真是過一天算一天，你看我家裡沒有一本書，沒有一張紙。我們在學校裡讀的書什麼也沒有用，什麼也沒有用。如果靠我的學問，規規矩矩去做事，那除了受氣以外，就是餓死。我為什麼不學他們。」
「但是你能說這話，就已經比一般人好了。」

「可是這只是使我比別人多一層良心上責罰，每天湊頭寸，付利息，囤貨居奇。別人發財，沾沾自喜，我則覺得同做強盜沒有什麼分別。可是社會只允許我們這種人生存，你看這還有什麼是非嗎？」

宛心已經倒了一杯酒放在几上，叔寅舉起杯子，一飲而盡。這時候，佣人來邀我們吃飯。飯廳裡電燈通明，飯已經開好了。

四

那一天在叔寅家吃飯，與我所想的空氣大不相同，以後彼此也沒有什麼來往。

可是宛心曾經好幾次來看我妻，我都不在家。她每次來都有東西送給我的女孩，還同妻談了好久。聽妻說，她與叔寅感情鬧得很壞，原因是叔寅每天到三四點才回家，外面整天同舞女、交際花在一起，宛心還希望妻再為她在報館裡找一個事情，她想自己去做事。妻總是勸慰她忍耐忍耐，因為孩子還小，出去做事，交給佣人一定不會太好。

關於這些家庭裡的瑣事，我聽了也沒有放在心裡。人是一個要變的動物，我對叔寅的變化雖是可惜，但這也是很普遍的現象，朋友之中就有許多很有希望的學者，在國外研究時頗為同行所器重，可是一回到中國，往往就做官貪財，每日應酬交際，沉迷於聲色，再也不接觸學問的很多。叔寅不過是千萬人中之一個。自然，有機會我也想勸勸他，但是大概是沒有什麼效驗的。

這樣三個星期後，有一天晚上，大概十一點的時候，宛心突然到虹口來找我們。妻已經睡了，我先接見她，看她神色很不好，招呼她坐下後。她半晌一言不發，突然哭了出來。

「宛心，什麼事啊？」我先還以為是叔寅病了，不知說什麼好。這時候妻也出來，她一面勸慰宛心，一面說：

「叔寅怎麼樣了？」

「我已經受夠了。」宛心一面揩著眼淚，一面說：「這已經不是一次了，喝醉後回來，同我吵架。」

「叔寅？」我說。

「真是，他怎麼會變成這樣子。」妻說。

「他一直說我拖累了他，害了他。」宛心一面哭泣著，一面又說。

「這什麼話！」我說。

「他外面賭鬧，我都不管他；回家他還要欺侮我。」

「太想不到了！」我說。

「你哭也沒有用，你先去洗一個臉，在這裡休息一晚，」妻一面說，一面拉她到裡面浴室去：「明天，什麼話明天再說，我們可以為你同他去談談。」

她們進去後，我感到非常悵惘。這一對由愛情創造出來的夫妻，怎麼也弄到這樣。叔寅變了，是的，也許是錢害了他。這樣一個純真的青年，發了點財，就變得這樣快，真是可惜，我想。

我本來在寫信，現在自然也不能再寫。我很想馬上找叔寅談談，但是那時已經太晚，接著我又想即使找叔寅談，又怎麼樣？家庭裡事情，外面人很難知道，也許宛心也有不好的地方。夫妻吵架雖是常事，但總括前幾次宛心同妻所講的話，覺得如果這個家庭真是已經沒有幸福可言，那還不如早點離婚好。

這時妻從裡面出來，說宛心在浴室裡，她已為宛心安頓好床鋪。她叫我明天同叔寅去談談。我說：

「我正在想，應該怎麼樣同叔寅去談。」

「自然要他來接宛心回去。」

「回去了又這樣，怎麼辦？」我說：「我想叔寅的生活根本就有問題，他完全在玩世。」

「那麼你說要怎麼樣？」

「宛心的家不在這裡麼？」

「啊，他們已經不與叔寅來往，宛心回去，他們都主張她同叔寅離婚。」

「所以宛心不回家去。」我說：「那麼宛心不想離婚？」

「自然，一個女孩子，孩子都這麼大了，怎麼離婚？」妻說：「明天你去找叔寅，叫叔寅來對她道歉，接她回去就是。」

「我想這也只是暫時的辦法，除非叔寅肯完全改變，重新做人，否則這樣事情還要發生。」

「你的意思怎麼樣？」妻歇了一會說。

「我以為男女感情到了這樣，應坦白地講，叔寅如果要宛心，他就應當改過，否則還不如離婚好。宛心還年輕，也不是沒有學問，現在哪裡不能去？要是再過幾年，叔寅還是這樣。最後還是弄到離婚，那就更痛苦了。」

「人家夫妻吵鬧，你不勸和，反倒勸人離婚。」

「可是勸和如果是叫人受罪、這又何必呢？」我說。

「我相信他們還是相愛的。叔寅不過是受了些社會的刺激，所以很玩世，過了幾年也許會好的。」

我當時沒有說什麼，答應明天去找叔寅，徹底同他談談。

妻去就寢後，我開始想到他們剛剛結婚前的情形，那時候又窮又苦，但是夫妻兩個人都很快樂，如今有了錢，兩個人反而痛苦。這裡面到底是什麼原因呢？我知道叔寅因為孫及熙回來，做他上司，曾使他感到家庭是一個負擔，覺得他不結婚，一定有更大的成就。那麼是不是因為這種念頭逐漸地擴大成為心理的癥結？使他一方面一天天覺得家庭是他成就的羈絆，一方面就想在錢財上謀勝利來對社會報復了？這因此也可以說是痛苦使他進取——不管這進取是不是正當——進取使他發財，並不是因為錢財而使他痛苦的。如果他們一直對於環境不抱怨，平平穩穩在貧苦中很愉快過日子，也許就不會想到進取，也就不會發財。所以究竟是錢財破壞他們的幸福，還是因不幸福而有了錢財，這實在很難講。也許這也正是人生的命運，人必須付出某種幸福的代價去換另外一種幸福。也可以說，人的心理，是因社會的刺激而產生了癥結，由這癥結而改變了人生。一個人往往為埋在心裡的癥結而奮發，倘若沒有癥結，也許誰都要萎靡不振了。

我不知道當時為什麼有這種感想，這使我們對叔寅有一種原諒，也更使我熱心於第二天去找他。

我於第二天早晨十點鐘去找叔寅。叔寅還沒有起床，佣人認識我，所以就讓我在客廳裡等著，她拿我的名片進去。接著她就告訴我叔寅請我進去。

叔寅的寢室相當寬大。床的右首是窗子，左首是衣櫃，窗子很高大，掛著兩層窗幃，一層是白紗的，一層是與家具一色的橙黃的呢簾。我進去的時候，呢簾已經打開。窗子只開了兩扇，那白紗的窗簾微微的在風中吹動。叔寅坐在床上，他看我進去，說：

「對不起，對不起。我昨天喝多了酒。」

「宛心昨天來我家裡。」我說著，就在他床邊的沙發上坐下來。

傭人這時候拿了一杯茶給我，又遞我一支煙。

「讓我起來吧。」叔寅說。

「我們就這樣談談好了。」我說。

叔寅不說什麼，但是我知道他當然了解我是為什麼來的。

「叔寅，」我說：「我不知道你怎麼變了這麼快。」

「真的，我自己也不知道，」叔寅忽然說：「在這個社會裡，真像擁在一大群人堆裡，大家擁著往那裡擠，不由得你不跟著走。」

「話雖是這麼說，但是你走的路與你以前的抱負離得太遠了。」我說。

「我哪裡有什麼抱負。」他用手掠一下頭髮說。

「你是一個最用功的學生，是你們同班同學裡成績最好的。」我說著忽然想著孫及熙，我故意想刺激刺激他，所以就說：「譬如孫及熙吧，他的成績不如你，可是他……」

「他，」叔寅馬上打斷了我的話，於是輕鬆地笑了幾聲，又說：「他們在台上刮錢，我們在台下刮錢。」

「你為什這樣憤世嫉俗？」

「這是實話，」他說：「只有像你這樣是清高的，但是這有什麼用？社會只允許你餓死。」

「啊，」我忽然想到這樣談話，好像越談越遠，所以就說：「我們談這些幹嘛，反正你也不會因為我的話就改變生活的。我不過覺得當初我們在重慶時，你的家庭生活很快活，現在你同宛心聽說常常吵架。」

「我不知道為什麼？」

「我想就因為你心裡總以為她是使你改變生活的唯一原因。」

叔寅想了一回，看了我一眼，他說：

「她一直不了解我在為她犧牲。」

「你難道了解她在為你的犧牲？」

「但是現在講這些有什麼用呢？」叔寅說：「她要怎麼樣就怎麼樣好了。她要離婚，我也不反對。」

「離婚？」我說：「離婚於你自然是方便得很，你現在有錢。可是她是一個女人，又有孩子。」

叔寅不響，歇了一會，忽然說：

「先生，我想這是你一向的主張，夫妻如果不能很幸福的在一起生活，還不如早點離婚。」

「可是現在我想宛心至少不想離婚，她愛這個家，她一定也愛著你。」我說。

「可是再叫我回到以前在重慶時代一樣的生活是不可能了。」叔寅說：「她總希望我有現在的錢，可是仍保持重慶一樣的生活。但是這是不可能的。」

「可是她是一個有了孩子的母親，你不能說她的想法一定不好。」

「不是好不好的問題，」叔寅說：「是我擠在人堆裡，大家擁過去，我也只得跟著走。她不在人堆裡，站在遠遠的，可以說我為什麼不陪她。正如戲院門前的人，我在買票，就被擁在人群裡；她在外面，沒有被擁在裡面；她一面怪我往前擠，一面也想看戲，這就，這就……」

「但是，」我說：「你的生活很靡爛，這是實在的。」

「是的，我知道我是沒有希望了。宛心如果聰明，她應該離開我才對，她應該走向有希望的地方去才對；她要錢，我可以幫助她。」叔寅說。

當時在上海，像叔寅這樣囤積居奇發了財的人我認識很多，但都是沾沾自喜，以為自已是了不得成功的人物。可是叔寅竟知道他是屬於沒有希望的一群，我很可憐他。我說：

「我覺得你太自暴自棄了。你現在有點錢，應當更可以發揮你的抱負。」

「我沒有抱負，先生，我一直沒有抱負；你以為我現在還可以到國外去研究學問麼？」

「不一定研究學問。」我說：「世界上要是全是像我們這樣的書呆子，也不一定好。你可以做許多有益於社會的事業。」

「有益於社會的事業？」叔寅又輕鬆地笑了，他說：「那結果是我的財產都完了，事業還是沒有成功，而人人還要罵我，愛我的人會罵我傻瓜，恨我的人會笑我該死。你真是……」叔寅沒有說下去，我知道他要說我的是「書呆子」。

這時候，叔寅的床邊的電話響了，叔寅拿起電話，我聽他們正在談中午的飯局。所以在他掛上電話後，我就說：

「我不想同你談這些沒有結果的話題了，現在宛心在我們那裡，我希望你去接她回來，同她道個歉。」

「這都沒有什麼，但是以後怎麼樣呢？」叔寅說：「以後希望你可以勸勸宛心，她可以隨她心意去生活；她也給我自由，這樣也許可以大家好一點。」

我沒有說什麼。叔寅又說：

「她把生活重心注意力都放我的身上，她自己就沒有重心，也再看不到自己。而我則覺得處處都受著威脅，你想這不是太可怕了麼？」

叔寅一面說著，一面就從床上跳了出來。

五

那天下午叔寅到虹口來接宛心，夜間我請他們在小館子裡吃飯。夫妻兩個總算重新和好，但是這自然也只是表面的。

第三天，宛心又來找妻，她一定要妻為她在報館裡找一個事情。她說她不是為錢，而是有一個職業，可以寄托一點心身。妻晚上同我談起，我想到叔寅那天的一番話，覺得宛心如果有點事做，把生活重心寄到別處去，也許可以與叔寅有點距離。叔寅的生活是不正常的，日子一久也一定會厭倦。兩個人年紀大了些，也許反而會彼此互相了解依靠了。所以當時就鼓勵妻為宛心去奔走奔走。

好像當時報館很需要外勤，尤其是英文的外勤，宛心的事情很快就找到，以後宛心又開始她的記者生活。

這以後，宛心大概因為工作忙，來我們家裡就少了。我更是一直沒有見她。據妻說，宛心現在變了，她再不同妻談到叔寅，她談的是時局與政治。

那年暑假後我去南京。臨行的前夕，叔寅來看我，我看他精神很差，談話也很恍惚，同他談到時局，他說：

「這社會是早就沒有希望了，我不是早同你說過了麼？」

「但是，社會還是人做成的，要是人人都以為它沒有希望，自然是不會有希望；假如每個人都肯盡點力，也許就不至於這樣吧。」我說。

他臉上露出一層黯淡的冷笑，沒有說什麼。我問他關於宛心的情形，他說：

「我已經好幾天沒有見她了，她大概去南京了吧。」

「報館派她去的？」我問。

「大概是吧。」他說。

當天夜裡他請我們在外面吃飯，飯後他送我回家，說明天他怕起不來，不能送我了。我說上海與南京很近，我們隨時可以見面，何必客氣。竟沒有想到這一別竟是很久。

我到南京後，生活很忙很亂。叔寅的情形也很隔膜，我也沒有想到他同宛心。

可是幾個月以後，有一天，我從外面回家，聽見裡面有客人的聲音，一進去，我吃了一驚。妻說：

「你不認識了？」

「宛心。」我說。

宛心真是變了，她打扮得非常時髦，年紀好像輕了不少，聲音也很開朗，一見我就說：

「你們來南京，也不通知我。」

「我們來的時候，你好像不在上海。」我說。

「那時候，我在南京，後來我回上海，才知道你們已經來了南京。」

「怎麼樣？你現在好像很好。」

「馬馬虎虎，我現在什麼都不想，」她說：「過一天算一天。」
「叔寅呢？」
「我很少同他見面，各人過各人生活，這倒好。」
「但是你們總有一個家庭。」
「他不需要家庭，我一個人要也沒有用。」她說。
「你是不是有別的朋友了？」
「我不需要。」
「我覺得你們這樣下去，總不很好。」妻說。
「我想我們雙方好像都不想好了。」
「那麼……那麼還不如離婚好了。」
「可是離婚也不是那麼容易。」她說。
「你總是勸人家離婚離婚，」妻一面責備我，一面又說：「我想這樣過幾年，等大家了解家庭的寶貴，也許會重新和好的。」
宛心並沒有說什麼。臨走的時候，她忽然說她回上海後，打算把孩子交給她母親，自已預備到香港去。
這是我們最後在國內與宛心會面。
這以後，我們生活很不好，我們從南京到廣州，又到了香港，日子就在奔波不定中消逝。
一九五〇年春季，我與妻在香港輪渡上會見宛心，妻說：
「那不是宛心麼？」

「哪裡？」

「前面，哪不是麼？」

我追上去一看，果然是宛心，她還是很年輕，只是稍微胖了些。我先叫她：

「宛心。」

「啊，老師。」她一回頭，又看見了妻，就趕回來拉著妻的手說：「你們幾時來香港的？住在什麼地方？」

當時我跟著她們一同上船，我寫了一個地址給宛心。宛心問我們有沒有空，過海一同到她家去坐一會，好不好？她家住在深水灣。

我與妻過海原是想買點東西，並沒有什麼要緊事，只是晚上有一個學生結婚，在中國酒家，所以很有時間，妻就答應了。當時妻就問：

「你住在深水灣？孩子都出來了麼？」

「在我母親那裡。」

「叔寅呢？」

「我們離婚了。」

「你們終於離婚了！」我說著心中有許多感觸。當時大家沒有再說什麼。

過了海，我正想叫街車時，宛心說她有車子停在那邊。

於是我就發現宛心有一輛很漂亮的轎車。上了車，宛心駕著車子，向深水灣出發，妻說：

「你現在境況很好。」

「我想明白了。」宛心說。

「叔寅在上海沒有出來？」隔了許久，妻問。
「他同我一起出來的。」宛心說。
「你們在香港離婚的？」
「可不是！」
當時，我對於宛心開始不了解起來，但沒有說什麼。妻大概也有同感，她說：「你們一起出來，換一個環境，應當……」
宛心笑了兩聲，她說：
「他破產了。」
「他破產了？」我問，一面看到宛心臉上很不自然的笑容，一面又說：「那麼……」
「他希望我可以同他再過重慶時代的生活，但是我沒有這個興趣了。」宛心眼睛望著車窗外面的路，毫無表情的說。
「他現在……？」我問。
「不知道他，也許回上海了吧。」宛心說：「你知道我去了一趟歐洲，才回來不久。」
當時我與妻都沒有說什麼。車子在公路上盤旋，天氣很好，這使我想到我們以前在重慶的日子。那時候宛心還是一個年輕的姑娘，談話都有點怕羞，現在竟好像變成了另外一個人，人真是一個不能想像的動物。
車子在一所漂亮的別墅前停下來，宛心邀我們一同下車，一個女佣為我們開門。
裡面的布置非常雅潔，這同她們上海房子的布置顯然不同了。上海她們的布置，雖是講究，但有點暴發戶的樣子，這裡則像是一個過了很久的安詳生活的家庭。家具雖都美好講究，但都不新。色調也不新鮮刺目。

房子不高，但客廳倒不小。客廳裡放著沙發茶几，一張長方的菜桌，用幔簾分隔著的一間，可以看到的是靠牆的一列書架。

宛心招呼我一下，同妻到後面去了。我一個人就走到裡面一間，書架上的書種類很雜，但文藝書占著大宗，特別是傳記書，很多。

於是我在右首看到了一張書桌，書桌上除文具以外，還放著一張照相，這是一張五十多歲有點禿頂的西洋男子，胖胖的臉，眼睛很有神。我很自然的想到這是宛心現任的丈夫了。

因此，當宛心與妻回來的時候，我就說：

「宛心，你又結婚了？」

「是的。」

「真的？」妻問。我沒有理她，又接著問：

「他是英國人？」

宛心點點頭。

「幹嘛的？」我又問。

「新聞記者。」

「那麼是同行了。」我說。

「你在這裡認識他的？」

「我在南京認識他的。」

「那麼認識很久了？」

「可是到了香港，才同他熟起來。」
「那麼你現在很幸福了？」我問。
「談不到什麼幸福，不過西洋人，似乎容易處。」
「西洋人容易相處？」
「因為他們需要家庭時才結婚。」
這時候正是下午茶的時間，佣人拿了茶以來。宛心開始為我們斟茶。我說：
「你現在不做事了。」
「不了，香港也沒有什麼事好做。」她說。
「你先生呢？」妻忽然問。
「他出差去了，大概要半個月才回來。」
「為工作上的事情？」我問。
「是的。」宛心說：「他以後也許一年要出差幾次。」
「他剛去麼？」
「沒有幾天。」
「你說你去了一次歐洲，是同他一同去的麼？」
「是的，也算我們的蜜月旅行。」
「那麼你終算是幸福了。」我說：「不知道叔寅怎麼樣？」
「不知道。」
「還有你們的孩子。」

「他們在我母親那裡很好，我每月寄點錢去。」

「以後要帶他們來麼？」妻問。

「我想不會。」宛心說。

這時候，宛心為我們斟第二次茶，並且分蛋糕給我們。

妻吃了一口蛋糕，說：

「你以後大概也不會再去看他們了。」

「我想不會了。」宛心說著看我一眼，忽然說：「當初我家裡叫我同叔寅離婚，我不願意，我真是不知道為什麼。我想我還是因為我的兩個孩子。」

「那麼後來呢？」

「我有了職業，每天注意那時局的發展；覺得什麼家庭都難維持下去，我何必放不下呢？」宛心說：「叔寅覺得我牽累他，我想就因為他同我結婚時不是想有家庭，而是怕失去我。我覺得女人可以為戀愛結婚，男人為愛情結婚一定不會幸福的。」宛心喝著茶說。

「但是這還是一連串不安定的時局，不安定的經濟，所以家庭也不安定了。」妻說。

「甚至人的感情心理都不能安定了。」我說。

我們坐了好一會，談了些許多過去的事情。七點鐘的時候，我們告辭出來，宛心一定要駕車送我們到中國酒家，她說她正想一個人去看一場電影。

當她把我們送到中國酒家門口，我們自然約她有空到我們家裡來玩。我們望她的車子駛走，才走進去。妻說：

「宛心也真是硬心腸。」

「你沒有聽她說麼？叔寅想重新同她和好，她不肯？還有他們的孩子。」
「為什麼？」
「這也是環境磨練的。」
「不知道叔寅怎麼樣了？」
「他不是說過他同那個他所屬的社會都沒有希望了麼？」
「他說過？」妻問。
「是的，他說過。」我說：「叔寅似乎專要不想有的東西。他並不想有家庭，但是結了婚；他不想有錢，但是發了點財。」
妻沒有說什麼，我們進了電梯。
從電梯出來，輝煌熱鬧的場面突然驅開了我們灰色的感慨。
新郎迎接我們，我向他道喜；但使我想到的則是以前的叔寅。
那天的新娘是我朋友的女兒，我也是認識的，才二十歲，正是當初宛心的年齡。
從熱鬧的宴席中出來，我對妻說：
「這又是另外一代，預備在另外一個社會中生活了。」

一九五八，一，二，上午。

字紙簍裡的故事

一、楔子

自從搬到半山以來，每天下山要走許多路。先是要走盡一條兩邊都是房子的馬路，向右轉，繼續走一段從山縫裡開出來的小道，走出這個山縫，是一面可以看到海，一面靠著山坡的大道。山坡那一面有幾所或遠或近的小洋房，走半支紙煙的時間，路就轉彎了，就在轉彎的地方，是一所淺藍色洋房的後門，接著走五十步，就有下山的小路。

我並不天天下山，但即使在不下山的日子，傍晚時候，我也會順著這條路去散步，只是到了那條下山小路的路口就折回了。

這些路，除了頭一段，是常有汽車往來的以外，一向右轉，車子就很少。那段山縫裡開出的小道，是不准行車的，走出小道，那一大段路，好像只有那幾家小洋房裡汽車在進出。所以在那裡散步很自由，不用說，走路的人更是難得碰見一個。

有一天傍晚，天正下著大霧，二尺外無法看清什麼。我腦子裡構思著一篇想寫的小說，嘴上啣著煙，照著平常的習慣去散步。這條路我走得很熟，我也沒有想注意我看慣了的樹木與房屋。

大概就在走到那所淺藍色洋房的後門時，忽然有人招呼我了。霧很大，我只聽見聲音：

「徐先生。」

「唔，啊，……」我一面答應著，一面探索招呼我的人。

但四周是白茫茫的霧，那淺藍色的洋房只有一個灰暗的影子，我知道那所房子裡我並沒有熟人，即使有，我也無從相信在窗內可以看出霧裡的行人。

「是我，徐先生。」

這才使我注意到靠著那所洋房後門的一只很高的字紙簍。

「字紙簍！」我詫異了。

「是的，徐先生，你也許不認識我；我因為天天看你在這裡走過，所以認識你。」

「但是你怎麼知道我的姓氏呢？」我奇怪了。

「啊，我還知道你的名字。」帶著世故的笑聲，它說。

「這奇怪了，是不是我們在別的地方……」

「奇怪？是麼？其實沒有什麼可奇怪的。」它帶著世故的笑聲又說：「你記得有一次在我面前走過，手裡正在拆一本收到的書刊，你就把封套投在我這裡、封套上有你的大名，所以我記住了。」

「真對不起，我把廢紙拋在你那裡。」

「那有什麼，我本來就是裝字紙的。」它用帶著世故的聲音忽然說：「我並且還知道你是常常寫詩，寫小說的。」

「這更奇怪了，你可以告訴我你怎麼知道的麼？」

「我們主人在信裡好幾次引過你的詩文。」
「你又怎麼會知道呢？」
「啊，還不是他們寫壞了塞在我這裡。」它俏皮地說。
「真是！」我說著心裡一面想，聽說許多辦公室每天都要把字紙簍內的廢紙燒去，可是他們並不將字紙簍毀掉，這是多不謹慎的事情。
「徐先生。」它忽然又說：「一星期來，我天天都想求你一點事情，可是你總是匆匆走過，來不及招呼你；今天真巧，我想這是再好的機會了。」
「有什麼事，我可以幫你忙麼？」
「你不要笑我，我，……我，我想寫一篇小說。」
「那不是很好麼，想寫自然就寫。」我說。
「但是我不會寫。」
「客氣，客氣。」
「真的！真的我不會寫。」它很誠懇地說：「所以我想請你替我寫一篇。」
「為什麼一定要寫那篇小說呢？」
「不瞞你說，我有一肚子的材料，很好小說的材料。而且也是一個紀念。」
「但是你以前並沒有寫過小說，是不？」我說：「那麼我要告訴你，你以為可以做小說材料的，不見得可以寫成好小說。」
「可是我讀過好些小說。」
「這從那裡說起呢？」我奇怪了。

「你知道我是一個字紙簍，也常有許多看舊的名著拋到我這地方來的，普通的刊物更不必說了。我記得有人說過，小說是人生的紀錄，我的材料既然都是人生。所以我想這一定是一篇好小說的材料。」

「對不起，」我說：「我剛才以為你並不了解什麼是小說材料……」

「那麼你是答應的了？」它高興地說。

「不，不。你先告訴我，你有的究竟是哪一類材料，好不好？」我說。

「自然是關於我主人的一家的。」

「那怎麼可以，人家的家庭私事。」我說。

「可是這正是主人叫我做的事呢，不然，他怎麼會把這些材料都留給我呢？」它說：「但是我沒有能力，所以我來求你。」

「不過我也不見得有這個能力，而且……」

「徐先生，你不要客氣了。我常常看你從這裡走過，我不知道我們這所美麗的淺藍色的洋房給你什麼印象，你或者以為裡面住的一定是一個幸福快樂的家庭，但是看了這些材料以後，你會知道住在裡面的人，每一個都在痛苦中呻吟。這幾年來，如果誰有笑容也都是假的。」

「這個倒想不到，我想你們主人總不是因為經濟的困難吧。」

「我也不知道，但是現在這房子已經屬於別人。裡面的人也都已散盡，除了我之外，也只有一些破箱破籠被遺棄在這裡。」

它的話使我吃了一驚，等我仔細用眼睛在迷茫的霧中摸索一下，才發現那個字紙簍旁邊，正散亂著破殘的箱籠、紙匣、廢報紙等，它們壓毀了不少整齊的花草。那時四周的街燈與樓窗都已亮起淒黃的燈光，像是一些寂寞的生命在旅途中徬徨，而站在我們前面的那所淺藍的小洋樓，則灰黑得像一所墳墓，窗戶都像是沒有眼球的眼眶，整個的輪廓在霧裡浮動著像是一個龐大的怪物，不知怎麼，我心中感到了一種威脅與害怕。突然那個字紙簍又開口了：

「這所房子所醞釀的包含的辛酸苦辣的人生，現在都在我懷中，如果你不拿去，等新主人明天一來，會很自然的同垃圾一起被拋在海裡，這是多麼可惜呢。」

「也好，」我躊躇一會說：「但如果我寫不好，豈不是辜負你給我的寶貴的材料了麼？」

「徐先生，你不要客氣。」它帶著世故的笑聲說：「即使你不願意寫。這些材料，經過你小心選擇安排，也就可能是一個可泣可歌的故事了。」

「好，好，我試試看。」

「那麼你就把我帶回去吧，根據我這一肚子材料，你一定可使我們的主人重新閃出生命的光芒的。」

我當時只得把那個字紙簍抱到家裡。我開始把它所蘊藏的碎紙破片清理出來。我非常耐心的把破碎的撕爛的紙片一一拼貼起來。可是拼不全的還是很多。

自然裡面有各色各樣的東西，有信，有賬單，有發票，有作廢的支票，有電影的說明書，有音樂會的節目單，有紙煙盒子，有聖誕卡，有包禮物的彩色紙，有揩有口紅的棉紙，有印有酒樓名字的紙巾，有塗有無意義字句的紙片，有電影票，有電車票，有破碎的報紙，有撕下來的書頁，有弄污了的畫報，還有殘舊的相片同霉了的照相的底片……

我細細的把這些紙片一張一張研究，我想像裡面的人物與這個複雜的家庭，我慢慢地構成了一些圖案，但是怎麼無法形成一個故事。因此把這些材料翻翻而又放下的不知有多少次。一直到最近，我開始發現我之所以不能把這些材料形成故事的原因，則是我太捨不得放棄這些材料了。這些材料最使人無法運用的是它的不齊全，其次是沒有年月的次序。其中最可用的當然是信札，可是這些信札範圍太廣，而許多都沒有年份月日。年月最可確定的是音樂節目單與電影說明書，但是我也很難猜測這是誰去聽，誰去看的。

現在，我先根據現成材料，用我的推理與想像，把這個家庭輪廓勾劃一下，把裡面的人物關係聯想起來。我於是把可用的幾種材料中，只選些有代表性的排列在一起，不問年月，只求使它可以表現我所設想的輪廓與關係。如果有故事的話，也讓這些材料自己來表示。我所主觀地做的，第一、是我把這些人名有時小地名都改了，第二、當各種材料做了佐證以後，如果我以為不夠明白的，我加上一點主觀的按語。至於材料上的內容，除了字句上可以明顯地猜測的，稍加以補充外，一律保留它原來的樣子；殘缺與不完全的地方，我一律用虛線表示。這些不過是為讀者方便而已。第三、大部分的材料，因不能有助於說明這故事，我索興一律捨棄。

我深切地知道，如果要真實地表示那個家庭與那些家庭裡的人物，我應當儘量使他們表示自己。我的話越多，也越妨礙他們清楚的面目，所以在以下的材料中，除非是萬不得已，我決不參加主觀的意見。

寫這些話，只是說明這些材料的來源，與我處理這些材料時必須的剪裁。下面，我自當儘量地避免自己的穿插。

二、三封不全的情書

A

……收到你的信，滿目陰暗頓時變成了光明；一切你所說的都是我所期望的。我知道你不是一個隨波逐流的人，也不會輕易忘了我們的誓言；當這份愛情已經長成的時候，我們再不怕任何的暴風狂雨。環境可能有各種變化，但是我們愛情是不變的。你千萬珍貴你自己，像我珍貴你一樣。我現在作各種的節省，我已經打聽夜裡或假期可以做工的地方，我要儲蓄，只要有足夠的錢，你就可以設法來了。許多手續都不是問題，問題還是先要有錢。

我並不是對你有所不信，但當我每天企待你的信而失望的時候，我就有所不安。我怕父親會對你作別的安排，我怕你會因環境的困難而灰心，我還怕你周圍的那些朋友。

你說父親給你錢非常慷慨，對你行動也完全放任。我想這正是他一種手段，他知道你年輕，多給你錢，多給你自由，一定可以使你容易忘記我。我知道你待在家裡是不可能的事情，我也不反對你多有些朋友，但是千萬想到我們的愛，珍貴你自己。如果你肯像我這樣的把父親給你的錢積蓄一點，為我們的愛，這也是為我們的前途鋪路。

你的琴很有進步，我很高興；但我不希望你開音樂會，你應當有更大的成就時再來開獨奏會才好。你應當到美國來學幾年，真正有點成績時，再來讓社會知道。那時候我將陪著你，為你處理一切雜務，使你的琴聲播向世界。現在你應當專心學習。父親鼓勵你，把你向社會去展覽，使你受到虛榮的鼓舞，整天有男人來約你，我總覺得他是要使你把我忘去。你千萬提防這點，我不反對你在周末與假期同朋友們去玩玩，但是千萬想到我，想到我們的愛，想到我們的前途。

我愛你，這份愛將是我的生命，你就為我多珍貴你自己一點吧。

我現在已經慢慢習慣這裡的生活，我把我的生活弄成非常刻板；我決不同任何女孩子單獨遊玩；一切年輕人應該有的享受，我要等你同我在一起時一同享受。我要把別人兩天的工作一天完成，別人一天所應耗的錢三天來用，一切年輕人所應該努力的，我要在我一個人時來努力。我的心裡，只有一個理想，那就是等你來我身邊的時日。想到有你在一起時的幸福，目前可有的享樂就顯得庸俗無聊；想到你美麗的眼光看著我的日子，那些五彩的燈光就顯得虛偽矯作。親愛的，在任何場合，只要你想到我，想到我的生活，想到我在為我們的愛奉獻些什麼，你就一定不會對這些在你周圍的虛榮有興趣了。

你在記日記，沒有間斷，我很高興；我也在記日記，可是我的生活這麼單調，沒有什麼可記。唯一可記的是你，是我們的過去，是你在我家裡的種種。將來我們在一起時，交換我們的日記，那時候你會發現你是一直占據了我整個的生命的。

我身體很好，你可以放心；我知道我必須注意我的健康，這是為我們的愛；我必須用功，這是為我們的愛；我必須省錢，這是為我們的愛。一切一切，現在只有為我們的愛。你也千萬珍重自己，珍重自己的一切，為我們的愛，為我們的愛。

B

我並不怪你，但是你必須自強一點，不要因為我不在你的身邊，就脆弱起來。

音樂會成績很好，我自然很高興；這也不是什麼不好，我所以不贊成你開音樂會，是因為你不需急急於表現。你是有天才的，你的前途正無限，但是你還要努力。你不必同這些小社會裡的一些人去比，你應該把眼界放遠，同世界上，歷史上的音樂家來比，同莫札特，同李斯特來比。千萬把眼界放遠些，不要以這次小小獨奏會的成功來自滿。那些小圈子的人的恭維是淺薄的庸俗的，父親的高興只是為他的面子，當他看到你為這點小小的成功快樂到有點忘形的時候，他心裡一定是在為他計畫的成功而得意。他知道他已經創造了一種空氣，把你擁簇到離我更遠的空氣。他怕你為想我，弄得一直愁眉不展；他看到你與高采烈，他就知道你是並不十分需要我了。

我不能說父親愛你完全是一種手段，但是他更愛的是他的面子，他一生的成功處是愛面子，一生的失敗處也是愛面子。

他不了解愛情。他對我不是不愛，但他不知道什麼是愛我。他以為我們的愛情不過是年輕人的荒唐，以為把我送到美國就可以慢慢忘掉你，以為使你快樂熱鬧就可以忘掉我。他沒有知道我們的愛情是這樣可怕，我們的一生將完全寄托在這份愛情上面，我們有一天的生命，就將保衛這份愛情；如果我們失敗，我們只有死亡。倘若我們在學問與事業上有什麼成就，那必是先有我們愛情上的成就，否則我們都不會存在，我們的學問，事業都不會有的。

我回憶他發現我們相愛的那天，他的雷霆般的憤怒，真使我想在夜裡帶你私奔；那天我整夜失眠，我知道他也一直未睡，兩點鐘的時候，他敲我房門，進來向我談話，他第一句話就是說我太不想到他的面子。

他說我們相愛是一種亂倫，實際上他是怕別人這樣說他的兒女。他明知道我們的相愛不是亂倫，可是他還是要那麼罵我們。你母親不喜歡你同我好，那是因為她根本就一直是討厭我的。這個我不會怪她，因為我也是一直討厭你們的。但自從我愛你以後，我對你們竟不再討厭，不但不討厭，而且很自然的有一奇怪的感情。我認你母親為母親，我認你的弟妹為弟妹。記得從那時候起，父親開始感到安慰，覺得我是在體驗他的苦衷，逐漸地同他合作；他不知道我是因為愛你。因為愛你，才有要不是你母親跟了我父親，我從哪裡可以會見你的想法。因為愛你，才感到我也應當敬愛你的母親；因為愛你，才覺得你的弟妹，就是我的弟妹。但是我對你的愛，決不是兄妹的愛，生你的父母不是生我的父母；儘管你母親跟了父親以後，父親把你們姓氏都改了，要我們以兄妹相處，但是我們血統上不是兄妹。我對你一直是歧視的，可以說有一種仇恨，可是這種仇恨就在我們愛情滋長中消弭。我們的感情是從敵人變成了情人，其中決沒有產生過什麼兄妹的感情。只是在我知道我在愛你而你也在愛我的時候，我才對你的弟妹有一種兄弟姊妹的感情。父親不願把他同你母親的關係，讓外人知道，（其實他的老友們誰不知道！）所以怕別人說我們亂倫；因此也罵我愛你是亂倫的行為。可是清夜自思，他也知道這是不確實的，他要我顧全的是他的面子。

聖誕節快到，我要寄一些小禮物給家裡每一個人，但都是小禮物。我不願多花錢，這因為為我們的愛，我必須節蓄。我現在夜裡已有一點工作，那是在一個飯館裡洗碗碟，這一方面使我有點收入，但另一方面也使我少有機會花錢。這樣一進一出，算起來每月可節省許多；明年暑期，你就可以來了。我現在同亞金生神父很接近，過了年我想可以為你進行獎學金，他對我刻苦用功很稱讚，我想把我們的一切都告訴他，把你在學校裡時成績與在音樂教授那裡的成績告訴他，他一定肯幫忙的。所以你必須好好用功，使你的成績特別好才好。

史小姐轉信是否很可靠？我的信你閱後燒去就是，不要帶回家去，這是太危險了。

這封信就這樣先寄出了。我希望明天你的信會到。

十一月一日

C

你真是一個奇蹟！母親是你的生母，父親又不是你親生的父親，照說你自然同情你的母親的，可是你竟不是。我一直不喜歡你母親；至於父親，我總覺得他在香港生活是不對的，但我與他距離太遠，從未嚴嚴正正討論過這些問題，讀了你從字紙簍裡找出的他那封給朋友的信，我竟不禁流淚了。誠如你所說，他內心是痛苦的，但我想不到他是這樣的痛苦。他的弱點也許就是我的弱點——懦弱。你使我們父子多了許多了解，你真是一個奇蹟！

他這樣痛定思痛，深悔前非，願以有生之涯，重伸報國之志。那麼，只有快刀斬亂麻，脫離現在環境才對。

炒金失敗，也不必再作戀惜，現在既決定去台，於他或可覺得「以前種種譬如昨日死，以後種種譬如今日生」。父親前些時，有信給我，說猶疑不決的原因，是因為母親不願去，你也不願去，菁妹也不願意去。你不願意去，我自然知道。你自然不必，也萬不能同他們去，你一去我們的計畫就無法實現。但我們應該自立，自己努力，不要再依靠家庭才對。你不是平常的女子，我想你一定會了解我的意思。因此我以為你最好找一個家庭教師的工作，有住有吃就好，一時苦一點，但捱過暑期就好了。千萬及早設法，要緊要緊。至於母親，她不願意去，實在太不對了，她既然跟了父親，怎麼連這點都不能與父親合作？我想你應該勸勸她。菁妹不願去，我先也想不出原因；接你的信，知道她也在戀愛，不知道那個男人是誰？你認識他嗎？對象如果還不錯，她一定不願去台灣，那麼乾脆就促進他們早點結婚就是了。其實她還年輕，去台灣多讀幾年書結婚也不晚；只要彼此愛情堅貞，叫那位先生等幾年也沒有什麼不對。你是大姊，應該可以同菁妹談談，也可以同她的男友談談，但是這是他們的事情，我們的意見不過給他們參考，我們也管不了這許多。

聖誕節，你參加了同學晚會，這自然是很好。我想父親既然要你去尋歡作樂，你也必須裝著會尋歡作樂才好，這可使他相信你的確已經不再以我為念。我們現在尤其不要引起他的懷疑；如果他知道我們還是相愛，他對你不想跟他去台灣一定會猜到我們別有企圖。我想父親雖是有去台灣的打算，可是也不見得那麼快可成事實，尤其在母親不想去的情形之下。最使我不解的是母親不想去台，父親炒金的失敗，她不會不知道，既然沒有別的收入，怎麼可以在香港長住下去。

三、幾組廢紙與我的說明

A

音樂會的節目單，其中一張是鋼琴的Recital，寫的名字是Angela C. H. Chiu，想來就是下面荻弟日記裡的大姐，也是上面情書中的女角。節目單上有她半身照相，本可複印，怕有人反對，特試寫如下：

臉是圓型的，下巴尖削。人很瘦怯，但顴骨並不顯露。嘴唇薄薄的，鼻子短小玲瓏；上額很高，眼睛大而有神。她的頭微低，眼睛恰巧居前額與下頰的中間，頭髮很短，額前斜排著兩綹不齊的瀏海。表情很嚴肅，沒有一絲笑容，但是眉毛像在微微掀動。眉毛想是畫過的，長長的有點上斜，耳朵並未外支，所以照相上只能看到一點上角。頸部的線條可是真美，清瘦而不露骨，在她微敞的襯衫上，在光影間顯出少有的柔和。從這頸項上判斷，她的身材當有五尺四寸的高度，否則就會顯得她頸項太長了。

B

相片很多張，但怎麼也不能使我找齊這個家庭裡的全部人物。我把所有撕碎的照片都拼好，一張一張研究；始終沒有發現上面信中的所謂父親與母親。Angela的照相也沒有；只有兩張在海邊的照相，照相內有很多人，有一個背影我猜是她，因為頭髮的式樣有點像；但仔細研究，又覺得Angela應當還要瘦一點，她不可能有這樣豐滿的曲線。我也無從發現上面情書中的男主角，因為裡面青年很多，好幾個都有男主角可能，我不能確定。

但有兩個人則是很明顯的，一個是菁妹，還有一個，我這裡叫他荻弟。菁妹的照相有兩張，一張是半身報名照，後面寫著名字，是她自己的筆跡，很端秀。還有一張是與荻弟照在一起的，已經撕碎，我把它拼貼在一起。這兩張相年齡相差至少三年或四年，在報名相上還是一個孩子，在另一張上則已是很嫵媚的姑娘。本來我還不知道兩張相是一個人，因為反面有荻弟的題字：「菁姐與我一九五二，九，一六。」還有一個看不清的英文簽名，想來是荻弟的簽字了。荻弟的照相可是很多，有半身、有全身、有站的、有躺的。有同人在一起的，有單身的。可是沒有一張好的，好的大概都已帶走了。最奇怪的就是在他同人在一起的照相中，竟沒有一張是同家人在一起的，除了上述「菁姐與我」的一張。我後來研究，大概是替他照相的不是老師，就是同學。

我現在把他們兩位的形容寫在下面：

菁妹可真是遠比Angela美麗。在她第一張半身像中，她很像Angela，第二張裡就不同了，菁妹的臉形長了起來，完全是一個古典美人的框子，可是配著極現代化的嘴眼。她的鼻子較修挺；眼稍長長的有點上斜，眉毛纖秀，蘊藏著一種高貴的驕矜，嘴唇可真是櫻桃小嘴，像一朵微放的玫瑰花蕾，她蓄了一頭濃鬱的長髮。她比Angela豐腴，也許也高一點，所以顯得一點沒有缺點。在那張照相裡並沒有什麼打扮，她穿一條長褲，一件毛衣，很隨便的樣子。

荻弟的臉則比較像Angela，因為比Angela胖，所以顯得更圓些。耳朵則有點外支，眉毛顯得太細。身體不算太瘦弱。他照相時都有一種似笑非笑的笑容，可以說是一個很可愛的孩子。在照相裡他比菁妹要矮，想來不過十六、七歲。

在許多照相中，我很想找出一個菁妹的情人，但是怎麼樣也找不到。照相以外，還有一些底片，但都是模糊不清，或者已經霉壞，沒有一張值得我曬出來看看的。

C

一張從報上剪下來的啟事：

菁兒：

你不告而別，母親傷心萬分。父母決不願阻礙你的婚姻，見報速與你所愛者回家一晤。

父字

D

從我所作的《彼岸》書上撕下來的兩張（一二五頁——一二八頁），有紅鉛筆在第九行起打了一個引號，我現在把那段原文抄在下面：

如今，在一個神祕的色澤與線條面前，我忘去了一切的疲勞與消耗，踏入了一個悠長的征途。這等於我們留戀於奇美的風景中，不知不覺一步一步一程一程的走入深山幽谷而忘去了家中的爐火與床鋪。一直到夜色深濃，歸途迷失，我們始知那裡並沒有我們自己的世界。

先時那裡不過是一片濃鬱的樹林，發著原始的芬芳，等我跑近了才發現面前的途徑，我漫步走去，望著兩旁巍峨的樹木，小塊的天空都變成花瓣，在微風來時閃得千錦萬簇。腳下的山徑在波浪形的起伏中上升，紅花、紫花、藍花散在參差深淺的綠草中，從此我就無法後退。一切樹木的香，花的香，泥土的香，一切原始的香味已經把我催眠。我跟著這香味走去，我沒有意識到我腳步的移動。

引號就關在這裡，但在第一二八頁上，有紅鉛筆的波線劃出下面的兩句，但並無引號：

一切人間靈的頂峰都歸於肉體，一切人間肉體的頂峰都歸於靈。

因為這裡沒有一個字跡可以讓我對照辨認，我就無法推測這是怎麼來的，是誰寄給誰的。

E

許多紙煙盒子，但都是英國的紙煙；只有兩隻是駱駝牌的，這本不值引用，但因為有一封情書中提到，我想它是屬於菁妹的情人的。以菁妹的美麗，有她這樣一個情人的男子，實在使我非常羨慕，我有很濃厚的興趣想多知道他一點，但所有的材料中只有一封殘缺的情書，裡面偏提到了這紙煙。

F

一些撕毀了的信封。

有幾只信封是美國來的，顯然是上面情書作者的筆跡，但郵票似都已被集郵者撕去，連郵戳的日子都無法認清，所以不足為參考之用。

四、給菁妹的一封殘缺的情書

你說：「你為什麼不說什麼呢？」我說：「我長大了以後沒有說過幾句話，現在，我開始說話了。」我說：「我在愛你。」

如果你不說你也在愛我的話，我一定仍會像蝸牛一樣的鑽到緘默的殼裡去，可是你說了。你這句話使我的話再無法停止，無法停止，即使我只會一句：「我愛你。」

我從小就是一個虔誠的基督教徒，我始終相信主給我可憐的生命是有祂特殊的安排的。你的那句話以後，我就恍然大悟了。

我是一個孤兒，生下來不久母親就死了。父親把我送進一個育嬰堂，他自己到海外去流浪，以後就再也沒有見他。我沒有姊妹兄妹，也不認識其他的親戚，我就這樣長大。我常常奇怪主為什麼給別人這許多，給我這樣少。現在我知道，祂是要我苦修苦讀在勤勞緘默中訓練自己，鍛鍊自己，可以使我來迎接他祂將來要給我的恩寵。

主不給我母愛，因為祂要把你給我；主不給我姊妹，因為祂要把你給我；主不給我一切的幸福，因為祂要把你給我。

就因為主要把最美的最可寶貴的最神奇的給我，所以要我長期緘默靜修，刻苦耐勞，養成一種堅貞果敢的性格來接受這個恩寵。

主一直叫我緘默，因為祂要我把什麼話都對你訴說，主不叫我對任何光芒美麗的世界有興趣，因為他要我發生興趣的是最美的最光亮最純潔的；主還叫我不接近任何誘人的女性，因為有你這個高貴神聖的仙女要降臨。

我現在只感謝主，因為只有這樣，我可以，在當我聽到你說愛我的時候，能不以我是一個貧窮的孤兒，而毫無內疚毫無慚愧的來接受你。但是我只有一顆原始的憨直的心同一付壯健的骨骸；親愛的，你有沒有想到主為什麼不給你更好的呢？

主給了你頂上的聰慧美麗？主給了你富有的父母，主給了你許多不同的日子，如今，主知道你所缺少的，只把我給了你。親愛的，凡是我所沒有的，你都已有過了，而我所有的虔誠的愛與痴憂的心，你一定無法在別處找到了。

還有什麼話值得我說呢？在我們頭上，每一顆星斗都在為我訴說。在我們周圍，每一陣風都在為我訴說。走在你的身旁，宇宙已經諧和、自足，充實。說什麼話都是多餘的了。我在你進去後，一直坐在階前。

坐在你的階前，我吸著紙煙，一支又一支的。我諦聽裡面每一個聲音，這聲音都是你的。我不願意你知道我一直沒有走，我一直坐在你家的階前。我傾聽著門響，窗響，水響；我傾聽著燈開、燈關；我還貪婪地想聽到你的鼾聲，但是我聽不到。你是不是在失眠呢？我害怕。千萬不要失眠，親愛的。這份愛情應當使你安詳、愉快，使你美麗，恬靜，讓一切的痛苦不安都由我負擔吧。而我是負擔過人生中任何的悽寂孤獨奔波的人，如果如今要我負擔你所受的痛苦與不安，只要讓我知道你是快樂的，我在幸福之外一定還有了說不出的驕傲。

你姐姐的音樂會我去聽了。你真是奇蹟。我是一個人去的，坐在我旁邊的是一個女人，我想要是你是多麼好呢？我當時好像有許多話想同你說。我在整個的場子中找你，可是你不在。我想你一定同你家裡於頭一天去過了。我明知道我在那裡碰見你，是會使你不安的，我也為此而避免第一場，可是坐在那裡仍希望你會在，這是多麼矛盾呢。

我忽然想到我一包駱駝牌紙煙在你的雨衣袋裡，你千萬找出它把它毀了。因為你父親既然不吸這煙，他們發現了一定會詫異的。

五、幾頁荻弟的日記

八月二十一日

爸爸狂怒，大發雷霆；家裡什麼人都被罵到。母親在哭，大姐在哭。大姐一直在自己的房內。菁姐問我為什麼，我也不知道。我一直在家做功課。

八月三十日

那天爸爸發脾氣，據說因為大哥與大姐在戀愛。今天爸爸已經不再發怒，好像已經與大哥談好，由爸爸遣送他去美國讀書。

十月二日

大哥上船，我們都去送行。大姐沒有去，一個人在房裡。我回來的時候去看她，她躺在床上哭泣，沒有理我，晚上她也沒有出來吃飯。

十月八日

這些天爸爸對於大姐特別關心，今天又買了兩件衣服給她。夜裡爸爸要大姐陪他去聽音樂會，大姐自大哥走後一直沒有出門，今天也不想去，後來母親勸她，才同爸爸一起出去。

十月十一日

爸爸為大姐開一個舞會，叫我們都參加。還叫我另外約些朋友。

十月十七日

今天大姐好像很快樂，喝了不少酒，唱了不少歌，跳了不少舞。大家都喜歡她，我的朋友們也喜歡她。菁姐似乎不很起勁，她對人愛理不理的，有人說她冷若冰霜，有人說她驕傲。其實，我知道她是不愛跳舞的。

十月二十四日

家裡總是有許多事，大姐好容易快樂起來，菁姐又病了。菁姐病好了，爸爸又不高興了，聽說是為炒金賠了錢。

十一月一日

爸爸真是喜歡大姐，在他炒金賠本的煩惱中，還在鼓勵大姐音樂會，他特地買了件禮服給她，這件禮服真是漂亮。大姐開音樂會，還是那天舞會中她的老師提起的，大姐並不起勁，可是爸爸竟先送她禮服，大姐好像為這件禮服也該開音樂會了。

十一月七日

媽媽這些天常常出去。爸爸炒金好像很不利，很少在家吃飯。大姐忙於練琴，音樂會已經定下月二十日舉行。菁姐好像有男朋友了，常常放學後還不回來。

十一月十八日

下星期我們學校校慶，我們還同Y．C．中學比賽籃球，我是選手，我很喜歡家裡有人會去參觀。但是給他們票子，他們沒有一個人有興趣去。

十二月三日

為了校慶，我們大大的忙了一陣，現在總算什麼都過去了。爸爸似乎對我什麼都沒有關心，他關心的是大姐，母親對我們什麼都不管。

大姐很快樂，爸爸好像很希望她可以有對象結婚。但是大姐似乎不想結婚，她很用功，努力在籌備音樂會。

十二月十日

爸爸似乎想賣去這房子，去台灣。他不願我們知道，不過我們還是都知道了；母親不想去，今天他們又在爭吵。

十二月二十二日

大姐音樂會真是很成功，她那件晚禮服在台上真是漂亮。琴藝也大有進步，我們的音樂教員連連稱讚，很想認識大姐，要我介紹，我沒有理他。報紙上都在誇讚大姐，爸爸很高興，他說到台灣後，大姐第一應當在台北開一個音樂會。

十二月二十五日

昨夜我到同學家參加一個派對。小彭勸我千萬不要跟家裡去台灣，寒假有好些同學去大陸，我可以同去；那面有青年人的前途，有好多東西學習，可以參加建設「新中國」。

一月二十四日

爸爸很少在家，在家也不說話。媽媽，她一個人進進出出，好像有許多事。大姐也總是一個人出去，菁姐真的在戀愛了，家裡沒有一個人管我，我真不如在學校裡。

一月二十八日

爸爸與媽媽又在吵嘴了，我不敢出去，在房裡偷聽，據阿陸講，爸爸炒金賠虧，想來吵嘴與這件事情有關。

一月二十九日

菁姐的情人就是她的老師，今天碰見他們。菁姐平常什麼都不同我說，今天馬上介紹我是她的弟弟，裝作非常親密。他們還要我去吃點心，我說我有朋友等我，就跑了。我討厭這個男子。

二月四日

這兩天我可真不知道怎麼好。母親，她竟同一個男人在一起。昨天在山路上，我看見他們，她自然也看見我的，可是她沒有叫我，倒避開我，上了汽車就走了。

那是到山頂去的一條路，兩旁既無店鋪與房子，他們決不會有什麼事或在找什麼人。最奇怪的是她晚上回來，帶了一件晨衣給父親、一件鹿皮褸給我，說她陪朋友買東西，順便買的。

二月八日

我自然不同父親去說，但是……母親雖是我的生母，但是我同情父親，他一直當我們是他自己養的。為什麼母親這樣大年紀，還不好好同父親在一起。怪不得她不想去台灣。

那個男人一定不是好東西。昨天我終於偷看到了，他駕一輛跑車，頭髮很亮，停在那裡等母親。……他比菁姐的男朋友還年輕。我忽然想到這汽車也一定是母親買給他的。上次阿陸不是說母親去看過汽車麼？明天我倒探聽探聽阿陸看。

父親破產了，她倒買車子送男人。

二月十日

我很想告訴大姐，但她當我小孩子，沒有等我說出，就打斷了我的話。我想告訴菁姐，我怕她告訴母親。總之，我沒有一個人可談。

二月十三日

仔細想想這個家庭同我有什麼關係？父親並不是生我的。姐姐他們是女孩子，有了男朋友還不是跟人走了。父親遣送大哥去美國，就因為他在愛大姐，現在大姐沒有男朋友，那麼些人追求她，她都不喜歡人家，說不定她還愛著大哥。她不想去台灣，可能是想去美國。菁姐也不想去台灣，因為她有情人在這裡。

我為什麼要去？父親因為母親的關係，才認我們是子女。倘若他知道母親現在的事情，或者母親不同他去台灣，他也不會叫我去了；即使要我去，我也沒有什麼味道！

二月十四日

劉小彭說，去大陸讀書，不用花錢，許多同學都去了。

爸爸去台灣好像定了；他問母親，問大姐，但沒有問我，他以為我是沒有問題的。

二月十五日

天則告訴我，小彭的話不要相信。他說的大陸種種，都是騙人的。去那邊不但無書可讀；也無事可做。不但沒有讀書自由，也沒有做工自由。他叫我在香港讀書，可以住在他的家裡，他父親一定會歡迎的。食住不要錢，學費有限，爸爸或者不會反對。

天則是廣東人，他告訴我許多從家鄉出來的人所說的家鄉的情形。他家裡就住了好幾個從大陸逃出來的親戚。

上面的日記，是從凌亂破爛污穢的日記簿扯下來的散頁中整理出來的。整理出來的還不止這些，但是大都是無關輕重的空話，如天晴天雨，功課忙閒之類，因為並不能作我們參考，所以不引用了。

六、又是一封殘缺的情書

……我想在愛神面前，第一還是要忠實，請你相信我永遠愛你。我不願偽稱我怕家庭或社會的摒棄，我也不願偽稱為你的前途設想。

事實上是我不安，我害怕，天天像有氫氣彈掉下來一般的害怕。沒有你信，我害怕；有了你信，聽你告訴我你在香港的生活，我又害怕。我不是不希望你在那面有交際，得人愛戴，但是我害怕。

為免除害怕，我就要躲避。現在的事情就是從這躲避來的。

男人的愛情也許真是由愛母親而來，尤其是沒有母親的人。我愛你，但是這是一個理想、一個夢；它使我時時發抖，時時發怔，我沒有法子讀書，也沒有法子做工。

親愛的，也許父親的話是對的，我應該以妹妹這樣愛你。我們雖沒有血統關係，但已經是兄妹，就僅能以兄妹相愛了。

千萬相信我終身會愛你的。千萬原諒我有這個變化。我可以發誓告訴你，我沒有把愛你的心去愛別人。別人只是使我在不安驚慌害怕中有了安詳的休息。

你千萬發展你天才，到歐洲去也好，法國、意大利、比利時都有很好的音樂院，父親如果沒有錢供給你，我可以每個月匯你一些。你千萬尋找幸福與快樂，不要為我的緣故而傷心。我對你的愛情是永生的，但只換了一個方式，因為只有換一個方式才可以使我們活得下去。這間接的也安慰母親與父親。

沒有人知道我現在是怎樣一個心情，只有你可以體諒一二。因為我必待你來了對我原諒的電報，我才可以安心；必待你告訴你會快樂地生活，我才可以生活。

我們家庭太離奇，我們的愛情也太離奇。親愛的，要是我愛你不是這樣可怕，我等十年廿年也不是難事；但是它竟使我整天提心弔膽。在我未作這個決定以前，我一舉一動無不以你為念；我花一個錢就想到該為你儲蓄；我看一本書想要同你共讀；我聽不見別人對我說的話，我看不見任何形像。一切是你，全部是你。可是你又是這樣的遙遠。

除了把我心理改變以外，我就會神經錯亂。

如今我只為休息，我只是像找個墳墓一樣的休息。

親愛的，怎麼想我都好。想我淺薄也好，想我下流也好，想我忘恩負義也好，想我什麼都好，但不要想我不愛你。

你可以恨我，罵我，輕視我，但千萬看重你自己，你的健康，你的音樂，你的前途，你的幸福。

只要讓我知道你會去追求你的前途，只要讓我知道……千萬不要因此不理我，或者……

這封信是由無數碎片拼成的，但再也不能更齊全一點。許多地方我很想憑想像把它補充一點，但是我寫了十多次都不像樣。情書究竟不是尼龍絲襪，破碎的地方可以補齊。因此還是保留著它的本來面目。

還有可補充的，是信紙上顯然有斑斑淚痕，可是我無從知道這是寫信的人的，還是收信的人的，甚至是我拼補這封信的人的。

七、一封似乎完整而沒有稱呼與具名的信

我走了，留這封信給你。

你沒有對我不好，但是你知道我的嫁你，或者說我的跟你並不為我愛你。你要我跟你時就說過，哪一天我有更好的地方去時，我儘可離開你。現在我終於要離開你了。

在某一方面講，我是受你騙的，正像你兒子騙我女兒的愛情一樣。

你也許是不知道害我，但是事實上是害了我，正像你兒子害了我女兒一樣。

如今什麼都完了。大的已經自殺，小的已經私奔，我也到該走的時候了。大兒子是你的，小兒子是我的。你的歸你，我的歸我。

你去台灣，我去南洋，大家各奔前程。我除了我的衣飾外，並不帶走什麼。

我們的家庭一直不是一個正常的家庭。有一個時候我也很想把它弄好，但是你並不合作，你外面有許多女人；這使我灰心了。現在你瀕於破產，想我再跟你合作，同去台灣，但是我沒有這個心境了。我從未因你外面有女人而妒嫉，也從未為此同你吵架。你以為我不知道這是你的糊塗，我只是沒有愛過你。

你騙了我身體，我跟了你，這自然是為我的孩子。幾年來承你扶養，我應當感激你；但是我的目的既如此不純粹，所以報應也快。大的自殺，小的私奔；我也就無從對你感激。

還有一點應當告訴你的，是這幾年來，我曾兩次懷孕，我都私自打掉，原因是我一直

想總有一天要離開你，想不到一拖是這麼久。

你接到這封信時，我已經在船上了。我祝你前途光明。

八、後記

把這些材料編好，讀了一遍，原以為已經是一篇很好的小說了，但竟不是。要成為好小說，似乎必須把這些材料消化了重新寫過。但寫出來的故事一定要遠離了材料所供給的事實了。

我一再翻閱，忽然想到那個字紙簍。我想這小說原是它叫我寫的，我何不請教他。我說：

「我已經從你所有的材料中，整理出一個故事來了，但是寫不成小說。」

「故事？你說你已經知道了這個家庭的情形了。」

「是的。」我說：「那個太太似乎並不是老爺的原配。她帶來三個孩子。大女兒同老爺以前的一個兒子發生戀愛，被她父母反對。那位老爺就把那個大兒子送到美國，讓大女兒在香港，使他們隔離，可是他們這互相愛慕，一直通信，男的還計畫女的也去美國。但不知怎麼，男的在美國有了新的對象，與女的要重新保持兄妹關係，這女的就自殺了。二女兒同一個人戀愛，私奔了。太太同一個年輕人戀愛，也私奔了；她帶走了她的小兒子。老爺炒金失敗，破產後痛定思痛，一個人大概去了台灣。」

「一點不錯，一點不錯。」字紙簍忽然說：「那不是已經是一篇小說了麼？」

「但是不完全。每個人的個性我也沒有寫出來，故事也沒有好好交代，事情先後也沒有線索。只是整理體現成的一些材料罷了。」

「這已經夠了，我只是要紀念這個我待了很久的家庭。」字紙簍忽然世故地說：「至於這些人的性格，我知道都是好人，天下的人不過是好人同壞人。這些人沒有一個是壞的，我敢保證。」

「想不到我每天經過的那所小洋房裡的主人們竟沒有一個是快樂的。」

「這只能說是命運。」字紙簍忽然說：「你知道為什麼嗎？」

「為什麼？」

「就因為他們多識幾個字。」

「那麼，你以為我也永遠不會幸福了麼。」

「自然，你昨天拋在這裡的那封寫了一半的信，就表示你一生沒有快樂過。」

「信？」我想到我自己的心事了，但是我沒有接下去，我只說：「那麼你快樂嗎？」

「我？自然快樂。我的看別人的喜怒哀樂，悠閒終日，無所事事。老實說一句，我只是把別人的七情六欲當做廢物，看完了，讓它隨垃圾一同入海。」

「你真冷酷。」

「我不冷酷，」它說：「這所以我請求你把那個家庭可泣可歌的材料整理一下，使它可以讓別人知道一個外表很幸福的家庭，裡面有多少辛酸。」

「那麼，我想寫不成小說也好，寫成小說，恐怕與故事的真實性反而遠了。」

「謝謝你，徐先生。」字紙簍忽然世故地說：「將來你遠行了或者歸天了，我也會把你留在我這裡的材料請有寫作能力的人去整理的。」

一九五八，二，一三，黄昏。

小人物的上進

黃昏

一

小院子裡，陽光已斜到木槿上面。吳覺遜知道，陽光從木槿轉到三株小小的雛菊，大概需要半小時；接著，它會一株一株的撫摸過去，幾分鐘以後，陽光就將為鄰牆掩去，房中就此也快陰暗。

本來，在秋天，陽光可以一直曬到美人蕉上面，但自從隔壁那位姓何的裝修了一下房子，把短牆加高了兩尺，從此就只能曬到木槿了。但這也只是在重陽以後，要是在夏天，太陽沒有轉過去，它曬到嘉壬房間的窗欄上就消失了。

陽光在這小小院落裡移動，本來有一定的幅度，隔壁的短牆加高以後，這幅度也就縮小。嘉壬的房間，本來夏天黃昏時有陽光曬進去，到秋天就少下來；現在則連夏天也曬不到太陽了，因此反倒涼快許多。

「嘉壬還沒有回來！」吳覺遜看太陽已經慢慢的從木槿移去，他突然想到嘉壬應該回來了。一個人凝視著太陽從木槿滑過，他覺得有點落寞。落寞這兩個字也並不能形容他的情緒，他自已對於這種感覺已經很熟識，他叫它「黃昏感」。

平常，逢到這種晴和的天氣，他在黃昏時總要出去散散步，今天因為右腿有點酸痛，他沒有出去。但是當他看到這斜過去的陽光，他感到實在無法再待在房內，也就走到了小院。

天空仍有許多光亮。陽光還留在何家。他突然發現何家的牆上伸出疏疏的樹葉，原來那裡種的小樹已經長出了牆頭。他不認識這是什麼樹，但並不生疏，他知道這樹長得很快，他想到明年這小院裡的陽光一定更少了。

吳覺遜看了看已經失去陽光的木槿。他估計當隔壁的小樹長高的時候，陽光是否還能一天幾小時的照到木槿的身上。他並沒有走近那正開著黃花的植物。一轉身，他想打開小院的板門到外面去看看。

可是這時候，他聽到了隔院何家的女孩的聲音。他知道她叫何雲仙，是一個已經十六歲的女孩子。他同何家並不往還，但是阿珍同他們很熟。阿珍是吳覺遜的女佣，她大概因為覺遜常是一個人，很孤獨，喜歡同他談起一些瑣碎的事情。

何雲仙想是正從外面回來，同她媽媽在說話。吳覺遜想到嘉壬，覺得這也正是她該回來的時候了。他不願在他女兒回來的時候站在門口，好像是專為盼待她似的。曾經有好幾次，嘉壬回來時，他站在門口，嘉壬像是很窘，不知怎麼，他也感到不自然起來。因此他要避免這個場合，他折回自己的房裡。一面想：「這大概就是父親與母親不同的地方了。」

當他走進房門的時候，他又聽到隔壁何雲仙的笑聲。他突然發現，何雲仙這個小女孩的聲音也有點變了。真是，他想，女孩子長得真快！

自然，吳覺遜在那所房子裡已經住了六年多。他剛來的時候，何雲仙不過十歲，怎麼能怪她長得快？每當他偶而看到何雲仙，他總覺得她時時不同，他竟不知道自己的女兒嘉壬更是天天在變化。

吳覺遜雖是沒有時時注意嘉壬的變化，可是就在這一星期裡，他感覺到嘉壬已經不是以前的嘉壬了。

從剛才聽到何雲仙的聲音，吳覺遜忽然想到了嘉壬的嗓音。自然嘉壬的聲音早不是孩子的聲音，但是他想不起它究竟是從那年那月開始變的，他也一直沒有注意過這個問題。

吳覺遜坐在寫字檯邊，吸起一支煙，開始追索嘉壬的變化。

一個人對於身邊每天經常的變化，似乎常常不注意到的，但是一回想的時候，這些變化倒都很明顯。比方說，嘉壬本來不愛打扮，後來慢慢愛打扮了；本來愛拉父親的手的，後來忽然害羞起來；本來回家做功課要父親去督促，後來不用督促了；本來沒有什麼朋友來訪的，後來有些女孩子來往了；……甚至叫「爸爸」的聲音，本來很親熱的，後來也似乎疏遠了。

總之，嘉壬已經是十九歲的少女了。

二

「兒女長大正如隔鄰的牆頭與樹木，它們也擋去了父母的陽光。」

吳覺遜望著窗口，突然發生了這樣的感慨，但是他馬上奇怪自己會有這樣的想法。

嘉壬並不是他唯一的女兒，吳覺遜的大女兒甲婷現已三十多歲了。他也看她長大，不過那時他年紀輕，事業忙，應酬多，家中一切有他的太太韻儀在管，他沒有怎麼注意，甲婷就已經是大學生。那時正在抗戰，她愛上一個青年，匆匆結了婚，就先去了四川。

第二女兒叫乙如，她隨他到了桂林。那時候他事情忙，常常在重慶、昆明飛來飛去的，很少同家裡在一起。桂林吃緊的時候，他打電報叫他太太去重慶。在旅途中，乙如患痢疾，一到貴州，來不及醫治就夭折了。當他的太太韻儀帶著雲丁與嘉壬到重慶的時候，吳覺遜雖是對於乙如的死去很傷心，可是能與其他的家人重聚，也覺是不幸中之大幸。當時抗戰正緊，他非常忙碌；全家那時都靠甲婷伉儷照顧，所他也很少注意家務。

勝利後，回到上海，吳覺遜那時必須常去北平。當時雲丁同她一個同事結婚，他臨時無法參加女兒的結婚；他只打了一個電報給她，好在一切事情都有他太太韻儀主持，他也不知道感情上有多少負擔。

「解放」後，吳覺遜的事少了，他可以待在上海。可是雲丁夫婦去了東北。甲婷的丈夫是四川的地主，夫婦都被清算死了，韻儀因此病倒。多年勞瘁，一旦病倒，竟不容易痊癒，她躺在床上一年。一年後雲丁的男人在東北，說是也被清算，送去勞動改造，雲丁不知怎麼，被迫自殺；這個消息傳來，偏偏被韻儀發覺，她就此棄世長逝。

經此變故，吳覺遜就只有一個嘉壬了。那時候她才十三歲，是一個很美麗聰敏的女孩，可是學校裡竟要她清算自己的父親。他自思一生沒有對不住自己良心的事情，而現在竟這樣不能見容於世，於是就帶了嘉壬到了香港。幸虧有一家紗廠前幾年搬到香港，那裡他有點股子，主持人是他的朋友，分給他幾年的紅利，他得在鑽石山造了一點房子，就心灰意懶地住下來。從那時起，他的心力開始就集中在嘉壬身上了。看她從小學到中學；一直到去年中學畢業，他很想使她可以進大學去讀書。可是嘉壬體驗父親的困難，她得一個老師的介紹，進了一個商行去做事；雖是只有三百元一月，但是父女兩個，倒因此過著較安定的生活。

表面上，吳覺遜的生活是平靜的，但是他內心則並不平靜。他看著嘉壬一年一年的長大，從她生理上、體格上的變化，發現她態度上的變化。自從她做事以來，她的服裝與生活也一天一天不同起來。

嘉壬初做事的時候，每天早出晚歸，吳覺遜可以看著太陽的角度等她回家；幾個月以後，她常常下工後不馬上回家，但總仍能於晚飯前趕回；再後來，她就不時有晚飯應酬。開始時，還同父親說：

「明天同事生日，在大景樓請吃飯，我不回來吃晚飯了。」

幾次以後，她就直接關照佣人；有一次，當吳覺遜苦候嘉壬回家時，阿珍忽然說：

「先生，吃飯了。」

「小姐不是還沒有回來？」

「她今天早晨關照我，說不回來吃飯，她沒有同你說過麼？」

吳覺遜當時很不舒服，他很想等嘉壬回來時說她幾句，指出她這種態度不對。但當他看到高高的身材成熟的曲線在他面前出現時，他發覺她真的已經成人了，他想說的話也就咽到了肚子。日子悄悄的過去。隔壁何家接高了短牆；嘉壬在家的時候就更少了。今年長長的夏天，每逢星期日與假期她都同朋友去游泳。偶而有一個晚上早回來，也躲在房裡寫信，很少陪著父親在燈下說話。

記得當嘉壬讀小學的時候，每一個星期日，吳覺遜都帶她去看電影；中學開始，她就愛同同學們一起去電影院了。吳覺遜知道孩子的心理，在某種年齡上個個都要做大人。同父親一起，總還像是一個小孩子，不能滿足自主的欲望，所以也就不再帶她。不過也有時候，當她的許多同學來看她的假期中，他往往請全體一起去，這總是使嘉壬很開心的，至少也可使她表示她父親是一個很可親的人物。可是自從嘉壬做事以後，吳覺遜就再沒有同嘉壬一起去看戲了。

今年的暑期過後，嘉壬像是已經有男朋友，她開始不再同別人在一起看戲吃飯，總是同一個姓葉的兩個人。吳覺遜雖是知道，但覺得還沒有提起的必要，只是覺得嘉壬似乎離他越來越遠了。

三

後面隱隱約約傳來何雲仙的聲音，吳覺遜知道她又在找阿珍談話。忽然，他聽到：

「壬姐不回來吃飯了吧？」

「她沒有說不回來。」阿珍的聲音。

「我剛才在路上碰見她。」

「她同你說不回來吃飯麼？」阿珍問。

「沒有，她正同她的男朋友去看電影。」

……

以後的話，吳覺遜沒有聽下去。去看電影，五點半的電影？吳覺遜想，那麼嘉壬回來至少要在八點鐘以後了。也許她竟不回來吃飯。她不回來吃飯總是預先關照阿珍的，今天沒有關照，應該會回來，可是也可能嘉壬會偶而作出他意外的事情。

許多事情，第一次破例，往往是偶而一次，等第二次、第三次，就習以為常了。吳覺遜想到，如果嘉壬不回來，他決定不吃飯等著她。

一不注意，小院裡的陽光已經照在四株雛菊身上了。吳覺遜從窗口望去，忽然有一種感想，覺得那四株雛菊像四個小孩，而陽光正像是一個高大的教師在分給他們一些什麼。他這樣一想，就把雛菊當他的女兒。可是他並沒有把陽光當作自己，他想到他們的母親韻儀。他們的母親，是的，她曾像陽光一樣照著四個女兒。

於是慢慢地斜去，一霎時就完全消失了。

消失到哪裡去呢？

當陽光從四株雛菊上斜過去時，吳覺遜開始注意到它真是一株一株的放棄，好像是一隻母親的手，在幾個孩子的頭上摸過去一樣。

這幾株雛菊都開著小小的黃花，在陽光下，顯得特別的鮮嫩而光澤，它們很整齊的排在一起，但都有點向陽光斜過去的方向傾斜。

於是陽光就從它們頂上滑過。吳覺遜知道這時候陽光已經被何家的短牆截去了。天頓時暗了不少。

吳覺遜這時已不注意窗外，他環顧室內的四周。他從牆上的書看到放在角落的電風扇，看到靠在几旁的手杖，又看到日曆、花瓶、書架、像陽光在雛菊上移動般的，他的視線慢慢的轉到桌上，桌上正放著一本書。他隨便的翻來，但沒有看。光線似乎太暗，他懶於欠身去開桌上的燈。他就靠在椅背上，望望桌上的鐘。

「七點還差一刻。」他低聲唸著。於是他聽到那「的塔」、「的塔」的鐘聲。

房內是寂靜的。小院裡也是寂靜的。

吳覺遜開始聽到外面的聲音了。

遠遠地傳來是教堂的鐘聲。它好像是從高空中蕩漾著，和緩的一聲聲的像是一個老年人的呼喚。

從地平線急促地滑翔著過來的是汽車的叫聲，一聲隔著一聲，斷斷續續的像是野獸的追逐。附近又傳來牌聲，收銀機的嘈雜聲，小販叫賣聲，兒童的讀書聲，嬰孩的啼哭聲，以及何家的笑語聲音……

從窗口，吳覺遜發覺何家的電燈已經亮了。他只是發覺，並沒有看見。他想到太陽也一定已在何家的短牆後消失了。

日子真是短得厲害。吳覺遜想著，馬上發覺外界的聲音似乎不但沒有點破房內的寂靜，反陪襯了房內的淒涼；何家的燈光也只是添增了他房內的暗淡。

窗外的天空已經暗下來了，但還未漆黑。吳覺遜似乎要等這一線黃昏消逝後，才想開燈。光亮是年輕人所需要的，他逐漸的覺得不需要了。他已經在這間房間內住了好多年，家具什物，總是放在差不多的地方。每天一睜眼，就看見那副面目。他感到單調、枯燥、乏味。他不想多看它們，所以希望它們常浴於黑暗裡。黑暗至少可以使它們生硬的輪廓稍微柔和一點。

吳覺遜就在這黑暗中重新看房中的家具與什物，他深深的感到生命的可貴。這些家具，不管是多麼講究，總是死的；不能同院中的雛菊相比。雛菊儘管微小，但是它有感覺，它會生長開花，它會了解陽光的溫暖，向著陽光的方向。

這樣一想，他不知不覺從窗口去觀望院中的雛菊，小小的花朵在朦朧的夜色中看似有一種嬌憨的風姿。於是，他突然注意到它們的搖擺，外面這時像是有微風掠過，接著風也從窗隙中鑽進來。吳覺遜感到一種淒清，重新注意到玻璃窗是否關好。這時候，他發現玻璃窗已經蒙上了幾點雨點，而雨點也密集起來，他可以聽到雨飄到玻璃窗的聲音，像是一種生物在那裡爬動。

四

「先生。」外面是阿珍輕輕的叫聲。

這在吳覺遜竟是一種溫暖與安慰，他馬上回答：

「阿珍。」

「你沒有開燈，我以為你睡著了。」

「我沒有。」吳覺遜說著，馬上欠身開亮了桌上的燈。

燈光從黃色的燈罩發出來的光芒，吳覺遜一眼就注意到那光線投到花瓶裡的那幾朵已經萎黃了紫紅色的花上的效果。這花是嘉壬幾天前為他插的，還曾經為這花換過兩次水，現在已經沒有人去注意它了。嘉壬本來對這些買花、插花一類工作很有興趣，常常愛搬動一些花瓶，給父親的房間添置一點生氣；可是近來對這些似乎也淡了許多。吳覺遜看這花想到嘉壬，不知不覺又看了看桌上的鐘。

「先生，開飯了？」阿珍看到吳覺遜已經開亮了燈，也就在門口出現了。

「小姐……」吳覺遜只說兩個字，就等阿珍的回答。

「她還回來吃飯麼？」阿珍竟反問吳覺遜。

「她沒有告訴你，她不回來吃飯吧？」

「沒有，」阿珍笑著說：「可是……我想你也許餓了，可以先吃，我留點菜給她好了。」

「我不餓。」

阿珍就不在作聲，要走開了。可是吳覺遜叫住了她。

「小姐是不是去看五點半的電影？」

「我也不知道，」阿珍又在門口出現，靠在門上說：「隔壁何小姐剛才說她碰見小姐同一位朋友去看電影，不曉得會不會在外面吃飯？」

「是同那位姓葉……葉先生去看電影的麼？」

「我也不知道。」

「我想就快回來了，現在已經七點三刻。」

阿珍不再作聲，支直身子，又要走了，吳覺遜忽然止住她說：

「阿珍，上次你說後面張家養了八隻小狗，想送掉。我們要一隻來，好麼？」

「我早同小姐說，小姐說你喜歡靜，所以沒有提。」

「養一隻狗，你又多一件事；所以還是你來決定吧。」

「我反正一樣，先生願意，我明天去問問看，不曉得都送掉沒有？」

阿珍說了這一句話，歇了一回，看吳覺遜不再說什麼，又回頭要走。這次吳覺遜找不出什麼話可以說，站了起來，隨便的說一句：

「再等她一回吧。」

阿珍沒有理他，就不見了。吳覺遜抽起一支煙，又重新坐下。

吳覺遜忽然想起，他問嘉壬是否同姓葉的一同看電影，有點不自然。他所以要問是否是同那位姓葉的，實在因為嘉壬同那位葉性觀近來過從得很密。葉性觀比嘉壬大兩歲，還在大學讀書，家庭環境很好，又是獨子。做朋友，原是無所謂，可是太親密，那就不是吳覺遜所喜歡的。

說到葉性觀這個人，吳覺遜是見過的，沒有什麼特別出色的地方，也沒有什麼不好。是個很普通的青年。說要做嘉壬的配偶，似乎太年輕一點，他連書都沒有讀好，自己沒有事業，自然談不到結婚。

吳覺遜一直沒有想到嘉壬的婚姻問題，可是這幾星期來，嘉壬的態度使他不得不想到了。他很想同嘉壬談談這個問題，但總沒有機會。吳覺遜覺得最好是嘉壬來同他談起，如由他先說，嘉壬一定不會發表什麼意見，或者反而會怪他多事。

吳覺遜明知道，嘉壬一嫁，他真的是什麼都沒有了。但是他知道這日子一定要到的。他也不希望嘉壬等他死後再去嫁人，他願意先看到嘉壬有幸福的家庭後再死去。可是現在嘉壬才十九歲，那總還早。儘管生理上怎麼成熟，心理上究竟還是一個小孩子。

當他初到香港的時候，吳覺遜並不是沒有機會再結婚。那時候他才五十四歲，頭髮也白得不多。有人還為他介紹過一個很有錢的寡婦，對方對他也很有意思。但是，當時他在亂離之後，韻儀棄世不久，他沒有這個情緒。以後他也不能說不想結婚，可是要自己積極去打算，他就沒有這股勁兒。再以後，心境就一年不如一年了。香港這個亞熱帶的氣候，女孩子容易成熟，中年人也容易老去，這些年來，吳覺遜已經不再想到這個問題。但是這一瞬間，當他想到嘉壬嫁人的問題時，他不禁有點後悔，當初真是自己耽誤了自己。

玻璃窗上的雨點比剛才大了許多，外面的天色已經漆黑，吳覺遜站起來，拉上窗簾。這窗簾還是嘉壬去年過年時做的，現在她恐怕不會有這個心緒了。吳覺遜這樣想的時候，他突然聽見了外面汽車的聲音，他敏感地知道嘉壬回來了。汽車並不能直接駛到他的門口，走進來還有三、四十步路。他馬上就走出來，叫阿珍拿著傘去接嘉壬。但當阿珍跨出門後，吳覺遜站在門口望出去時，嘉壬已經奔了進來，她兩手支著一件男人的雨衣，一直遮到頭上。她沒有等阿珍給她傘，一逕闖後門。一面笑著，一面收下雨衣。吳覺遜為她接過雨衣，說：

「你這孩子！」

嘉壬露出甜蜜的笑容，望望她爸爸。吳覺遜看到她臉上的幾點雨水，忽然他發現她眼睛今天特別烏亮。嘉壬一面跺跺腳上的水，一面把手袋放到桌上，她兩手掠了掠頭髮說：

「雨真大！」

屋子裡的空氣頓時不同，吳覺遜剛才淒寂的感覺已經消失。阿珍從吳覺遜手上接過雨衣。吳覺遜就挽著嘉壬走到裡面來。阿珍在後面說：

「這是男人雨衣，誰的？」

「葉性觀的，他送我回來的。」嘉壬說。

吳覺遜同嘉壬走進那間飯廳，開亮了燈，嘉壬忽然說：

「我去換一雙鞋子。」

嘉壬一面出去，一面哼著歌。吳覺遜在飯廳裡走著，不知不覺走到一面鏡子面前，他在鏡子裡看到自己蒼老的面容，想到剛才許多感觸。他覺得很可笑。

「黃昏感！」他用手掠一掠已灰的頭髮，振作了一下。他覺得很餓。廚裡傳來青椒在油鍋裡的香味，他想到飯就要開出來，與嘉壬對坐著吃飯是多麼愉快呢。他坐在沙發上，伸直兩腿，等待嘉壬。

嘉壬進來時，已經換了一件黑色的毛衣與一條紅藍條子的長褲，她滿臉笑容的走到吳覺遜面前，看了看吳覺遜說：

「爸爸，你這樣看起來，好像年輕了許多。」

「你已經是大人了，我怎麼會年輕。」吳覺遜說。

這時候，阿珍已經端上了飯菜。嘉壬幫著去拿碗碟，從側面望過去，吳覺遜發覺嘉壬的臉真像她四十年前的母親。

四十多年！這日子是怎麼過的？

吳覺遜想到四十年以前他的太太——韻儀。那時候她大概是二十一歲，剛剛結婚，不也只比嘉壬現在大兩歲？兩年是一霎眼的時間，嘉壬是不能老陪他一起吃晚飯的。他覺得飯後必須同嘉壬談談他的心事了。

在飯桌上，吳覺遜問：

「今天的電影好麼？」

「沒有多大意思。」

「那麼何必去看呢？」

「葉性觀打電話給我。」

「又不是星期六，他又在讀書，也不能常常這樣。」

「他有話同我講。」嘉壬忽然露出很俏皮的笑容，望望吳覺遜。

吳覺遜愣了一下，他避開嘉壬的眼光，用筷子去夾青椒炒肉絲。

可是，嘉壬竟放下筷子，手捧著飯碗，用一本正經的面孔，很嚴謹的望著吳覺遜說：

「他說明年他家裡要他到加拿大去唸書。」

吳覺遜沉吟了一下，他隨口說：

「年紀輕，到外面讀書，那當然很好。」

「他問我是不是可以先同他結婚？」

吳覺遜原以為葉性觀要去加拿大讀書，嘉壬的問題暫時可以沒有了，沒有想到接下去是這麼一句話。他一時說不出什麼，他看了嘉壬一眼，不表示什麼意見似的說：

「那麼……」

「所以我想同你商量商量。」

「結婚？你才……你還是一個孩子，我覺得……」吳覺遜慢慢地放下筷子。

「但是……」

「結婚了，打算怎麼樣呢？」吳覺遜忽然提高了嗓子說。

「他說，他父母答應他帶我一同到加拿大去，到那邊我也可以讀書。」

吳覺遜一時不知說什麼好了。他霍然站起來，走到茶几邊，順手拿了一支香煙，點了火。

「爸爸，你的意思怎麼樣呢？」

「這是你的終身大事，總得慢慢考慮一下。」

「他說，我要不答應，他也不去加拿大了。」

嘉壬一時愣在那裡，不說什麼。吳覺遜開始說：

「你們倆認識不久，他也沒有自立，還要讀書。他去加拿大，你們可以多通通信，兩個人認識深一點，再結婚也不遲。」

嘉壬還是不作聲，房內一時寂靜得很，外面傳來瑟瑟的雨聲。吳覺遜接下去，又說：

「你現在才十九歲，應該多享受些青春，多過些小姐生活。結了婚，很快就會有小孩，家庭生活可不是戀愛生活，那是一個責任，一個負擔。你年紀輕，何苦急於結婚呢？」

嘉壬這時忽然兩手扭弄著手帕，囁嚅著說：

「可是他已經同家裡說了，他家裡先也不答應，後來……後來他同他父親說，如果他們不答應，他也就不去加拿大了。現在，要是我們又不答應，他……他也一定不肯再去唸書的。」

「哪有這事情？」吳覺遜說著，自己也不知道該怎麼回答。可是，一回頭，看到嘉壬呆呆地看著飯碗，眼角掛下兩顆豆大的淚珠。

吳覺遜想倒剛才嘉壬臉上的雨點。

外面仍有淅淅瀝瀝的雨聲，吳覺遜諦聽了一下。於是，他說：

「嘉壬，你知道你爸爸已經老了，只有你一個親人……」

「爸爸，我也不想離開你。」嘉壬忽然哇的一聲，伏在桌上哭起來。

吳覺遜這時候也感到一陣鼻酸，他背過身子，拿出手帕，揩揩眼睛。這時他無意識地走到窗口，玻璃窗微開著，有風吹動著窗簾。他順手掀起窗簾，像想尋失去的黃昏似的，望著漆黑的窗外。玻璃窗上流著雨水，窗隙間有水進來，他關緊窗戶，佇立了好一回。於是他像覺醒似的，發覺嘉壬還是伏在那裡啜泣，他慢慢的走到嘉壬身後，拍拍她的肩膀說：

「你願意就答應他吧，只要你覺得他真的愛你，你也愛他。」

「我不，我不……」嘉壬還伏在桌上哭泣。

但是吳覺遜從這聲音裡知道他的鼓勵是太出嘉壬意外了。嘉壬的淚中有感激、有安慰、有愉快、有傷心……而這是嘉壬自己所不知道的。

吳覺遜重新回到飯桌上，他說：

「嘉壬，吃飯吧，現在不要再提它了。」

但是嘉壬還是伏在桌上。吳覺遜望著她倒垂的頭髮與青春的身軀，想到這個就要遠去的女兒，感到一種說不出的悵惘。剛才的種種感覺一時又重新浮到心頭，他喝了兩匙湯，沒有再吃什麼；放下湯匙，心中輕輕地說：

「黃昏感。」

一九五六，一二，二七。

下鄉

一

車窗外可以看到陽光下輕輕的禾苗，蓊鬱的樹林，小橋流水縈迴著灰色的村落。遠處是淺淺濃濃的山色。田塍上有兩兩三三的農夫；小河中，小小的木船在漪漣的水上駛動；籬笆邊偶而有一點紅花；村屋的牆上不時有斗大的標語：

「共產黨萬歲！」「力爭上游，搞好生產。多快好省的建設社會主義。」

凝視著這廣闊的大自然，葉進忽然感到了溫暖與親切。他想起了這原是他童年時常經過的世界。可是當他細味童年的印象時，他又覺得這美麗的原野是多麼陌生與新鮮了。

天是藍色的，是如此廣闊。太陽高懸在天空，天空清靜無比，只有一二瓣淡淡的透明的白雲；火車噴著濃黑的煙霧，遙遠遙遠凝聚在樹梢天際的，都已淡成灰色。葉進想到這景色正是童年時他望著火車過去時的景色，這回憶是如此清楚，好像他已經回到了過去。

田野間有幾個農民，這時候正望著火車飛逝，其中有一個十一、二歲的小童，牽著一隻牛在小路上走，也停止下來，回頭用手遮著太陽來看火車。葉進想到這正是他的過去。

童年生活的回憶，使葉進似乎年輕了許多，他記起鄉村裡許多人，他的母親，外祖母，以及那些一同玩，一同讀書的孩子們，甚至那些孩子們的母親。這些人現在竟像展開在眼前的景色一樣，是如此的親切溫暖，而又如此的陌生與新鮮。

火車這時候忽然發出尖銳的長嘯，葉進吃了一驚，醒悟過來。他覺得自己竟還是未能擺脫這些落後的小資產階級的溫情主義。他微笑一下，回到車內。

他坐下來，環視周圍，他意識到自己現在是一個黨員作家，現在正是下鄉體驗生活，接近群眾，參加勞改，搜集材料。他正計畫寫一本小說，是將以人民公社為背景的小說，以響應作協大躍進的號召。

全世界現在只有中國人民公社。人民公社將代替家庭，成為社會組織最基層的單位。葉進所計畫的小說將是表揚公社——這個進步的單位形式——之成就。他要寫裡面每一個社員的愉快幸福。他設想他可以寫五十萬字，這是他在作協的大會中應承下來的。不用說，這不但將是中國的第一部關於人民公社的小說，也是世界的第一部寫人民公社的小說了。

火車又是一聲長嘯，葉進知道車站就快到了。

車站名字是虹橋，這名字倒是自從葉進知道以後，一直沒有改過。葉進將在虹橋下車，再走三、四里路，到一個叫做石湖村去落戶。

石湖村，這地方是葉進自己選定的。他為什麼選這個地方呢？他的理由是他比較熟悉。在九歲到十二歲這四年中，他與母親就住在那裡的外祖母家。村後不遠有一個小湖，叫做石湖。石湖的附近，有一個小學，叫做石湖小學。他就是在石湖小學畢業的。他畢業後才同母親離開石湖村到了上海，同他父親在一起。這以後，他慢慢知道他父親就是一個共產黨員，因為獻身革命，所以把家庭——太太與兒子——寄放在石湖村。後來，他父親，因為走陳獨秀的路線，犯了錯誤，他脫離革命，回到上海，接了葉進母子出來，安分教書，過了幾年的清苦生活。

葉進的父親緘默寡言笑。葉進雖是有六年的時間與他住在一起，但共總算起來，恐怕沒有說過幾百句話。他教書回來就是看書睡覺，星期日有時候一個人出去。他從不看戲，也從不帶太太、孩子去玩玩，但常常叫他太太帶孩子去看電影，碰到有新鮮的玩意如馬戲團一類的玩意，他尤其鼓勵他們母子去看，可是他自己則從不陪他們同去。

葉進中學畢業那年，他父親患癌症死去，臨死時鼓勵葉進學醫。當時葉進已經對文學很有興趣，而且立志要做一個普羅文學家，因為那時候上海正流行普羅文學。

葉進進大學就與共產黨發生關係，他開始知道他父親是托派。托派自然是不對的，但當日本人侵略中國時，說托派是漢奸，葉進也覺得不能相信。不過他們知道這也是鬥爭過程中不能避免的帽子。

大學畢業後，葉進在中學教書。隔了兩年，他母親去世，那時候他已經薄有文名。抗戰軍興，他就到了延安。可是在整風運動時，他犯了錯誤，受了很大打擊。全國解放後，他一直在北方。肅軍事件中他又犯了錯誤，經過批評以後，下礦勞動改造了六個月，他恍然大徹大悟。他開始諒解他的父親，並以父親的命運警惕自己。這以後他在文壇上一直很平穩。在胡風事件，丁陳事件中，他都能站穩立場，劃清敵我，顯然很有建樹。這次響應黨的下鄉，下廠，下部隊的號召，到石湖村居住一個月。他要將他在石湖村的體驗，計畫一部小說，寫英雄的農民在黨的領導下，創造了世界從未有過的奇蹟——人民公社的奇蹟。

二

車站上沒有幾個人，葉進知道拿著紅綠旗的就是站長。上級曾經有長途電話通知過他，所以他很留心這位名作家的到來。

站長是一個粗矮的人，葉進下了車向他走過去時，他就走過來歡迎，指揮旁邊的人，來接拿葉進手上的行李。

站長招待葉進在站長室喝了一杯水，談些鄉下大躍進與勞動人民驚天動地的創造情形，最後派了一個人為葉進挑行李，送他去石湖村。

離開了車站，走一條煤屑路穿過幾塊稻田，順著一條小河，過去就是虹橋鎮。虹橋鎮是葉進童年時常來玩的地方。鎮上很有幾家賣魚肉，時菜水果，以及幾家賣銅鐵器，理髮店一類的店鋪；那些鋪子裡的人他都有點認識；他特別記得的是那個在一家麵鋪裡的學徒，比他大五六歲的瘌痢頭阿洪。

當葉進跟著那個挑夫穿過虹橋鎮的時候，他發現鎮集上又冷落又清靜。當年那些熱鬧的店鋪都已不在，只有一個供銷社同幾家他幾乎無法辨認是賣什麼的鋪子。倒是橋塊邊一家理髮店熱鬧些，有三、四個穿著幹部制服的人在理髮。

街道比他當年所見的，好像狹小了許多。有一、二個人縮著脖子毫無生趣的在走動。大街的轉彎，是一條石橋，葉進在橋上看到了河裡幾艘木船，一艘滿載石子，一艘載著木柴。

走過虹橋就看到街的盡頭，除了街道，就是一片一片青翠的田野了。

挑夫看葉進走得太慢，他等在前面。葉進本來想在街上多看看，因為挑夫走得快，他想以後來看的機會很多，所以也不再留戀。他看到等著他的挑夫是一個十八、九歲的小伙子，中等身材，瘦瘦黑黑的。這個小伙子一隻手插在腰際，一隻手捏著圍在頸上的污黑的毛巾，微張著嘴，瞪著眼睛望著葉進。但等葉進走上去了，他避開葉進的視線，彎下身子，重新挑起他放在地下的擔子。

兩個人到此還沒有說過話。葉進也忘了剛才站長替他介紹過的那個挑夫的名字，但是他覺得他應該接近群眾了。

陽光普照著田野，和風吹來，帶著鄉間特殊的一種氣息，葉進深深地呼吸一下，咳嗽一聲，於是他用很親切的口吻說：

「同志，這裡的稻真不錯，今年大概可以豐收了吧。」

「咦，啊，啊，唔！」挑夫頭也不回的往前走。

「你是在這裡長大的麼？」

「唔，是。」

「你叫什麼名字？」

「小鑼。」

「你姓什麼？」

「沈。」

葉進知道虹橋鎮姓沈的是一個大族，他想他也許會知道小鑼的父親，他就問：

「小鑼同志，你父親叫什麼？我也許會知道你父親的。」

「我爸爸已經死了。」
「他叫什麼？」
「大鑼。」
葉進原想，如果他會認識小鑼的父親，那他就有話可以談了。現在小鑼說出來的他竟毫無印象，他就不知該怎麼說了。這樣大家沉默地走了好一程。
葉進的行李很簡單，可是小鑼挑著已經顯得有點吃力。他聽到小鑼的喘氣，發出輕輕的杭育聲。他看小鑼的背脊有點微駝，可是腳步仍是放得很快，葉進很有點跟不上。他就說：
「小鑼同志，我們可以歇一回再走，反正不急。」
小鑼沒有理他，只是反而把腳步放快，把葉進拖後了許多，突然在前面一株樹下笨重地放下擔子，一面解開束在破襖上的腰帶，一面用那條污髒的手巾揩臉。他的敝舊的布襖上有好些補丁，好像並沒有鈕子似的，解開腰帶就敞了開來，裡面露出污黑的汗背心。
葉進趕上去的時候，小鑼馬上就俯身挑擔要走，可是葉進阻止了他。
「歇一回好了，我們也不急。」
「我還要趕回去開會。」小鑼用滯呆的語氣說。這很出葉進意外。
「開什麼會？是關於生產嗎？」葉進問。
「反正有許多會，要我開會，就去開會。」小鑼一面說著一面已經挑起擔子。
葉進覺得小鑼政治水平很差，他就問：
「你們晚上有沒有夜學。」
「夜學？有。」小鑼說。

「你參加嗎？」
「是的，隔天夜裡。」
「那麼你也識了不少字？」
「唔……唔。」小鑼好像討厭葉進的囉嗦，加快了腳步直往前走。
葉進於是瀏覽一下四面的風景。
遠處有斑鳩「光光紅燈」的叫聲。葉進小的時候，曾經聽大人講，斑鳩有兩種叫法，一種是「苦苦無過」，主天要下雨；一種是「光光紅燈」，主天晴。這兩種叫聲，初聽不易分別，後來慢慢的就聽懂，到現在總是沒有忘記。他聽出現在所叫的是「光光紅燈」。
近處有小鳥在樹上飛躍爭鳴，葉進認識是麻雀。他想麻雀是四害之一，經過轟轟烈烈除四害運動，怎麼仍未除盡？他問：
「你們這裡沒有除四害？」
「四害？除過。」小鑼說。
「那麻雀？」
「我們吃了不少。」
「怎麼現在……？」
「後來我們蠶都餓死了。沒有桑葉。有人說因為沒有麻雀，所以桑葉都被蟲吃掉了。」
葉進想到這大概是自己疏忽，沒有知道麻雀已經摘了害蟲的帽子，他就不再提了。
彼此沉默著，只有小鑼的低微的杭育聲與沉重的步伐聲，與葉進的思想起伏關連著。
他們從石板路走到泥塍，又從泥塍走到石子路，於是經過了一個石橋。橋邊有一架水車，一隻瘦瘦的黃牛在車水。一個十五、六歲的梳著兩條辮子的女孩子拿著柳條坐在溝邊玩水。他看見有人來了，站起來，揮著柳條對牛吆喝。

小鑼放慢了腳步，看了那小姑娘兩眼。葉進忽然開口說：

「小鑼同志，這是公社的牛麼？」這突然的問句，好像使小鑼吃了一驚。

「公社？牛，大概……」小鑼放快了腳步，一面喘氣一面說，葉進根本沒有聽清楚。

葉進加緊了腳步走上去，他換一口氣問：

「這裡是哪一年經過土改的？」

「土改，可不是？……」小鑼總是答非所問。

「你分到多少土地？」

「我母親同我，對的，三畝，差不多三畝。」小鑼換了兩口氣，忽然說：「都已經還了合作社。」

「是你參加了合作社，是不？」葉進說。

「可不是？參加了合作社！」小鑼說。

「那麼現在公社呢，聽說這裡已經成立了。」

「可不是？公社已經成立了。」小鑼說。

「那麼你們一定很幸福，現在你們都是公社的主人了。」

「可不是，聽說人民大翻身了，可不是，是不？」小鑼痴呆地用斷續的語氣說。

葉進望著小鑼瘦黑佝僂的身軀，喘著氣抹著汗，邁著踉蹌的步伐前進的情形，覺得說他是幸福的公社主人不免有點滑稽，他忽然想：

「如果是地主的行李，一定會比我的重很多。而且也不會叫小鑼為同志的。」

三

石湖村的居民，以李姓、楊姓為多。這兩姓據說是南宋時從北方移民來的，其他的雜姓自然是後來陸續搬來的。葉進的母親就是姓楊。

石湖村在明朝出過一位理學先生，後來在這裡講學，大家都叫他李石湖先生。他講學的地方還有兩株樹同一個石亭的遺跡。後人就在那裡興建了一所小學，叫做石湖小學。第一次世界大戰時，有一位李國良，在顏料上發了點財，他回鄉購置了不少田地，興建了一所李姓宗祠，擴大了石湖小學，改稱石湖學校。他本來想另外辦一個中學，但因為沒有學生，所以拖延下來，可是校舍的規模很像樣，因為在山坡上，居高臨下，可以一覽石湖風景。學校後面另外有一個院落，有幾間樓房，則是李國良自己休息之所。

石湖學校在國民黨治下改為石湖國民小學校，到了解放後，又改稱為石湖人民第一小學校。雖說是第一小學，直到現在，石湖村仍沒有第二個小學。

在石湖小學擴大改建之時，為紀念李石湖先生，校園中曾立有「明李石湖先生講學之所」一個石碑，亭子的牆上還嵌著李石湖先生石刻的字跡及人像。

這些遺跡現在仍是照舊保存著。但是他的後裔，那個興建這個學校的李國良的子孫，及其世襲的校董則早已因是地主而被清算了。

石湖小學的校舍，不但是全村最華麗暢亮的建築，而且也是這縣裡少見的。現在校長是一個湖南人，他是有十年黨齡現在三十二歲的蘇華同志。他在縣裡教育局還有一個什麼名義，不用說在石湖村裡是一個很重要的人物。

但是更重要的人物則是住在學校後面那所樓房的一位同志，大家都叫他毛同志。他還有兩個助手，也住在一起。這姓毛的同志有五十歲，黨齡在三十年以上，參加過長征的前輩，但是他的愛人則只有五年黨齡，今年才二十六歲的女子，現在也在石湖小學教唱歌。

葉進一到石湖村，自然先要去看毛同志。他知道毛同志是游擊時代老幹部。因為現在什麼都不同以前，毛同志已無法擔任重大的任務。黨為照顧他，所以讓他在鄉村裡做熟識而簡單的工作，清閒地在清靜鄉村裡生活著。毛同志也早已接到上面的指示，很殷勤地接待葉進，他說：

「你可以住在我這裡，也可以住在學校裡；這裡環境好，清靜，於你寫作一定很有幫助。這些小學生，現在都是貧農中農的子弟，不像以前那樣都是地主子弟了。這也許於你寫作上也有點幫助。」

葉進本來想告訴毛同志，他以前在這裡讀過書，被他這麼一說，他反而覺得不好意思提它了。葉進很自然的選擇了住在學校。毛同志當時就陪他到學校裡看蘇華同志。

蘇華同志知道葉進是一個有點名望的作家，招待很殷勤。毛同志同他們坐談了一回以後，就告辭了。

蘇華陪葉進參觀校園，一面告訴他學校的情形。校址雖仍是以前校址，但學校已不再是以前的學校。這裡像成了全村的文化中心，小學以外還附有農技訓練班，成人文化班，醫藥指導所，托兒所各種各樣的組織。蘇華說：

「現在是新社會。新人新事，層出不窮。開始時我們推動群眾，現在則是群眾領導我們。他們要求各種學習，各種訓練，這裡就成了一個中心。」

「可不是，所以我們作協的會員都要求下鄉、下廠、下部隊，積極地向群眾去學習去。」葉進說。

「尤其是現在推行人民公社，由社會主義邁進共產主義，我們必須投入火熱的鬥爭中來鍛鍊才行。」葉進同志附和了幾句，問：

「究竟這裡人民公社推動的怎麼樣？」

「我們已經有公社大飯廳，成立了三十個勞動大隊，把全村的婦女都從家庭裡解放出來，投入了生產。」蘇華一面走一面說，露出非常興奮的樣子。

葉進發現蘇華很有表演的天才，他也加重語氣說：

「我真是幸運，能夠這時候來這裡，你知道我正計畫寫一部以公社為題材的小說。全世界現在只有中國有公社，我的小說自然也會是世上第一部寫公社的小說。」

他們一面談著，一面走到校園的西首，那裡有一組房子，都是平房，外面圍著籬笆，籬邊種著美人蕉與芭蕉。蘇華忽然說：

「這是我們的客室，常常招待外來的賓客。這裡常常有黨支書記，縣委等人來，前年還來過蘇聯的專家。我想你住在這裡一定也會很適合，非常清靜。」

「謝謝你。」

「我回頭叫他們把你的行李送來，你要什麼儘管同我說。」

「謝謝你。」

這時外面傳來了「噹噹」的鐘聲，蘇華說：

「現在他們下課了。我們回去。你一定高興認識認識我們的教職員同志。你同我們一起吃飯好麼？」

「謝謝你。」葉進說。

回到裡面，教職員們正下課出來，蘇華就絡續為葉進介紹，第一個就是毛同志的愛人孫同志。孫同志有一個很甜美的臉龐，嘴唇薄薄的，右頰有一個酒窩，鼻樑顯得低一點，有幾點雀斑，眼睛很秀麗靈活。蘇華同志於介紹時特別著重的點名是毛同志的愛人，使葉進不得不特別對她注意一下。

孫同志以外，還有四位女同志：一個是瘦瘦黑黑的，約有三十歲的女人，沉默嚴肅，一看就知道是個有相當黨齡的同志，她是李同志；一個是粗健矮壯有一個孩子臉龐的陸同志，看來不過二十三、四歲；一個戴著近視鏡，皮膚白白的是張同志；另外一個則是看來不過二十左右的女孩子，長得小巧輕盈，玲瓏纖秀，有一列極美的牙齒的金同志。葉進猜想她一定是團員，還不是黨員。

葉進沒有十分注意另外三位男同志。他們都像是用舊了的紅木家具，年紀相當大，壯志野心早已消失，只想求一溫飽的小人物，因為穩重可靠，所以被蘇華留用著。其中一個禿頭的矮矮的戴銅邊眼鏡的約六十歲的人，蘇華同志特別為葉進介紹，笑著說：

「這是穆老師。我們大家都叫他穆老師，我已經關照他，你需要什麼都問他好了。」

這位穆老師可並沒有笑，他用手推推眼鏡，說：

「我們六點半鐘開飯。」

四

第二天，葉進到石湖村去散步，那是他舊遊之地，所以他很熟識。他很想找幾個童年時的遊伴。

石湖村像是比以前窮了許多，那些村人個個都是畏畏縮縮無精打采的。他很想找人談談，但是別人對他好像視若無睹的不理不睬。

他先到他以前住過的外婆家去。他的外祖母、舅父母早已死去，舅父的三個孩子，後來也搬到上海，不知下落。他想不出有什麼人住在那裡。他忽然想到以前舅父家的一個佃農叫做阿發的。阿發，還有他的一個兒子叫做長庚，長庚同他年齡相仿，彼此是好朋友。現在也許會在那裡吧，他想。

葉進外婆家的房子是舊式的。大門外有一道蔭牆，兩條石凳，裡面是一個院落。走進院落，右面是族人的，左面是外婆家，那房子有五間二弄。後面是一個園田，園田後門開出去是一條小河。可是現在前門的蔭牆已經沒有，石凳少了一條，裡面院子裡滿地碎瓦破磚，房子早已倒了六成。他折回來跑到後門。園田的圍牆也完全沒有，曬著破爛的衣服。有一個七十多歲老頭子在太陽下打瞌睡，葉進走過去，他想那個老頭子可能是他幼年時認識的，他想問他去談談，他問：

「老先生。」

那個老頭子，一看是一個幹部同志，吃了一驚，不知該怎麼好。葉進非常客氣地問：

「老先生，借問你們這裡，有一個名字叫做阿發的人嗎？」

「阿發，哪個阿發？」老頭子瞪著眼睛，望著葉進說：「是地主嗎？」
「不是，我想他是一個雇農，」葉進說：「他是這裡李家的雇農。」
「啊，你是說三十年以前的事情了。你不知道後來李家搬走了，阿發將自己積蓄把李家最後二十幾畝田買下來，他就做了地主。」
「他呢？」
「地主，還不清算？掃地出門，他跳河死了。」
「他的兒子呢，叫做長庚的。」
「長庚，他經過勞動改造，脫胎換骨，韓戰時他參加了志願軍，聽說也死了。現在他是我們這裡的民族英雄。」
葉進一時竟不想再說什麼。他本來很想知道這老頭子是誰，現在則覺得知道了也沒有用處，徒然暴露自己是誰，也許會掀起村人們的謠言，所以就搭訕著走開了，可是那位老頭子忽然說：
「長庚的媳婦現在可是這裡婦女勞動大隊的大隊長，還是我們公評的勞模。」
「真的，我可以看看她麼？」
「她現在哪裡會有空，每天都要十點鐘以後才回來呢。」
葉進別了那個老頭子，一個人順著村路走去。好像起初還有點陌生，後來越走越熟稔起來，這些房屋竟一點沒有變動，只是老了一些。還有前面板橋邊的幾株冬青，完全同以前一樣的茂盛。遠遠的青山輪廓，高高的藍天好像特別對他親密。他聞到了一種極其家鄉味的氣息，那是潮溼的泥土在太陽下所蒸發出來的土香，可是夾著牛糞的臭味。春天的風有無上的溫柔，田野間的青苗像一幅幅碧綠的輕綢。就在那有牛糞的稻場上，他想起童年時與他一同玩的遊伴。

他想到一個常與他在稻場上摔跤的楊福昌。他也是石湖學校裡的學生，好像比他高一班。他的家就在板橋的右首，第三家。他的父親是一個木匠，是常到葉進外祖母家去做活的，葉進到他家也去過幾次。他想也許他們現在還有人住在那邊，他就向板橋方面走去。

但是到了那面，他看到一個六十幾歲的老太婆抱著一個兩、三歲的小女孩呆坐在門口。他用盡力量向她打聽楊福昌，她總是弄不清，後來發現她根本是一個聾子。

葉進想到這正是大家去田野工作的時間，所以他無法看到年輕的人們。但從那位老太婆抱著的小女孩，他想到與外祖母同族的一個叫李三多的孩子。李三多最會捉蟋蟀。每年夏季，鄉間孩子們大家都捉蟋蟀，捉到蟋蟀互相決鬥。李三多常常有最兇強的蟋蟀，把儕輩的都一一打敗。李三多有好幾個妹妹，頂小的一個那時候就只有兩歲，像老太婆抱著的那個一樣。葉進想到，如果仍在這裡，她應該是三十幾歲的女人了。

葉進在村裡遛了一回，就走向李氏宗祠去。他知道那是現在人民公社食堂，他應該可以碰見一些他可以認識的人的。他一面想著那位老太婆，同起先碰見的老頭子，他想應當都是以前認識的人，但他竟無論如何都無法捉摸了。

葉進走到李氏宗祠。李氏宗祠的紅底金字匾額已取走。旁邊掛了一塊長木牌，寫著「石湖村人民公社」的字眼。本來黑色的大門，白石門欄則已經撤去，留著一個門框。裡面大院子掃得很乾淨，大廳外掛著「石湖村人民大會堂」匾額，裡面放著一排一排長凳，正面是一個講台，中間掛著一張毛主席的肖像。

院子兩旁原是很大的走廊，如今則放著長長的板桌，一列一列的，沒有門，沒有窗，柱子上掛著人民公社食堂的木牌。繞到後院，葉進才聽見一點人聲，他隱隱約約也看見有人在走動；於是葉進注意到院中的兩株桂花樹倒還是同以前差不多。桂花樹前面一列房子，也是後院的正房，上面寫著「老人院」的字樣。葉進走過去在窗外內窺，他看見四、五個老太婆在縫製鞋底。葉進知道這是他們老年人響應號召，為解放軍及幹部同志製鞋之用的。

忽然葉進在這幾個老太婆中，看到一個有點面熟的人。他想起來這是阿福嫂，是他外祖母一個女佣，以前常為葉進洗腳，坐在床沿陪他睡覺，為他講故事的阿福嫂。那時候，她是一個青年婦人，很壯健，現在竟老得像是乾枯的樹根，佝僂著背，滿頭白髮，戴一副銅邊眼鏡，遲緩地一針一針在縫釘鞋底，每縫一針，就把針在她白髮蓬鬆的頭上磨一下。葉進在窗外看了很久，但是裡面的人竟沒有一個注意他在窺看，這正像動物園欄裡的動物，被人參觀慣了，視若無睹一樣。他幾次三番都想推門進去招呼阿福嫂，但覺得不知該說什麼。如果阿福嫂抱著他大哭，或者拉著他訴苦，甚至她看他是一個普通幹部……。

他想到這還是小資產階級的溫情主義。他是黨員，自然必須克服這種意識的。這樣一想，葉進臉上露著光榮的微笑，就緩緩地離開了老人院。

葉進走到桂花樹下，他想到童年時秋天裡在這裡採桂花的情形。他採了許多桂花回去，給母親插在瓶裡。母親把小的一枝插在髮髻上，葉進也折了一枝，插到正在洗衣服的阿福嫂頭上。阿福嫂謝謝他。晚上當她陪他在床沿的時候，她從頭上拿下來聞聞，她說：「花已經謝了，要是金子做的，可多好。」葉進就說：「我大了賺錢，打金桂花送你。」阿福嫂說：「你大了，你大了，還會想到我這老太婆？」

葉進想著想著，忽然覺得他這種回憶是知識份子的劣根性，是封建意識在作崇。他回到前面，沿人民公社食堂走過去，發覺有一個人在掃地，但並沒有去看他。突然，那個人像是恍然大悟似的叫了起來：

「葉鼎民。」

葉進吃了一驚。他看到那個人放下掃帚奔過來：

「你是葉鼎民，是不？」忽然他加了一個稱呼：「同志。」

葉進以前的名字叫鼎民，這是很少人知道的。現在居然有人叫他了，不用說，他一定是他童年時的夥伴了。一看那個人是高高的個子，面上有許多鬍髭，頭髮禿了頂的中年人，只覺得他有點面熟，但是叫不出名字。他一面望著他，一面說：

「是的，不過我現在叫葉進。你呢？我們是老同學？但是我想不出你叫什麼來著？」

「我是方善璋，你不記得了？」

「記得記得，你哥哥叫方善圭，是不？」葉進說：「你在這裡……？」

「我在這裡廚房裡工作。」

方善璋、方善圭並不是石湖村的人，他們住在離石湖村有十幾里的一個村莊，好像叫做隱墅。兩兄弟是當時石湖小學的住讀生。葉進記得他們兄弟倆很有錢，常常買零食請客，衣裳也是很講究。他們的家裡當然是地主。葉進當時就說：

「你很好。你哥哥呢？」

「他，他被清算了，真是！他是地主。」

「啊！」

「你呢？你是幹部同志了！真是，我們有幾十年不見了。」

「我一直在外面亂跑，這次也是響應黨的號召下鄉一個月。我從上海來的。」

「我也去過上海。土改時候，你知道我父親是地主，他死了，我同我哥哥每人分了八十幾畝田。我哥哥勤儉克家，剩下錢喜歡買田。解放時候有一百四十畝，自然是大地主，被鬥死了。我是一個沒有出息的人，喜歡賭，喜歡嫖，八十幾畝田，不到幾年就賣光了。大家都說我是敗家子，沒有出息。哪裡曉得解放了，窮人翻身了。哈哈，誰想得到。土改時候，我在上海一家銀樓裡做夥計，後來銀樓關門，我響應了黨的號召回鄉生產，我就到石湖村。日子過得真快。」

葉進聽方善璋囉囉唆唆講來，有點不耐煩起來。但是他還是耐著性子，聽他講完了，於是問他：

「我們以前石湖小學的同學，在這裡還多麼？」

「還有幾個。你記得馮有儀、馮有志嗎？他們是在第十二大隊裡，回頭就會來吃飯了。」

葉進一時竟想不起馮有儀、馮有志這兩個人。他說：

「我記不起來了。」

方善璋正要為葉進說明的時候，後面有人叫他。葉進借此機會就同他告別。

一個人從人民公社出來，葉進心中有說不出的感覺。不知怎麼，他竟急於想回學校去。

五

葉進同志的《下鄉散記》已經每日在日報上發表。

第一篇題目就是〈小鑼〉，他用社會主義現實主義的手法，把小鑼想成一個前進的覺悟的農民的典型。

他從下車後，站長把小鑼介紹他為他挑行李寫起。於是一路上小鑼把虹橋鎮的新面目介紹給他，告訴他以前虹橋鎮在地主同惡霸們剝削下是怎麼黑暗，解放後是怎麼光明。他寫小鑼的外形，是粗壯結實，紫銅色的肌肉，發亮的眼睛，雪白的牙齒，滿面笑容。他寫小鑼的內心，以主人為己任，愛好勞動，活潑幹練。他寫小鑼在解放前過的不是人的生活，與現在幸福的天堂生活。他寫小鑼的過去一字不識，現在在夜課裡讀書，已經可以看報等等各種變化。寫小鑼一路談話，一面挑著行李，輕捷無比；葉進在文章裡感慨自己平時勞動太少，所以跟著後面覺得自己衰老。一直到了石湖小學校，才有人告訴他，小鑼竟是去年石湖村全鄉運動會中田徑賽的冠軍。

第二篇他介紹石湖人民小學，說解放前這是一個貴族的，地主的子弟的學校，現在則成了人民自己的小學。他特別介紹了各種的農技訓練班，成人文化班，與許多運動會，秧歌，話劇一類的文娛活動。說這些活動與整個石湖村的人民熔成一片，使小學校成為全村的文化宮。最後他介紹毛同志、蘇華同志，他們完全依靠著黨的領導，一心一意在為人民服務。

第三篇他介紹了人民公社，三十個勞動大隊向生產進軍的雄壯氣象，勞動英雄的挑戰與競賽。他列舉各種事實與數字，他特別寫婦女從家庭解放出來以後的成績，最後他介紹了二十二個勞模的歷史。葉進對這類文章寫得最為熟練，他知道，毛同志有現成的材料隨時可以供給他，不需要他自己去調查考察的。

第四篇他寫石湖村的歷史，以及新事新人的變化。他寫阿福嫂在老人院的幸福生活。本來身體已經無法勞動，在老人院裡住了一年，因為吃得好，睡得好，精神充沛，竟自動要求多加勞動，組織上為配合她的需要，發給她一點為軍隊的布鞋製鞋底的工作。他又寫方善璋地主在勞動改造後的變化，成為人人喜愛的愉快的勞動者。他又寫幾個勞動大隊的隊長，特別是婦女隊的隊長。其中一個就是長庚的媳婦，他雖沒有同她見面，但是他寫得甚為親切生動。這是現實主義與浪漫主義的結合，葉進參用了實際的接觸，自己的想像再加上毛同志給他的材料。

葉進這些文章很得毛同志及蘇華同志的讚賞。有一天夜裡，人民大會堂開了一個生產躍進會，公社大會堂裡擠滿了人。葉進也被邀參加，與毛同志、蘇華同志等高高的在台上，毛同志報告中就提到葉進的文章。會堂內外的幹部們發動群眾，掌聲雷動。毛同志演講很長，從葉進的文章講到鄰村的生產躍進情形，他要求每個公社的同志延長工作時間，保證多、好、省、快，與鄰村競賽。接著又有幾個同志發言。

於是，輪到蘇華同志講話，他宣稱石湖人民小學的全體教職員與學生，為響應生產大躍進，自願每日多參加兩小時的勞動。這引起了全場歷久不衰的掌聲與歡呼聲。等這熱鬧的掌聲稍稍的靜下來的時候，毛同志突然起立，報告葉進同志也被石湖村的生產熱情所感動，志願於明日參加八小時的義務勞動，一時鬧聲大起，歡呼聲、掌聲狂吼不已。

高潮至此，毛同志開始請勞動大隊的隊員一一登台講話，定上指標，彼此挑戰。又是一陣接一陣的熱鬧的掌聲。這些大隊員之中，有兩個女的。一個年輕的，葉進聽別人叫她，知道她就是長庚的媳婦。那一天他去探尋長庚的時候，很想看看她；現在他不知怎麼反而不想同她單獨交談。長庚的媳婦居然會大聲的演講，說她們為生產勞動，比以前的家裡做賢妻良母不知道要輕鬆愉快多少。以前在家裡，許多女人簡直是二十四小時勞動，現在只有十二小時；所以很願意多加兩小時。她還大聲的要向男子隊挑戰。毛同志第一個鼓掌，一時掌聲，歡呼聲震動了整個石湖村。

會開了三個鐘頭，完滿結束。

第二天，鑼聲震耳，石湖小學的勞動突擊隊全部揮著紅旗全村遊行扭秧歌。接著女教職員參加了婦女大隊，和男教職員及全體學生，由幹部領導之下，分配在三十個大隊之中參加勞動。葉進先是參加第三大隊。第三大隊的農民大受感動，怎麼樣也不肯讓他挑糞，最後是挑了兩小擔土。後來又轉到第六大隊，第六大隊有一個小組是畜生組，葉進同志就在畜生組作了兩小時餵豬、餵雞的工作。

就在那一天以後，石湖村熱愛勞動的人民的勞作時間又拖長兩小時。葉進在《下鄉散記》的文章裡，盛讚石湖村的人民在建設社會主義中熱愛勞動的沖天幹勁，並報道奇蹟似的許多勞動英雄。最後說，這些都是在人民公社未成立前所沒有想到的。

六

葉進在石湖村住了一個月，他除了《下鄉散記》頗得好評以外，還寫了計畫中的小說一個大綱。

他把那小說定名為《三長兩短的石湖村》。

故事是寫農業合作社躍進為人民公社時，落後分子與前進分子間的矛盾。這些落後份子終於成了右派份子與殘餘的地主反動派結合，到處阻礙人民公社的發展，並想恢復過去的剝削人民的制度。許多人民受其蠱惑愚弄，後終因英明的領導同志總支書記徹底執行黨的政策，才向人民揭穿了右派分子反動的面目，成立了人民公社。人民於是都自願地參加公社，成為社員，發揮了勞動精神，過著極其幸福的生活。

葉進的人物是現成的，殘餘地主的代表是方善圭，右派份子的代表是方善璋。方善璋原是很好的合作社的社員，在躍進為人民公社時動搖起來，被同族殘餘地主堂兄弟方善圭挑撥，終於墮落為反動份子。

男主角是小鑼，女主角是長庚的媳婦。小鑼本是很進步的社員，但始終未脫農民的落後性，與方善璋很投契，講舊社會的友情，沒有及早將方善璋的思想與言論向組織反映，慢慢地就不分敵我，繼之就被方善璋利用。幸虧他所愛的女人，長庚的媳婦是黨的女兒，不時提高小鑼的警覺，最後及時帶他到黨總支書記面前，及時報告方善圭兄弟反動陰謀，立了大功。

在領導同志方面，他也把他們分為急進的、緩進的兩派，一派是毛同志型的，是軍隊出身的老幹部，一派是蘇華同志型的，是知識階級出身的新同志。他們的矛盾雖是不大，但也常有爭執，最後的真理則屬於軍隊出身的老幹部，因為他一直沒有脫離上級的領導，能站穩立場，劃分敵我，有敏銳的警覺性，對敵人能作無情的打擊。

葉進在那部小說裡也穿插一個小學。他把小學生也分為落後與前進兩派。教員中有一個城市來的資本家的女兒與一個知識分子的幹部戀愛。在鬥爭中，女的時時想逃避現實，想利用其男友，申請上級把他調派到城市去，被上級指出其小資產階級的劣根性，要那位愛她的男同志幫助她克服落後的意識。以後那位男同志帶她投入火熱的鬥爭中，她也就成長起來，成為積極樂觀，不怕艱難的新人。最後組織批准了她入黨，並與其所愛的男同志結婚。

葉進把這個大綱給毛同志與蘇華同志看了，又聽取他們一點意見。

葉進下鄉期滿之時，農會與公社開了一個盛大的歡送會。葉進在會場上作了一次講話。

他先說他在石湖村這個轟轟烈烈愛好勞動為社會主義奮鬥的大軍中，感到自己非常渺小。但經過一個月的同起同居，並肩勞動，想到自己居然可以成為裡面一份子，感到非常光榮。

接著他極力恭維毛同志的領導，與蘇華同志的文化推動上的成就，以及全村勞動英雄力爭上游的幹勁。他在一個月中學習了他在書本上從未學到的許多寶貴的東西。他立志要站在自己的崗位上，不斷的向這裡勞模看齊。

最後為他報告他已經寫好而發表的《下鄉雜記》與他計畫好的長篇小說。謙虛地說，他的目的是想把這裡勞動人民的創造精神與人民公社出現的奇蹟向世界宣揚。如果沒有做好，請大家多多批評指教。

等說完以後，在如雷的掌聲中，葉進激昂地喊出幾句：「人民公社萬歲！」「共產黨萬歲！」「力爭上游，搞好生產。多快好省的建設社會主義！」

七

葉進離開石湖村的那天，是陰天，沒有太陽，田野還是很美麗，但像蒙上了灰色的薄霧。遠處傳來斑鳩的叫聲，葉進聽出現在是在叫「苦苦無過」，這是天將要下雨的預示。輕輕的山色，一時像是染上了塵埃。山峰上抹著凝濁的灰雲，像是天壓在山上一樣。為葉進挑行李的，雖不是小鑼，但也是一個非常相像的農民。

在路上，葉進問：「同志，你叫什麼？」

「我，你問我？」他走在後面，很奇怪的說：「我……我叫漆七。」顯然他有點口吃。

「啊，漆七同志，你是在哪一個大隊裡的，我怎麼沒有看見過你？」葉進回過身子問。

「我……我？我……我在第八大隊。我……我看見過你。」漆七頭也不抬地說。

葉進一時沒有話說。一面走著，一面望望遠處的山與灰綠色的田野。天是陰的，但也沒有風，整個的世界靜悄悄的，除了遠遠的有水車聲傳來外，他只聽到漆七的喘氣聲。葉進忍不住的問：

「真是清靜，怎麼沒有一個人？你們的大隊，今天……」

「你不知道？」漆七忽然說。

「怎麼？」

「這十天來我們都在築公路。」

「公路？」葉進詫異地問，心想自己怎樣一點不曉得：「在哪裡？」

「二……，二十里地以外啦。」

「你呢，你怎麼？」

「我……我……不……不是在挑行李？」漆七說。

葉進沒有話可答，只好說：

「你們的幹勁真是不得了。人民自己是主人了，究竟不同。」

漆七沒有理睬葉進。

葉進不再說什麼，默默地走著。大概有十分鐘功夫，過了一條木橋，前面兩條岔路，葉進不知道該走那一條，他就讓漆七走在前面，說：

「你打先吧。」

漆七走在前面，腳步突然放快起來，葉進有點跟不上，他說：

「不忙，何必走那麼快。」

「我……我怕……怕天快下雨了。」

「下雨？」葉進一看，果然天色陰沉灰黯，像是天放低了許多，他也加緊腳步，一面說：

「真是要下雨了。怎麼辦，傘沒有帶。」

「傘？」漆七說著忽然哼了一聲。

「怎麼？附近可以找到傘麼？」

「我們……我們築公路，誰……誰也沒有傘，大家還是清……清淋。」

葉進發覺自己竟是太小資產階級氣了。他趕快說：

「搞生產，自然，自然。」

漆七沒有說什麼，就在這時候，一陣風，雨點就像豆粒一般的灑下來了。漆七一點也不畏縮，像是沒有感覺一樣，一直往前走。

葉進一時不知所措，抬頭一望，忽然看到前面坡邊有一個公厠，他說：

「快到那面去躲一躲吧。」

雨一時越下越大，葉進就趕到漆七前面向公厠那面奔跑起來。

跑到公厠的茅檐下，看見漆七還是毫無變化的挑著行李走過來。等漆七走到，放下擔子，葉進到公廁內去小便。一走進廁所，葉進吃了一驚。

牆上居然有一行木炭寫的標語：

「打倒惡毒殘酷剝削人民的共產黨。」

字有核桃般大，非常清楚。葉進不禁叫了起來：

「漆七同志！」

漆七沒有作聲，只向厠所張望一下。

「反動份子！」葉進厲聲地說。

「你……你是說……」漆七以為這是罵他，聲音都有點抖索，他說：「我是，我是真正一個貧農。」

「你看這標語。」

「這……這是說些什麼；我不識字。」

「你不識字，你沒有讀夜課？」

「讀，只讀會幾個字。」

「幾個字？這裡難道一個字也不識？」

「我……我認識……人——民——的——共——產——黨。」

「好，好，你快拿點爛泥把前面的字塗去。」

漆七果然到外面捧了一掬爛泥把「打倒惡毒殘酷剝削」的八個字塗抹去了。

「人——民——的——共——產——黨。」葉進唸了兩遍，心理有一種說不出的愉快，因為他覺得他又為黨立了一個大功。

葉進小便完了，走到外面，望著陰沉的天空。

這時漆七從厠所裡出來，伸出兩隻滿是爛泥的手，在雨水中沖洗。

雨愈下愈大，茅檐下也有水漏下來了。

一九六〇，三，四。

不曾修飾的故事

一

張志文是我中學裡的同學。中學畢業後，他到北平去讀書。在北平，他認識了俞維蘭，他們戀愛了三年。後來張志文去英國讀書，俞維蘭同家裡搬到上海，進藝專學畫。那時候我在上海，張志文寫信給我，叫我去看她。我發現俞維蘭真是一個很活潑，很美麗的小姐，亭亭玉立的身材，細膩白皙的皮膚，挺秀小巧的鼻子，烏黑靈活的眼睛，俏皮的嘴唇，時時露著含羞的笑容。我很羨慕張志文有這樣一個情人。但是我又直覺地以為她一定是一個很流動而易變的人。我想想這樣年輕美麗的小姐，一定有許多人在追求她，如果遇到一個會逢迎與討好她的人，也許她會放棄張志文的。但是俞維蘭雖有很多朋友，可並沒有對張志文變心。張志文於三年後回國，我與俞維蘭去接他。我看他們倆久別重逢，相愛逾恆，真為他們高興。我對俞維蘭也特別器重起來，覺得她竟是一個很重視愛情的小姐。

他們倆當時很快就結婚了，我們也都參加他們的婚禮，吃了喜酒。

後來，我來香港，大家事情忙，沒有通信，但每當我想到他們時，我總覺得他們是我朋友中最幸福的一對了。

一九四八年，張志文來香港，住在旅館裡，約我去看他。我問到俞維蘭，他告訴我他們結婚五個月就離婚了。

當時我真是吃一驚，我說：

「你們相愛六年，分別三年；好容易見了面結了婚，五個月就離婚了，這究竟是怎麼一回事？」

「我也不知道，但是這是解除痛苦的唯一辦法。」

「如果你們只是一年半年的歷史，也許可以輕易地忘去。現在你們相愛這麼久，等待這麼久，兩個人都付出了很大的代價，而不到半年就離婚，這真是犧牲太大了。」

「可是如果再不離婚，我的一生也許就完了。」

「這怎麼講？難道俞維蘭有別的朋友？」我說：「如果她在你去英國時有了別的朋友，她又何必同你結婚呢？」

「不是這麼回事。」

「那麼是為什麼呢？」

「說起來話太長。」他好像很厭煩似的說：「那一天有情緒時我同你詳細談。現在我正有許多事要問你，你也該問問我來香港是幹麼的。」

「你打算在香港住多久？」

「我想頂多兩星期。」

「預備去哪裡？」

「倫敦，那面有一個職業。」

當時我們就談到別的事情，自然沒有再提他們離婚的種種。以後的日子，我們天天在一起，有好幾次我同他談到俞維蘭，他總是支吾過去，好像不願意提起往事似的。

一直到有一晚，他要我帶他去跳舞。我偕他到了舞廳，因為看我同舞女們很熟，他就說：

「你最聰敏，不戀愛，不結婚，什麼都是逢場作戲。」

「這怎麼講？戀愛是可遇不可求的。結婚那就先要有人肯嫁給你，再要你有錢養家，談何容易。」我說：「我怎麼可以同你比？」

「你又來挖苦我了，我一生只碰見一個女人，一碰見就相愛，一愛就是六年。可是，結婚不到五個月就離婚了，我始終沒有了解過女人。」

「但是你開始了解女人也還來得及。」我說。

那天我們玩了很晚，我帶了兩個舞女去吃宵夜，宵夜後送她們回家。張志文因為喝了點酒，他要我陪他到他旅館裡去談談。我當時就說：

「除非你把你離婚的過程告訴我，我沒有興趣這麼晚陪你去聊天。」

「告訴你也好，也許可以做你寫作的材料。你是文學家，看你的想像是不是跟得上我們的命運。」

這樣，我就陪他到旅館裡。走進房間，他先拿起桌上的威士忌，斟了一杯給我，又斟了一杯給自己。於是手裡拿著杯子，開始談他的故事。

二

「你大概不很了解俞維蘭。」他開始說。

「我只覺得她很美麗，很活潑。」

「也許我也只認識她這一點。」

「怎麼？她做了很對不起你的事情。」

「沒有，沒有。」他說。

「到底怎麼回事？她是愛你的，是不？」

「我想是的。」

「那麼為什麼？」我說。

「也許這是命運，」他說著喝乾了酒，把玻璃杯放在桌上。拿起一根紙煙，吸了一口，回到沙發上說：

「你知道我回國時，同船有一位小姐麼？」

「我不知道。」

「這位小姐叫莫幗英，是在意大利學聲學的，唱女高音，極有天才。我在英國時常聽大陸來的朋友談起她，可是一直沒有機會碰見，不意在船上碰見了。」

「怎麼，你愛上了她。」

「你又開玩笑了。」他說著笑笑，但忽然說：「如果我不是與維蘭相愛那麼久，而且知道她在碼頭上接我，也許我會追求莫幗英也說不定的。可是我既然有維蘭在等我，自然我沒有意思去追求別人。」

志文說著換了一個姿勢，喝了一口酒，又說：

「莫幗英家裡很富有，他在意大利待了五年，這次因為祖母病了，要她回來一趟。她打算回國住半年再去意大利的。我們在船上做了很好的朋友。到上海後，我們常有來往，我結婚那天，她也來道喜，我想你那天也許也碰見過她的。」

「那天你們客人很多，你太太的朋友們都是漂亮的小姐，有的也沒有同我介紹，我想我不會記得的。」我說。

「也許……」張志文接下去說：「莫幗英後來同維蘭也很熟。不過一切的悲劇好像就起於我結婚的那一天。」

「怎麼回事？」

「你知道維蘭有一個表哥麼？」

「我不知道。」

「是一個加拿大的華僑，叫做湯尼丁的。」他說：「他就在我回國前兩月回國的。」

說道這裡，張志文忽然微喟一聲，轉換了一個題目說：

「要是我晚半年回國，也許維蘭會嫁給她的表哥，那麼一切事情就簡單了。」

「怎麼，他也愛維蘭？」

「不是，他回國後，一見維蘭就追求她，他說他們是一見鍾情的。」

「可是維蘭並不愛他。」

「維蘭告訴他她已有所屬，無法接受他的愛情。所以在我們結婚那天，他很傷心。不知怎麼，他就在那天看上了莫幗英。」

張志文這時候又起來倒一杯酒。他要再為我倒，我謝絕了。他拿著杯子在手裡晃搖著說：「我們結婚以後，維蘭很奇怪的要認識幗英，要我帶她去拜訪幗英，要請幗英看戲吃飯。我當時還以為這是一種緣。後來我想到，也許她怕我會愛上莫幗英，所以想同她做個朋友。原來事實上竟完全不是那麼一回事。」

「是為什麼？」

「是為她的表哥，湯尼丁。」他冷笑一聲換了一口氣，接下去說：「可是維蘭當時一點不露聲色，她像是天真爛漫的喜歡幗英一樣，常常要我打電話給幗英，約她吃茶，要我一起去拜訪幗英，送她一點小小禮物。當時幗英正忙著籌備一個獨唱的音樂會，所以很忙。維蘭不但要我去找她，還自告奮勇的為她奔走，又拉著我去幫她的忙。我們介紹了許多文化界朋友給幗英，還邀了人為她寫許多介紹她的文章。總之，維蘭後來與幗英成了很好的朋友。

就在幗英音樂會以後不久，維蘭請幗英到我們家吃飯，那時候我在學校教書，相當忙。維蘭事前也沒有告訴我，當天早晨我出門的時候，她叫我早點回來，順便去接幗英。

我們家常常有朋友來吃便飯，這原沒有什麼，可是那天我發現維蘭忙東忙西，同平常很不同，好像非常隆重似的。我也沒有理會她，以為也許還有什麼別的客人。

我於六點鐘去接幗英，到家裡的時候，才六點半，可是維蘭的表哥湯尼丁已經先在。

我與湯尼雖碰見過幾次，但很少談話。幗英與湯尼雖也碰見過，但還不能算認識。維蘭當時就很詳細的介紹了一下。說湯尼是她的表哥，一直在加拿大生長，打一手好網球，又是皇家攝影學會的會員；又說他也曾聽幗英的音樂會，對她非常欽佩之類的話。這樣以後湯尼就與幗英交際起來。湯尼於是談些他在加拿大的生活，與他所到過的地方。

湯尼是一個身體很結實的青年，皮膚淺棕色，頭髮養得很長，兩鬢往後梳，很光滑。我想應當是女性所喜歡的一種典型。他的談話風度也不差。只是有點自我意識，自以為是很美麗的男性似的。當時他一直伴著幗英談話，同我反而當作看不見一樣。

當時，我還以為還有別的客人。我問維蘭，她說只有我們四個。席間雖有黃酒，但是幗英不喝，我只喝一杯、兩杯，維蘭喝了一杯，只有湯尼喝了五、六杯。菜很豐富，但因為大家不喝酒，所以很快就吃完了。

飯後，大家聽了一回音樂，幗英就告辭了。維蘭就請湯尼送她。」張志文說到這裡，忽然提高聲音說：

「那天吃飯，自然完全是為湯尼介紹幗英，因為事先沒有得我同意，我很不高興。當時我就責問維蘭，我說：

『這算怎麼回事？你好像專為他們介紹似的。』

『為他們介紹有什麼不好。你吃什麼醋？』

『我吃什麼醋？我只覺得這樣太露痕跡，很不舒服，你為什麼不多約幾個朋友？而且事先你也沒有同我商量。』

『我要先同你商量，你一定會反對的。所以我先不告訴你。我早就答應了湯尼。』

『你答應了湯尼？答應了什麼？』我問。

『我答應為他介紹。』

『為什麼你要管這些閒事。』我責備她。

『你不知道，湯尼一回國就愛上了我，因為我拒絕了他，他很傷心，他幾乎要自殺。我勸他不應該這樣自毀，天下比我好的女人多得很，將來正有機會碰見理想對象，我因為已有所屬，所以不能愛他，但仍願意做他的朋友，而且他是我的表哥，以後該以妹妹一樣待我。這以後他真的非常尊敬我。於是在我們結婚那天，他看上了幗英。他要我幫忙，我怎麼能夠拒絕他呢？』

維蘭這些話，我聽了覺得很不舒服，但是我沒有說什麼。我為避免囉嗦，就拿一本書先去睡了。

大概隔了一點鐘的時間，維蘭進房來，她坐在梳妝台前對著鏡子，一面梳弄著頭髮，一面說：

『你說他們會相愛嗎？』

『誰？』

『幗英同湯尼。』他聽我沒有理她，她忽然自語地說：『要是他們真的成功，也不虧我同她交際了一場。』

『同誰交際？』

『同幗英，』她對著鏡子掠掠頭髮，忽然又說：『還不是為湯尼。』

『啊，原來你同幗英交際就是為今天替湯尼介紹！』我說。這時候，我望到鏡子裡的維蘭，從我的角度看過去，我發覺她竟完全不是我所認識的維蘭了。她的眼睛一隻大一隻小，鼻子是彎的，眼是斜的，眉毛一高一低。我往日所認識的她的天真的笑容，自然活潑的風姿忽然消失，呈現在我前面的竟是一個陰澀虛偽的表情。我沒有再說什麼，拋開書，蒙上被，就睡覺了。」

三

我一直沒有作聲，志文歇了一回，又接著說：

「就在那一天開始，很奇怪的，美麗的維蘭在我的眼中再不美麗。我們不是大家都想娶一個美麗的太太嗎？像維蘭這樣總不能說是不美麗吧。可是結了婚以後，美麗不美麗就超乎我們視覺以外了。」張志文說著忽然望著我，等我的意見。我當時就不客氣地說：

「志文，我們是老朋友了，我要說句老實說，請你不要生氣。我相信你當時也許有一種妒忌心在作祟。」

「妒忌，妒忌什麼？」

「你一方面妒忌莫幗英，另一方面你也在妒忌湯尼。你不願意你太太替湯尼介紹，也不願意幗英去愛別人，是不？」

「我不承認我心裡是這樣淺狹。」他說。

「那麼以後怎麼樣呢？就這樣你就不愛你太太了。」

「我不知道。」他說：「不過第二天我與幗英通電話，她叫我去看她。幗英見了我竟表示對湯尼非常討厭。說昨天從我家出來，湯尼帶她去跳舞，她不去，湯尼竟勉強地把她帶到舞廳。她進去坐了三分鐘，托辭去洗手間，就一個人坐街車回家了。那一天我們談了很久。」

志文說到這裡，忽然放下酒杯，兩只手搓了搓，很冷靜地說：

「這是一個很奇怪的經驗，那天我覺得幗英比平常要美麗許多。以前每次我見了幗英，回家去一定會告訴維蘭的。這一次則不然，我不想同維蘭談起幗英。」

「那麼我的話不錯，是不？你是愛幗英的。」

「我不知道，但是我沒有對她表示過，一直沒有表示過。」

「那麼以後怎麼樣？」

「以後我常常同幗英單獨見面。有一次，幗英告訴我，說維蘭打電話請她去國際飯店喝茶，她一去見有湯尼在座，她坐了一會兒就走了。我回家後維蘭也同我談到這件事情，我沒有理會。但是有一件事，我心裡覺得很安慰，那就是幗英竟沒有將我與她個別交往的事情告訴維蘭。我與幗英從來沒有互相提到，可是我們竟不約而同的這樣做了。」

「這樣的發展不是一個四角戀愛的故事嗎？」我說：「你愛了幗英，湯尼愛了維蘭；你與維蘭離婚後，湯尼娶維蘭，幗英嫁給你，這不是很快樂的結局麼？」

「也許這是我後來所希望的，可是事實上並不是如此。幗英並沒有愛我，她就因為我沒有追求她，才同我有了很親近的友誼。那時候，她每天練唱很勤，她正計畫巡迴音樂會，她想到南京、天津、北平、漢口、廣州……各大城市去演唱一次，以後回意大利去。她愛好音樂，對音樂有很大的抱負。我自然也發現她一時並沒有結婚成家的念頭的。」

「那麼你們怎麼還是離婚了呢？」

「事情還沒有完。」他說：「當時好像湯尼一直找幗英，幗英不理他。他就請維蘭設法，維蘭找了幗英幾次，但幗英一見有湯尼在一起，就獨自托辭回去了。這樣過了幾星期。於是有一天，維蘭同我說，說湯尼單戀幗英，很痛苦，他現在已經絕望，預備很快回加拿大去了，他只希望在走以前可以再見幗英一面。我說她同幗英很熟，可以自己去約她，何必來同我商量。她當時說她約過幗英幾次，因為有湯尼，她不肯來。她現在想在家裡請吃飯，多請一些朋友，希望我可以預先同幗英說說明白，最好老實告訴她湯尼對她的感情以及湯尼要回加拿大的情形，希望她不要拒絕。」志文說到這裡忽然很後悔似的說：「我真後悔我當時要聽維蘭的話，不然也許還不會有這許多變化。」

「怎麼回事？」

「你聽我講。」志文嘆了一口氣說：「我當時也許有點同情湯尼，我於第二天把這情形老老實實地告訴幗英，我說我不願意騙她，所以先同她說明，請她到我家去吃飯。幗英先不答應，後來經我懇求，她總算答允，不過條件是飯後她不要湯尼送她回家。我當時就答應我自己駕車送她。

這以後第五天，維蘭就在家裡請他們吃飯。那天除了湯尼、幗英外還有四個朋友，所以比較熱鬧，湯尼自然很想接近幗英，但幗英則很大方的避開與他單獨在一起。所以空氣還是很愉快的。

那天飯後，由我送幗英回家，幗英在路上有點頭痛。於是第二天，一件意外的事情發生了。我接到通知，說她進了醫院。她病了好幾天，最後她的嗓子啞了。先還以為是暫時的事情，後來醫生竟說是無法醫治了。

當時幗英正在準備巡迴演唱，嗓子一啞，一切計畫都擱淺了。幗英於上次音樂會後，交到了許多音樂界文化界的朋友，大家都在支持她巡迴演唱，現在因為她嗓子啞了，大家都來看她。報上也傳播了這個消息。」志文說到這裡，歇了一回，忽然問我說：

「你一定不會相信，這故事應該是這樣發展下去的吧。」

他一面等我回答，一面到桌邊去倒酒。

我吸了一支煙，望著他。我說：

「如果是一篇浪漫派的小說，這應該說幗英的嗓子是被湯尼所害的。」

四

張志文當時沒有說什麼，他忽然放下酒杯，走到桌邊打開公事皮包，拿出一張照片給我看。那是一個清秀俏麗的女性，她有一個瘦削的臉，眉梢細長，眼睛上斜，嘴角露著微笑，鼻子小小的，平分她的圓潤的兩頰。她穿一襲西式的便裝，身材很勻稱，只是稍稍顯得瘦一點。我說：

「這是幗英嗎？」

「是的。」

「我覺得她並沒有維蘭美麗。」我說：「維蘭的眼睛要比她嫵媚些，是不？」

「你覺得她有點短命相嗎？」

「當然沒有。」

「可是她死了。」張志文說：「她是自殺的。」

「自殺？」我吃驚地問，這結局可真是太出我意外了。

「她在醫院裡住了一個多月，醫生說她嗓子無法復原。她就偷服安眠藥自殺了。」

「真的，這是怎麼回事？」我說：「你是說她嗓子啞到無法說話了麼？」

「沒有，沒有。不過你知道她的嗓子本來非常甜美，那時變成乾澀沙啞，自然並不妨礙傳達意思。」只問說著，又重新拿起酒杯說：「可是唱歌是不可能了。」

「這也真是想不明白，年紀輕輕的，不唱歌，學別的樂器也還是來得及，是不？何必就至於自殺呢。」我說。

「但是歌唱是她的生命，她在那上面也下過了不少功夫。她的師友們都承認她的天才。一旦完全喪失了，正如一個富翁一夜間破產一樣，她就無法自慰了。我那時每天到她醫院去看她，她先還抱著痊癒的希望，總是談些巡迴演唱的事情，等後來醫生表示絕望了，她每次見我就再不說什麼，只是流淚。這情形可真是慘，我也找不出什麼話可以安慰她。」

「這期間，維蘭也常去看她，但不知怎麼，我們倆很少一同去。我去的時候，幗英談到維蘭去看她，好像有點別的話要說似的，但是吞吞吐吐的最後總沒有說。有一次，我就勸她不要傷心，等身體好了還是回到意大利，重新去學鋼琴，她忽然說：

『你知道你太太勸我什麼，她勸我不如嫁給湯尼。她說湯尼在加拿大有不少鐘錶店，財產少說說也有一、二百萬美金。她還說音樂藝術不過是消遣消遣，何必這樣認真。歌唱的前途最多也不過是多表演幾次，而且一定還有許多波折，嫁給一個有錢的人豈不簡單。她還說，使我嗓子啞去也許正是上帝的意思，好叫我放棄音樂，去嫁給湯尼過幸福安定的日子。』幗英一面冷笑著又說：『我很奇怪你同你太太意見竟這樣不同。』

當時我不知怎麼竟對著幗英流下淚來，我說：

『幗英，假如說我要你放棄音樂，那麼，……我希望我可以一直陪著你。』

幗英聽了我的話以後，沒有說什麼，她笑得很厲害，最後她用手帕蓋在臉上，再也不作聲了。」

張志文說到這裡，忽然喝乾了杯裡的酒，兩手捧著空杯子搓弄著，低下頭說：

「那時候，要是我真的對她說，我願意放棄一切陪她去意大利學鋼琴，也許她會不想到自殺的。可是我並沒有這個勇氣。」

「照你所說的看來，」我說：「你們倆已經相愛了。」

「也許，」他說：「可是我們當時不但沒有對對方招認，也沒有對自己默認。」

「你自己也許沒有對自己默認，可是你怎麼知道幗英也沒有對自己默認呢？」

「我知道她那時候想的只是她的嗓子，只是她的唱歌，如果她除此以外還有別種愛欲，她一定不會去自殺的。」

「這是你最後一次同她見面麼？」

「是的，當時我沒有再說什麼，我勸她早點休息，就獨自回家了。」志文說著忽然放低聲音，唏噓著說：「當天夜裡，她就偷服安眠藥自殺了。第二天一清早我就得到了這不幸的消息。」

「她沒有留下遺書或什麼嗎？」我問。

「什麼都沒有。」志文說著站起來，他走到窗前，拉開窗簾，外面的天色已亮。耀目的陽光照在對面的屋瓦上。

「真是一個悲劇的生命。」我說著重新去看剛才看過而放在床上的照相。

五

一夜沒有睡覺，我已經很疲倦，所以就在旅館裡開一間房間，洗個澡就上床了。

那天我大概實在是疲倦了，醒來已是下午兩時。我去看志文，志文已經出去，他留了一個條子給我，約我七點半在旅館等他，一起吃晚飯。

當時我就一個人去吃中飯，吃了中飯回寓所一趟，不知怎麼，我忽然發覺我的思想沒有離開志文昨夜同我談的故事。我很想把他寫成一篇小說，但不用幗英自殺的結局。

我設想幗英與志文是彼此相愛的。就在幗英無法自遣的時候，志文告訴她他愛她，鼓勵她放棄聲樂重新去學鋼琴，願意伴她在一起，好好的照顧她。

幗英得到志文的慰勉，沒有自殺。志文於是與維蘭離了婚同幗英結了婚。

這時候，社會上對於志文可是都不原諒，第一說他薄倖，見異思遷，第二說他貪圖幗英的富有。他沒有辦法，只得伴著幗英去意大利。

以後我可以設想幗英的鋼琴有點成就，志文或者在那裡經商……

我又設想幗英以後放棄了音樂，所幸嫁給湯尼，他過著非常奢侈享受的生活，但是她內心非常空虛，絕不聽音樂。於是隔了若干年後，湯尼偶而告訴她，她的失去嗓子，完全是他設計的，他帶了藥物，在那晚宴會中，為幗英拿雞尾酒時，偷偷地放在杯裡。他知道她失去了嗓子就會放棄音樂而嫁給他。幗英聽了這話以後，非常恨湯尼，但並沒有離開湯尼，她只是儘量享受，糟蹋自己。……我又設想，湯尼娶了幗英後，因為幗英內心並不愛她，所以並不幸福，他最後離棄了幗英，過著花天酒地的生活。……

我大概設想至少有十個不同的結尾，都覺得不夠完整。

我想把故事的表面寫成喜劇的結尾，寄寓著悲慘的陰影；我也想把故事寫成悲劇的結果，陪襯著喜劇的背景。但是這兩樣都沒有法子弄好。

最後我還是只好接受了「幗英的自殺」。

因為要寫幗英的自殺，我就不得不誇張她對音樂的愛好與在唱歌上的成就。

至於自殺以後怎麼樣呢？

世界還是一樣的行進。湯尼哭了一場，回加拿大去；志文哭一場後回到維蘭的懷中；維蘭哭一場後，過著她會享受的生活。

沒有比這樣結尾再合於現實，也再合於悲劇的趣味了。

可是，為什麼志文要同維蘭離婚呢？……

七點半的時候，我回到旅館，我重新會見志文，他一見我就說：

「你有沒有想把我昨天告訴你的事情寫一部小說呢？」

「我倒是一直在想，但是不容易寫好。」我說。

「你昨天說幗英的生命是一個悲劇的生命。我以為與其說它是悲劇的生命，不如說它是生命的悲劇。」志文說：「生命是愛，有生命就有愛，有愛就有執、有迷，幗英就是太愛音樂與歌唱，所以失去了嗓子，就無法活下去了。」

「我可覺得剛剛相反。事業常常被背叛，愛情則從不背叛人的。事業的不順利受阻擾，甚至如幗英的嗓子啞了，都可以解做事業背叛人。至於愛情，則都是人去背叛它的，你與維蘭的愛情，付了這許多年的代價，所有美麗都幻滅了。你以為是愛情背叛你們麼？其實仔細分析起來，還是你們背叛愛情。」我說：「我覺得你們早就不是彼此相愛了。在你的下意識中，你早在愛幗英，不過為了某種良心面子與惰性，你不承認；在維蘭方面，下意識地她也早就愛上了湯尼，不過為良心面子與某種惰性，她不承認吧了。」

「也許是的。可是我們對於曾經化了心血的事情，總不肯輕易放棄，有執、有迷，這就是人性的弱點。幗英如果能對於唱歌不執、不迷，說放棄就放棄，那就不至於自殺了。我們如果早放得下，也就不必結婚了。我如果早兩年會見幗英，也許會使我有勇氣放棄維蘭的。索性不碰見她也好，偏在回國的船上碰見她，真是害了她，也害了自己。」

「她嗓子啞了，也不能說是你害她的。」

「是我，是我害她的。」

「這怎麼講呢？」

「我的故事還沒有完呢。」他說。

「以下的發展我也猜想得到。」我說：「幗英死後，你看維蘭就越來越醜惡；而她也越來越同情湯尼，你們除了離婚就沒有出路了。」

「大致不錯的。」他說：「可是你知道幗英死了以後，誰最傷心呢？」

「她有父母嗎？」

「她父親在北平，母親是後母。她家裡頂傷心的當然是她祖母。但是除了她家裡的人以外呢？」

「那自然是你。」

「我雖是傷心，但覺得人已經死了，傷心有什麼用呢？」

「那麼是湯尼。」

「我不知道他，他雖是傷心，但是我想他們往還得不多，沒有太多可以回憶的。」

「自然還有許多音樂節的朋友。」我說。

「但是最傷心的你知道是誰麼？」他說：「你一定想不到的，最傷心的人竟是維蘭！」

「維蘭？」我說：「我想這也很可能，維蘭的內心很可能是很愛幗英的。」

「她連哭了好幾天。送殯那天，她從殯儀館回來，她倒在床上就一直哭，飯也不吃，茶也不喝。當時不知道該怎麼勸她才好。我說：

『人已經死了，多哭有什麼用？』

『我真想不到她會自殺！』

『但是這已經是事實了，死的已經死去，活的總還要活下去，是不？』

我這麼說的時候，維蘭竟越哭越厲害了，最後她瘋狂的哭號著說：

『你知道她是我殺死的麼？』

『你這是說……』

『是我，是我把她的嗓子弄啞的。』

『是你？』我當時瘋狂地跑過去，搖著她的身子問她：『為什麼？為什麼？』

維蘭伏在枕上，不斷地哭起著，最後禁不起我的迫問，她說：

『因為她告訴我，她不想結婚的原因，是因為她必須獻身歌唱；我想如果她沒有了嗓子，也許就只好結婚了。』

『那麼你就把她毒啞了？』我說。

維蘭只是哭號著。

『啊，那麼是你和湯尼同謀的，是不？還是湯尼慫恿你做的？』我說。

『是我，完全是我，我相信湯尼到現在恐怕還不見得會知道的。』

『你……你……完全是你？你這個狠毒的女人。』我一時竟像失去理性一樣，我狠狠地打了她一個耳光，就一個人跑了出來。到了外面，我喝了很多酒，在旅館開了一間房間，就此再也不想看見維蘭。我委托了律師同她離婚，一個人離開上海，跑了許多地方，我順著幗英巡迴演唱的路線旅行，又到了東北、西北。現在我離開了中國，我希望可以去歐洲幾年。」

「那麼你不想再結婚了嗎？」

「我只想玩玩女人。」

「好，讓我們去吃飯吧。」我說：「吃了飯，我們去玩女人。」

六

志文於三天後離開香港，起初還有信來，後來就再無消息。

一九五五年有朋友從歐洲來，偶然談志文，他說志文同個寡婦結婚，那位寡婦有一家旅館，志文也幫著在管理那家旅館。

一九五六年初，我在一個朋友家裡過陰曆除夕，無意中碰見維蘭，別人只介紹俞小姐，我一時竟不認識她了，倒是她知道我的名字，提起志文，大家談了很久。她告訴我，她在一個中學裡教繪畫。

維蘭已經不是一個活潑俏皮的女性。她雖還是很有風姿，但沉著老練，談話也極其冷靜。她還學會吸紙煙，她沒有什麼化妝。頭髮上掠著，別有風致。

我問她的家庭，她說她沒有再結婚，但是她有一個孩子。

「孩子？」

「是志文的，他也許一直不知道。」

「他在香港？」

「一直在我身邊。我現在住在我姑母家裡，你有空可以來玩。」她說著，給我一個地址。

以後我與維蘭常有往還。

熟稔一些以後，我也偶爾問她過去，但是她不願再提。她說：

「生命正如大海，有時平靜，有時動蕩。每個人都有瘋狂的時期，會去做許多自己都想不到的事情，過後想想，也無法找出理由的。還是不提它，忘去它最簡單。」

我覺得維蘭並不是如志文所想象的女性。志文曾經把她當作仙女，也當作魔鬼。實則維蘭一直是一個天真的孩子。在天真上來說，她也許是仙女；可是在恣意任性上講，她也許就是魔鬼。她之損害幗英，正如孩子損害洋娃娃一樣，是她的一種創造欲。

而當時我所再認識的維蘭，則正是成熟了的維蘭。我想，如果志文在香港，還是一個人的話，他們可能破鏡重圓，而且可以有很幸福的家庭的。

維蘭於一九五八年同馬來亞一個華僑結婚，去了馬來亞。

這就是恨平凡的人生，而也成了這一個故事的尾聲了。

一九六〇，四，二七。

康悌同志的婚姻

一

康悌與林正豪相愛真是一件康悌自己都想不到的事情。康悌是一個孤兒，林正豪也可以說是孤兒，這大概是他們兩個人相同之處了。

康悌在解放時才十三歲，還是鄉村小學的學生。因為是一個孤兒，寄養在她的舅父家。她的舅父是一個自耕農，在階級成份講，她是很清白的。所以小學畢業就被送到省立中學。那時起她就是少年先鋒隊的隊員，到了高中，她成了青年團團員。她的老師與同學中那時還有許多反動份子，她堅決地同他們劃清敵我。她擔任過許多在檢討會裡揭發反動的教員們的反人民行為；在三反、五反中，她還搜集同學們家庭裡的材料，滙報給學校裡的幹部。

她在高中一年級時候，就熱心於寫作，常常在壁報上寫富有革命性，攻擊反動同學們的文章，頗為學校裡的幹部所欣賞，並且為她介紹到當地報紙的副刊上去發表。以後她就慢慢的被大家所認識。她寫了許多關於革命後農村的散文，也開始向文學刊物寄投。高中畢業時，她已經是薄有小名的作家了。

於是她被送到這個大學。她會寫又會講，活潑，積極，有一個非常明朗的個性。

林正豪的家庭是地主，解放後被鬥爭。他父母偷偷地把他送到上海的叔叔家，他叔叔供給他在上海讀中學，那時候林正豪是十六歲。後來他知道他父母被鬥爭死了。因為有這個打擊，他在學校裡一直沉默，鬱鬱寡歡，消極孤獨，但他非常用功，幾乎每一門功課都有最好的成績。畢業後，也被分配到這所大學，與康悌成為同學。

康悌既然是一個積極分子，為黨團同學所愛戴，每次集會她總是發言最多，任何運動她都起帶頭作用，按說與林正豪是不會來往的。林正豪是一個瘦長個子，他有空就在圖書館裡，他讀書常常用一隻手支著頭，斜著身子，兩隻腳伸在椅外。康悌每次到圖書館就碰見他，她覺得這個瘦長的同學很怪癖，但從來沒有同他談過話。她從別人那裡知道，那個人姓林，是土木工程系四年級的同學。

她第一次同他接觸是在政治課上，那天她恰巧坐在他旁邊。好像為討論一個什麼問題，康悌發表了許多意見，因為一次一次的站起來，有好幾次把椅角的筆記簿及學習材料擠落地上。林正豪總是替她拾起來。每次她都對他笑笑，說聲謝謝。可是林正豪只是點一下頭，連看都沒有看她一眼。

下課的時候，林正豪站起來就出去了。康悌發現椅子下有一本小書，她知道是他的，她就拾了起來，一看是關於什麼燃料的專門的問題，這對她當然是完全外行的，她拿了書追上去叫：

「同志！」

林正豪一看是她，楞了一下。

「這是你的吧？」康悌說。

林正豪看了書，笑了一下說：

「謝謝你。」

「不要客氣，剛才你不也為我拾了好幾次書，這正是我們同志間的互助。」

林正豪苦澀地笑了一下。

「你好像很不愛說話。」

「我，我不會說話。」

「我常在圖書館看見你，可是還不知道你的名字。」

「我叫林正豪，我在土木工程系。」

「我叫康悌。」

「我知道，大家都說你寫了許多作品。」

「請你指教。」

「我，我可從來沒有讀過你的大作。我在中學時代也讀過不少文藝作品，進了大學，功課忙，就沒有功夫讀了。其是我太外行，我不懂好壞。比方說是數學，我很容易了解是對，是不對。可是文學……」

「文學的好壞是表現的技術能感動你就是好，不能感動你就是壞。」康悌說：「至於正確不正確，那是政治的問題。作者的政治水平提高，文學的內容也自然會正確的。」

「可是對於政治，我也是外行。」林正豪說：「自然我要學習。我大概在這方面太笨。所以我們必須了解政治。」

「正是這樣，所以我很需要同志幫忙。」林正豪又說。

當時兩個人正走過去圖書館的支路上，林正豪就同康悌告辭說：

「我還要去圖書館，回頭見。」

林正豪羞澀地笑一笑，就退入了支路。康悌其實沒有事，也很願意陪林正豪去圖書館；可是因為走著大路，所以不好意思折回去。她望著林正豪的後影，不知怎麼，她很同情那位同學，她想：

「他大概政治落後，有些自卑。他既然說很需要同志幫忙，我不是應該多給他一點幫助才對嗎？」

二

從那天以後，康悌忽然經驗到一種從來沒有過的感覺，林正豪的印象一直在她腦中。無論在什麼場合，讀書開會或是睡眠，他都會想到那個瘦長的男子，那個政治水平很低需要同志幫忙的科學家。

康悌是一個唯物論者。她認為戀愛一定要志同道合。她雖是年輕，但是在集體生活中，接觸過的男子不知有多少，她雖也明明暗暗的碰到有人對她表示傾慕與追求的意思，但她常常明朗的向對方挑戰：

「你怎麼還是脫離不掉小資產階級的戀愛至上的情感？」

「但是我們不是同志嗎？」對方有時候會說：「我們相愛，正可互相鼓勵地在黨的領導下為建設社會主義而努力。」

「我們都是同志，我們大家都有同志的愛；我們不是在黨的領導下互相鼓勵的為建設社會主義而努力麼？愛情，我們為什麼不能把愛情擴大，去愛我們千千萬萬的勞動人民，愛我們的黨，愛我們的共產主義的大家庭呢？」

康悌這種明朗豪爽的態度，使那些想偷偷摸摸同她談情說愛的同志們不得不卻步；尤其那些上級的同志們，他們怕別人譏笑，怕被大家知道了不好聽，所以雖是有意於康悌，也不敢輕易表示。

大概就因為這些關係，康悌成了一個大家愛戴的女性。她的愉快積極、光明磊落的態度變成了一個大家共同的一種鼓勵與安慰。在康悌短短的狹窄的生活中，她從來沒有受到任何的打擊或什麼嚴重的批評。她喜歡團體，喜歡集會，喜歡群眾，她對於有些同志們一男一女偷偷摸摸鬼鬼祟祟的戀愛，認為是脫離群眾小資產階級的行為。

康悌自然也讀過許多文藝作品，那些文藝作品裡說到男女一見鍾情的事情在她是無法想像的，她認為這是資本主義社會和封建社會裡的怪現象。她解釋這些現象是因為那種舊社會裡的人們，人人都覺得自己迷失與孤獨的緣故。

現在，當康悌發現自己在想念林正豪的時候，她很快就想到這是她的同志之愛，她要幫助他學習政治，幫助他武裝自己，使他的自然科學的知識與技能為建設社會主義之用。

她很想再有機會看到林正豪，她知道唯一的地方就是圖書館，她理了理頭髮。又想換一件衣裳。她又覺得她應當揩揩鞋子。

那正是夏去秋來，天高氣爽的日子。小院裡玉荷新謝，菊花待放，蓊蘢的樹葉仍綠，但到處已可見到黃或紅的果實。陽光煦煦，仍有夏意。康悌肌膚上感到一種膨脹的快感。她看看高高的天空，有飛鳥在樹梢飛翔。這時遠遠的有一個同學過來。這在平時，她早就蹦蹦跳跳的過去招呼，可是這時她竟有奇怪的羞澀，她繞著樹叢走向小路，避開了對方的招呼。她好像犯罪一般的心跳了起來。她忽然想到這一定是小資產階級的意識在作祟了。

「我必須克服它。」

她從樹叢中竄出，一口氣跑到農作所。

那是一個響應生產號召的農場，利用學生的空閒時間與學校的空地來搞生產。每個學生規定每星期四小時的義務勞動，要把那原來的一塊荒地開闢成一個耕田。第一步自然是挖掘泥土，揀出瓦磚石塊的工作。那天並不是康悌的勞動時間，她也不知道那天是哪一系哪一班同學在勞動。她認識負責的幹部，是一個姓王的矮矮的老頭子。他看見康悌就問：

「康悌同學，今天又不是你的勞動時間。」

「我想出點汗。」她說著拿了鋤頭就往外跑。

外面有許多同學在搬石子，挑泥土。康悌望了望，覺得都不很熟，就一個人跑到較遠僻的地方挖起土來。他像勞動改造般的想改造自己，她內心不斷的責備自己小資產階級的劣根性，責備自己知識階級的浪漫性，但是儘管如此，她心裡還是想著圖書館，想著圖書館裡那個瘦長個子羞澀寡言笑的林正豪。

「見鬼，我難道中了資本主義小說的毒，見過幾面就愛上他了？」她一面想著，一面更用勁的挖掘泥土。

可是就在她猛一抬頭的當兒，她看見一個瘦長的人影從遠遠地方過來。她第一眼就看出是林正豪，但是她馬上想到這是她的心理作用。

她看那個人竟是向著她的方向走來，而且奔跑著。於是，她的心跳起來，臉孔也熱起來。

林正豪走到康悌面前，他說：

「康悌同志。」

「啊，啊，是你。」康悌笑著說，掠掠頭髮，紅著面孔說。

「我看見你進來的。我叫你，你沒有聽見。」

「怎麼，今天是你們的勞動時間？」

「是的，我們全班都在這裡。你呢？」

「我碰巧有空，想借此勞動，勞動。」

「啊，啊……」林正豪好像要說什麼，而又像說不出來似的。

康悌開始自然地看了他一眼，對他微笑著。

「明天晚上大禮堂公演《靜靜的頓河》，你去看嗎？」林正豪說。

「我正想去。」

「我們一起去好麼？」

「好，好。」康悌覺得自己面孔又紅了起來。

「那麼我六點半在大禮堂門口等你。」

「好的。」

「現在我要過去，他們在等我挑土呢。明天見。」

「明天見。」

三

康悌是一個唯物論者，她不相信有什麼命運，但是現在她竟覺得事情實在太巧。她願意為克服自己小資產階級的意識而來勞動，為躲避林正豪而來農場。偏偏反而在那裡碰到了林正豪，而她竟無法拒絕同他去看電影。

她開始不了解自己。

她感到快活，感到勝利，感到一種奇怪的興奮，但是她無法了解自己。

她回到宿舍，看看鏡子，忽然注意到自己的容貌了。她曾經聽到許多人說她漂亮，可是她從來不當它是件事情，她也一直沒有細細的注意到自己的面貌。這一瞬間她可發現自己真是有一副美麗的臉龐了。

她的臉是圓形的，嘴唇是靈巧的，鼻樑是挺直的。她的眼睛有很亮的烏黑的眼珠，同纖細而茸長的睫毛，她還有一口整齊潔白的牙齒。她覺得自己真是很完美。只是眉毛，似乎生的太淡太闊。她開始想到她應到拔去幾根，再用鉛筆畫濃一點。她偷偷地試做看，覺得效果很好。她很奇怪她會一直都沒有這樣做。

康悌曾經與許多男性來往，一同勞動，一同開會，一同旅行，她從來沒有想到自己的容貌與肉體。可是當那天去看《靜靜的頓河》上演時，她竟時時意識到自己，意識到她的拔過與輕輕地用鉛筆畫過的眉毛，她的梳過的頭髮。她的頭髮是短短的披在腦後的。她常批評梳辮子的同學們為頭髮太浪費時間，現在則忽然想到梳兩條辮子，也許於自己會更合適些。

當康悌走到大禮堂時，她遠遠的就看到林正豪站在石階上企望。她覺得一種快慰，可是也有點不安，她很怕別人對她注意。這時候正有許多同學去看電影，有幾個人同她招呼。

後來有兩個女同學從後面拍她肩胛。她們去看電影，說要伴她同去。她沒有法子拒絕，就相偕的走到禮堂前面。康悌同林正豪招呼，接著就為那兩個女同學介紹。那兩位女同學像已經從康悌的態度下看出她是與林正豪約好，就對她笑笑逕先進去了。當康悌與林正豪進場的時候，康悌覺得那兩位同學已經把她與林正豪的關係誇大，而向會場裡的同學傳播了。

康悌常常同男女們一起看電影，但她從來不曾意識到坐在她旁邊的男人。那一晚，當燈光一熄，電影上映時，她清楚地想到旁邊的男人是同她一起來的，她偷偷看他一眼，發現他也在看她。他對她羞澀地笑一笑。她覺得這笑容很有詩意。

電影已經在開映了，她始終無法集中心思。她的手是放在椅臂上的，這時候她忽然感到林正豪的手放在她的手上面。她接觸男子的手不知多少，但好像這一次才感到那瘦削的長長的手，是一雙可靠的男人的手。她很想多有這一份感覺，所以她沒有縮回她的手，於是她發覺林正豪的手已經把她的手握在他的手掌中了，他的手是多麼大而有力呢。

可是，康悌忽然那想到她是不應該讓林正豪如此放肆的，她縮回了她的手。

林正豪這時候微喟一聲。

不知道隔了多少時候，康悌的手又在林正豪的手裡。這一次沒有再縮回，她時時體驗從林正豪手上傳來的溫柔與熱。

電影快結束時。康悌發覺林正豪有一張紙放在她的掌上，她緊握了紙把手縮回來，塞在衣袋裡。

從大禮堂出來，兩個人默默地在人從中走著。在分路的時候，林正豪要送康悌，但是康悌拒絕了；她怕別人注意。他約她第二天在禮堂前相會，她提議在圖書館裡。

康悌回到宿舍，急忙地走進洗手間，才拿出塞在袋裡的字條來看，裡面清楚寫著：「我在愛你。」她偷偷地看了好幾遍，於是她把它毀了。她心裡有一種神祕的感覺，也有一種冒險的愉快。

第二天，她與林正豪在圖書館裡見面，不知不覺已經變成了情人。他們渴望著找沒有人的所在，樹叢裡，牆角，土坡的後面；他們仔細地約沒有人看到的時間，清晨，靜夜，黃昏。

於是，沒有一星期的時間，同學們都盛傳著康悌在戀愛了。有人說她小資產階級的浪漫主義，有人說她脫離群眾，有人說她在喪失立場。康悌雖有所聞，但不把它放在心上。

隔了一天，青年團總支書記史同志約康悌談話，康悌雖想到可能是為她戀愛的事情，但是她並不以為有什麼大問題。

史同志名叫光穎，是一個不到卅歲頗有點風韻的女性，平常原是康悌的熟友，而且一直非常愛護她的一位同志，康悌覺得這倒正是可以向黨坦白的時候。

史同志很關心的問她同學間盛傳她同林正豪戀愛的事情，康悌也很坦白的承認了。但是史同志忽然笑著說：

「但是你可知道林正豪的階級成分嗎？」

這個問題倒是康悌所不曾想到的。在這一星期戀愛生活中，她時時檢討自己分析自己，她起初很擔憂自己的失去立場，脫離群眾以及陷於小資產階級的戀愛至上主義的老路，但是後來她想到在她讀過的蘇聯小說與看過的蘇聯電影中，那些工人與革命同志也都有戀愛的私生活的，所以她可以毫不畏縮的對史同志坦白。但現在則是缺乏警覺，她不知道該怎麼回答。

「不瞞你說，林正豪是地主家庭出身。他的叔父也是一個商人，是中間剝削階級。」

「啊，怪不得他自己覺得在政治方面很落後，要我幫助他。」

「自然，戀愛是你自己的事情，不過我們是同志，我覺得你不值得去愛這樣一個男子。你不知道黨正要給你優先的機會入黨，如果你愛了這樣一個落後分子，黨也要重新考慮了。而且你自己也許不知道，我們的上級同志正有許多人對你傾倒。他們因為工作忙，又因為你還正在讀書，還不急於需要愛人，所以沒有對你表示。倘若你願意，我可以隨時幫你忙的。」

「但是林正豪需要我幫助他提高政治水平。」

「你也許是好意。但是黨早就在照顧他了。他需要在火熱的鬥爭生活中鍛鍊自己。他需要在勞動中改造自己。黨已經想到在他畢業後分配他到西北去。你可是要在這裡讀書，假期中還可以到大報館編輯部去學，是不？」

康悌不知該怎麼回答，她沈吟了一回說：

「你的意思要我不同他來往？」

「我不是這個意思。」史同志忽然很認真的說：「我覺得你是第一次單獨同一個男人來往，所以很容易以為是發生了愛情。其實，你們的階級成分不同，政治水平不一致，所學的學科又不一樣，怎麼談得上愛情。所以我以為你應當多交些朋友。」

康悌被史同志一說，覺得她的話很對，她常常說別人，自己怎麼也竟連林正豪的階級成分都沒有去探究，她說：

「謝謝你，史同志，我以後一定要警覺些。」

「我只是盡我們同志的責任。我知道當局者昏，旁觀者清。所以來提醒你。」史光穎說到這裡，忽然換了口氣說：「這星期日你同他沒有約會嗎？」

「他約了我。」

「我想你還是推脫了吧。我請你到我家去吃飯。」

「晚飯？」康悌說。

「中飯，吃了中飯我們可以到外面去走走。」

「好的，我想辦法。」

「我一直沒有告訴過你，有一位中蘇友好協會的沈同志，是我愛人的老同志，他對你非常傾倒，一直要我為他介紹。」

「沈同志？」

「是呀，沈同志，你也許記不起來了。前些時中蘇友好協會歡迎蘇聯專家，請你們去參加舞會的那位同志。」

康悌記起那天坐著一輛團體車，來接她們一群女同學的那位同志，是一個孩兒臉，年輕活潑，會好幾種方言的男人。她說：

「啊，我想起了，很年輕的會……會說好幾種方言的，是不？他好像是姓鄧吧。」

「啊，不是他。沈同志是鄧同志的上級。是那位後來給你們談話的那位。」

康悌於是想起了那天到中蘇友好協會以後，對她們一群女同志談話的人了。那是以為態度莊嚴，談話聲音很微弱，頭髮有點斑白的人。康悌當時覺得他是很值得尊敬的一位上級領導人物。他想不起來他當時有沒有對她特別注意，她可以很注意他的。他穿一套整潔的藍灰色的列寧裝，不時的用他瘦長的手伸到袋裡去拿一塊潔白的手帕揩他的嘴唇。她記得他眼睛陷在眼眶裡發出銳利的光芒，但她可以確定當時並沒有特別注視過她。

康悌知道他的名字是沈天芳，她萬想不到史光穎所說的沈同志會是他。她自然更想不到沈天芳會對她傾倒，她當時就問：

「啊，是沈天芳同志。他……他怎麼會對我這種……」康悌說著開始覺得說不出的光榮。

「他一直要我把你介紹給他。」史光穎說：「他的愛人死去了多年，因為工作忙，一直沒有再結婚……」

康悌沒有聽下去，因為結婚兩個字實在是太刺耳了。她並不需要結婚，也沒有想到結婚，怎麼史光穎竟提到結婚了呢？於是她聽史光穎接著說：

「明天我也請他一起吃飯。」

「自然我也很願意碰見他。」她說。

四

康悌離開史光穎以後，心理感到很不安。她一面很感謝史光穎，一面又覺得很對不起林正豪。但是她知道應該堅定自己，她想到與其將來難捨難分，還不如現在快刀斬亂麻，不再同他來往好了。她覺得她需要同林正豪談一談。

她預備了很多理由去找林正豪。

林正豪在圖書館裡。他一隻手拿著鉛筆，一隻手支著頭部，斜著身子，一隻腳伸在桌子外面，全神貫注著在看一本厚厚的書。康悌忽然不知該說什麼，她的心有點震顫，她就站在一個書架前鎮定一下自己。她偷偷地望望林正豪，她想：

「真想不到他的階級成分會是……」

她鼓足勇氣去招呼林正豪。

林正豪要她等幾分鐘。她就坐在旁邊。她看他匆忙地用鉛筆寫了好一會，才對她笑了笑，輕輕地站起來，還了書，溫柔地挽著康悌出來，康悌覺得他的每一舉動是可愛的。

「而他竟是地主出身的！」她想。

走到外面，她預備好的千言萬語竟不知道該怎麼說。她想了許久，覺得還是先把星期日的約會推了吧。誰知道林正豪竟先開口了：

「怎麼，有什麼心事？」

「啊，沒有什麼，」康悌說：「我正想告訴你，這星期日我因為史光穎請我吃飯，我想我怕不能同你……」

「她請你吃中飯？」

「是的，吃了中飯，她說還要一起到哪裡去走走。」

「也好。下午我反正在圖書館裡，你回來隨時可以來找我。」林正豪溫柔地說。

康悌原以為林正豪一定會不高興地問她為什麼不拒絕史光穎的約。她倒可以借此引到她想好了的話上面去。現在林正豪這樣溫柔地接受一切，她覺得他真是有可憐又可愛。她不知道該怎麼，隔了好一回，她說：

「你不怪我麼？」

「為什麼要怪你？」林正豪說：「你們自然有事情。」

「也沒有什麼事情。她要我見見沈天芳同志。」

「那不是很好麼？」林正豪很誠懇地說：「我聽過沈天芳同志的演講，真是有風度又有學問。」

康悌一瞬間覺得很難過，但是她無法對林正豪說明自己的感覺。隔了好一會，康悌才又開始說：

「史光穎還勸告我，說我們相愛是沒有前途的。」

「我早就想到過，」林正豪很自然的說：「我自然配不上你。但是我愛你，我不想要求你什麼。只要你知道我愛你就得了。我想我們現在都談不到結婚，我們彼此相愛，將來也許我們分離了，不在一起，但是每當你想到我，只要知道我是愛你的，這就夠了。是不？」

林正豪的話是康悌從來沒有想到的，她覺得經他這麼一說，她所有的顧慮都變成了沒有意義，而她想說的話也就失去了作用。

康悌開始覺得同林正豪在一起正像從悶濁的房間到空曠的田野，她感到一種無拘無束的自由與自在。她同他談到許多學課的問題，他竟像什麼都能解答一樣。他平常靜默寡言，但談到這些問題，他竟不憚煩的對她解釋。他的聲音低沈遲緩，但語氣非常肯定。一瞬間康悌像是走進一個新的世界，她覺得自己的知識真是貧乏。最後他們談到了文學，康悌原以為這是她的專修，林正豪應該不如她了，可是一談到什麼名著，林正豪幾乎每本都讀過的，尤其是俄國十八、九世紀的小說，他不但每本都讀過，而且裡面的人名、地名他都記得。最後他忽然說：

「可是關於現代的蘇聯文學，我就什麼都不懂了。那些書我都是在中學時候看的，進了大學，功課忙，再沒有時間看閒書了。」

康悌開始覺得自己真是太無知識，雖然自己是一個作家，但是這些名著竟讀得很少。她於是想到政治，像林正豪這樣聰敏的人為什麼對於政治竟是這樣落後呢？她當時就問：

「你的興趣很廣泛，為什麼對於政治不感興趣呢？」

「我也不懂，大概是我的階級成分限制了我了。」林正豪非常謙虛地說著。

那一天，康悌與林正豪在校園的一個土山後面盤桓很久，康悌發覺有一種忘忽了時間消逝的感覺，分別的時候康悌真是依依不捨。沒有他在她身邊，她像失去了依靠，她想：

「難道這就是愛情麼？」

五

史光穎同志的家在愚園路底，是一所有花園的洋房。康悌早就知道史光穎的愛人就是譚政委，但沒有想到他們的家是這樣的豪闊。康悌去的時候，譚政委不在，她看到他們的養尊處優的孩子，以及進進出出的保姆、警衛、工役等許多同志。

史光穎帶著康悌看每一間房間。客廳裡高高地掛著毛主席題字贈送譚政委的照相。書房裡掛著許多團體照相，史光穎告訴康悌，照相裡是些什麼重要人物。康悌從來沒有碰見過譚政委，現在才知道是一個矮矮胖胖，尖嘴濃眉的蒼老的男子。康悌看到史光穎修長的身軀明眸皓齒的容貌，覺得這婚姻很不調和。

史光穎好像看出了康悌在為她惋惜，她就開始介紹譚政委革命的歷史以及與主席、總理的關係。康悌才知道譚政委也是參加長征的人物。史光穎忽然說：

「所以黨對他有點特別的照顧。」她看了看周圍豪闊的布置，又笑著說：「自然，我也是因為他對黨的事業的貢獻而同他結婚的。我們現在很幸福。」

康悌自幼貧苦，以後一直在學校裡。每次走過高樓大廈，人家都告訴她這些都是豪門官貴，帝國主義的買辦們的產業，都是他們剝削勞動人民的血汗而建造的。她沒有想到這些早已轉到政委、書記們的手裡了。

接著史光穎偕同康悌到了樓上。正面是一間坐起間，大概也就是史光穎的客廳，那裡早有女同志送上茶來。康悌看到前面是一排落地玻璃窗，外面是一個寬闊的圍著朱紅的鐵欄杆的陽台。

史光穎忽然打開長窗說：

「他們也該回來了。現在幾點鐘了？」

「十一點三刻。」

「每星期總有開會。今天天氣很不錯，下午我們倒可以去郊外走走。」

康悌跟著史光穎走到陽台，史光穎說：

「你看我們花園還不錯吧。」

康悌於是看到下面的花園。右面是大門，大門裡是兩行冬青，一條汽車路。路右種著許多樹木，路左則是一片草地，幾圃花草，草地後是幾株白楊，後面有一架秋千架。

正在康悌向下面看時，一聲汽車的吼聲傳來，當時就有人拉開鐵門，駛進一輛大型的美國雪佛萊汽車，一直開進花園裡。

史光穎這時候走到欄杆邊說：

「他們來了。」

康悌隱隱約約看到汽車裡出來三個人。

一個正是照相裡所見的譚政委。另一個康悌想到就是沈天芳，還有一個跟在後面，拿著公事皮包。康悌猜想是譚政委的秘書。

史光穎同康悌走進裡面，五分鐘以後，譚政委與沈天芳同志就上樓推門進來了。

史光穎站起來說：

「你們讓我們客人等了。這位就是康悌同志。」

沈天芳走過來同康悌拉拉手，說：

「我們見過，是不，康悌同志？」接著他像介紹譚政委似的說：「譚政委，你第一次見，是不？」

譚政委也過來同康悌拉拉手。他說：

「我常常聽見光穎說起你，你很積極努力，真是難得。」

史光穎招待大家坐下，早有人送上茶來。

康悌覺得沈天芳還是同上次見到一樣。他穿一件整潔的黃灰呢的列寧裝，灰白的頭髮倒梳得很整齊，目光炯炯，這次可真是對她注視了。康悌有點感到威脅。沈天芳看了康悌一會，從袋中摸出一個皮夾，他抽出幾張票子給史光穎，他說：

「我買了幾張戲票，下午我請你們看梅蘭芳，看完戲到我家裡吃晚飯。」

史光穎接過戲票說：

「我正在說，天氣這樣好，我們到郊外去走走。想不到你已經買了戲票。」

「康悌同志天天在學校裡，到市區來，自然應該看戲玩玩。」

「我……我不去看了。」康悌囁嚅地說。

「我專為請你才買的。」沈天芳忽然說：「不瞞你說，我還把今天下午兩個會都改期了。」

康悌沒有再說什麼，這時候有人來說已經開飯了。

一進飯廳，康悌真是吃驚了。原來桌子上熱氣騰騰的放著七、八樣菜肴，都是市上買不到的，一隻是筍乾燉雞，一隻是紅燒蹄膀，一碟是芹菜炒牛肉，一碟是奶油菜心，一碟是青豆炒蝦仁，一碟炒毛蟹，還有一盤糖醋魚塊，此外還有兩碟鹹菜。康悌想到學校裡的大鍋飯，想到外面的配給米、配給油，心裡有說不出的不解。她想到黨曾經向大家號召，要大家為建設社會主義而束緊肚子，而這裡竟並沒有響應。

坐下吃飯的時候，史光穎去拿酒。康悌看到酒櫃裡許多她只在電影裡看到過顏色不同式樣不同的酒瓶。她問康悌喝什麼酒，康悌說從來不喝酒的。但史光穎為譚政委與沈同志倒了以後，也為康悌倒了一杯紫紅色的酒，說這是很溫和的。

康悌喝了一口，覺得很好喝。後來喝完了，史光穎又為她倒了一杯。她漸漸地覺得面孔有點灼熱。沈天芳說她喝了點酒就顯得特別健康年輕了。

大部分吃飯的時間，譚政委與沈天芳彼此在談話，並沒有同康悌談什麼。倒是史光穎不斷的在照拂康悌。

飯後，他們就坐著大汽車去看戲。在戲場裡沈天芳坐在康悌的旁邊，這時候他開始問了些她在學校裡的情形，家庭的情形以及過去的歷史，像長輩一樣的，態度很莊嚴而自然。使康悌奇怪的是他一點沒有談到政治，也沒有談到任務、建設、鬥爭、躍進一類的話。他的聲音低沉，態度莊嚴而和藹。康悌覺得他很可敬可親。

散戲的時候，已經不早，康悌說要回學校去，因為晚上還要開會。但史光穎說她可以為康悌打電話去請假。於是照計畫到了沈天芳的家裡。

沈天芳的家在靜安寺路，是一所很講究的公寓房子，裡面的布置同他身上的衣著一樣整潔。客廳裡鋪著藍花的厚厚的地毯，牆上掛著字畫，沙發套著藍灰色的套子。他們坐下來，就有一個女同志來侍候了。她送茶來時，沈天芳叫那位女同志倒兩杯酒，又吩咐她為史同志與康同志倒兩杯葡萄酒。

沈天芳一面喝酒，一面輕輕地告訴康悌，他一個人住在這裡，有時候也很寂寞。

譚政委坐了十分鐘就告辭了，說還有約會。

沈天芳於是帶了史光穎同康悌參觀他的書房，書房裡有許多書，除了中文的就是德文。康悌不識德文，但也認識裡面的一部馬克思資本論，是厚厚的三大本，藍面金字。

沈天芳於是說到他平常星期日要是沒有事總是在家的，他喜歡讀書，還喜歡音樂。他又過去開他的唱機，他一面拿唱片，一面問康悌愛聽什麼音樂。康悌曾經在文工團裡生活過，她會唱許多歌，她還唱過歌劇白毛女，所以她就說了白毛女，可是沈天芳說他偏沒有這個。他聽說康悌愛聽歌劇，就奏了一張華格納的名劇Tristan und Isolde裡的一段。他還把這個名劇的故事將給康悌聽，康悌覺得這完全是戀愛至上主義的故事。對這樣的故事，要是在檢討會裡，她一定有許多批評的意見，可是現在聽起來倒覺得很可愛。

聽了一回音樂，外面已經開飯。

圓桌上鋪著米色的錦綢縷花的檯布，筷子是象牙鑲銀的，碗碟是白瓷紫花的，那些花紋都非常精緻；這都是康悌所從未看見過的。桌上放著六隻菜，也都是康悌從未見過與吃過的。沈天芳為史光穎與康悌斟酒，康悌早就聽說除了國際宴會外，紹酒只充出口之用。她在土改時候知道，有一個農民，因為藏了兩罈自釀的黃酒而被清算的慘劇。可是沈天芳這時候說：

「這是二十年的陳酒，專為饋贈國際友人之用，別處是不容易喝到的。」

康悌從來沒有喝過酒，今天中午葡萄酒是第一次，現在是第二次。她並不覺得怎麼好吃，但因為飯桌上豐富新奇的菜肴，覺得有點酒，的確很不同。

沈天芳談話提到他在德國、蘇聯時的種種，他講了許多過去留學生的生活。康悌雖然聽得很有趣，但很奇怪他會一句也不提及他的革命的歷史。

吃飯的時候，有一個女同志送上帶蓋的大海碗。揭開蓋，裡面是火腿燉全雞，燒得實在很入味。康悌吃了三碗飯，但沈天芳只吃一碗。飯後又上來大盤水果，裡面是蘋果、香蕉與葡萄。康悌又吃了不少。

吃了飯，大概又坐了半點鐘，史光穎與康悌才起身告辭。沈天芳送她們下來，他問康悌下星期天是不是有空，他說他於九點半鐘派車子去學校接她。

當時康悌只是笑笑，沒有說什麼。

六

實在說，康悌並不討厭沈天芳。但是她總想不出他與無產階級的關係。她覺得黨是代表無產階級的，為何沈天芳，譚政委這樣生活的人可以在領導階層呢？

她曾經同史光穎談到沈天芳。史光穎說：

「他是參加長征的人，他對黨對革命有太大的貢獻，所以黨對他特別照顧。這自然是應該的。」

康悌覺得這種解釋也許也有道理，但在黨天天號召反浪費與生產大躍進的時候，這樣奢侈的生活總是浪費的。既然我們是為人民服務，為建設社會主義努力，而沈、譚一類人都在領導階層，怎麼不以身作則呢？

這些問題只是在康悌的心中，她沒有對誰去說。

回到學校以後，康悌原以為林正豪一定要問她星期日的種種，可是林正豪連提都不提，他只是緘默地同康悌在一起，他說：

「只要看得見你，走在你的旁邊，就夠幸福了。」

康悌看林正豪不問，她就講了一些看戲、吃飯，並提到飯菜很好一類的話，林正豪也沒有說什麼，他好像早知道黨政高級幹部生活很高，而且也默認他們是應該的一樣，沒有意見也沒有疑問。

康悌於是提到下星期日沈天芳派車子來接她的話，林正豪也什麼話都沒有說。康悌於是就說：

「你不怕我同他交往。」

「我為什麼要怕。只要一切是你喜歡與你願意的。」林正豪說。

康悌覺得林正豪真是相信她，她很感激，她就說：

「我愛的是你。」

「我知道。」

但是星期日早晨，她還是去了沈天芳那裡。那天沒有別的客人，沈天芳帶她到郊外玩了一下午，回來已經不早，康悌一定要回學校去。沈天芳也沒有勉強她，一直送她到學校。在車子裡，他對康悌說，他覺得同她在一起感到年輕許多，希望康悌可以當他的家是自己的家一樣。他又說他一生都是為革命忙碌，沒有功夫想到自己，現在覺得有點孤獨。要是別人對康悌說這種話，她早就要罵他是小資產階級的無病呻吟，知識階級的感傷主義了，但現在沈天芳是領導同志，應該是沒有錯的。

康悌回到學校第三天，史光穎來找康悌，她問康悌，沈天芳給她印象怎麼樣？

「我覺得他很可敬愛，只是他不像是在革命隊伍中很久的同志。」

「你年紀輕輕，自然不會知道他在革命歷史中流過多少血汗。」

「就算流過許多血汗，上級的同志生活上也不該與人民勞苦大眾相差這麼遠。」

「你知道他們一生都是為人民流過血汗，所以黨要特別對他們照顧。」

「但是黨是為人民與勞苦大眾服務的黨，黨應該盡先照顧人民與勞苦大眾才對。」

「康悌同志，你這話同我私人談談沒有什麼，如果給人家聽了，可要受到批評了。你知道你是犯了平均主義的錯誤，這種平均主義的錯誤，我們黨在延安整風運動時候就嚴正地批評過，你怎麼可以有這種思想。」史光穎嚴肅地說著。康悌知道自己說的話也批評到了譚政委，於是轉變語氣說：

「自然，我也只是同你說，因為你可以幫助我糾正我的錯誤。」

「我們且不談這些。我們應該信賴黨，服從黨，黨是永遠正確的。我們依靠著黨才不會迷失。」史光穎說著，忽然換了口氣說：「你既然對沈同志印象不壞，我就老實告訴你，沈同志非常愛你，希望你肯嫁給他。」

「嫁給他？啊，我，我還在讀書，是不？」

「結了婚以後，你還不是一樣可以讀書。」

「我只是覺得他很好，但沒有想到同他結婚。」

「他很愛你，你可以給他許多安慰，這也正是黨要你照顧他的意思。黨照顧了他，你嫁給他，自然也特別照顧你了。」

「但是，……但是他自己並沒有對我……」

「啊，你是聰敏人，像他這樣領導同志來對你求婚，如果你不答應，他怎麼下得來台，所以他要我先問你，你答應了，他自己會來向你求婚的？」

「可是……」

「你是不是還同那位姓林的來往？」

「林正豪，你是說？」康悌說：「我們是很普通的朋友，上次你同我談到，我已經對他表示過了。」

「我相信你，這個人階級成分不對，平常表現也不夠積極，黨也許要提早分配他去參加勞動。」

康悌心裡吃了一驚，但是她不表示什麼。

史光穎一直望著康悌，康悌笑著說：

「難道要我立刻回答？也該讓我考慮幾天麼？」

康悌答應史光穎於兩星期後給她答覆。但是離開史光穎，心中忽然看到了從來沒有看到的問題，她對世界忽然懷疑起來。她第一疑問是階級的劃分，為什麼像沈天芳那樣，住洋樓，坐汽車，吃山珍海錯，是屬於無產階級；而林正豪那樣吃大鍋飯，沒有家，沒有錢，隨時可被派去勞動的，則屬於地主階級。第二個疑問是她每天所聽到的領導階層的號召，同他們私生活竟這樣不一致，他們號召人民節約，而自己浪費；號召人民忘我的勞動，而自己享受。第三個疑問則是愛情與婚姻，她一直以為在舊社會裡，愛情與婚姻，被階級所割裂，永遠是不自由的；現在她體驗到這所謂新社會，愛情正不如舊社會文學裡所表現的為自由。她想到那些文學裡所描寫的，當婚姻不自由時，兩個人還可以私奔，或自主的去結婚；而現在一切都要依靠組織，連私奔都是不可能的了。她並不是怕窮怕苦，只要可以在一起，兩個人做工，自食其力，沒有人干涉，那就是幸福。但現在她知道情形決不是如此，如果她不接受沈天芳的婚事，林正豪很快就被送走了。她想再見他都會很難。

康悌整整一個星期沒有同人說話，她好像一夜中完全變了一個人。她本來是積極、樂觀、熱情的，現在忽然變成沉默、萎頓、悲觀了。她忽然想到林正豪的神態，不也正是沉默寡言、萎靡、孤獨的樣子嗎？

林正豪看到康悌突然的變化，他問：

「有什麼不高興的事麼？」

「沒有什麼。」

「可是你像很有心事似的。」

「是的，史光穎問我願意不願意嫁給沈天芳。」

正豪笑了笑，沒有說什麼。

「可是我愛的是你。」

「但是，結婚，我是沒有這個夢想的。」

康悌忽然想到沈天芳講給她聽華格納的故事，她又複述了給林正豪聽。林正豪忽然笑著說：

「你希望我們有這樣的結婚麼？」

「我不是這個意思，我是想知道你的想法。」

「我是一個平凡的人，我在政治上很難進步了，但是我知道什麼是幸福。為你的幸福，康悌，你還是嫁給沈天芳吧。」

「真的，你願意我這麼做？」

「此外還有辦法嗎？」

「但是，我不懂，為什麼他們的生活並不是像他們要我們過的生活一樣呢？」

「難道你要我的生活同沈天芳一樣嗎？這不是犯了平均主義思想的錯誤了麼？」

「但是你要我去過他的生活。」

「因為這是舒適幸福的生活。」

「你始終不相信鼓足幹勁，力爭上游，向社會主義邁進，忘我地勞動的生活是幸福的，是不？」

「也許是的，因此我的政治水平永遠提不高。」

康悌沒有再說什麼。

三天以後，康悌又約林正豪於晚會後到圖書館後面空地上見面。

那天天氣很暖和，星斗滿天，但沒有月亮。康悌從會場出來，繞過圖書館，她發現林正豪已經先在，他坐在土坡上面。林正豪看見康悌，沒有說什麼，只是迎著她扶她上坡。康悌坐在林正豪旁邊，一瞬間好像整個世界只有他們兩個人了。從這裡望去，是幾叢樹木與一條水溝，左面是體育館，黑幢幢像一座小山，右面是幾個球場，再遠則是亮著燈火的宿舍。

他們倆坐了好一回，沒有說話，但是林正豪已經看出了康悌有很大的心事，他拉她的手放在自己的手裡。

「我已經答應了史光穎。」康悌說。

「真的？」林正豪聲音有點顫抖。

忽然康悌哇的一聲倒在林正豪身上哭了出來，兩個人擁在一起，康悌說：

「我愛的是你。」

「我愛你。」林正豪說。

康悌啜泣著，於是說：

「我已經答應了他，也許很快就要結婚了。」

「我祝你幸福。」林正豪嘆息著說。

「但是我愛的是你，我要……我要把我先交給你。」康悌啜泣著說。

林正豪緊緊的擁抱著康悌，沒有再說什麼。

夜是靜寂的，遠遠宿舍的鄧已經熄了，偶而有風吹來，樹上發出瑟瑟的聲音。

一九六〇，五，一五。

逃亡

一

槍聲消逝後，他聽見人聲與犬聲。

犬聲慢慢地近起來，像狼一樣的吼叫著。

胡丕杰明知道實際距離還很遠，可是聽起來又像是在左近。從聲音上聽來，不過是三、四隻狗，但它們好像已經跑遍了嗅遍了這附近每一塊田壟，每一條溝渠一樣。

胡丕杰伏在潮溼的泥坑上，他覺得如果這幾隻狗再近些那就什麼都完了，想不到經過四個月的小心策劃與努力，在最後一著，竟失敗了。他從來不相信命運，但是現在，他知道他已經無法努力，他只有靜靜的躺在那裡，等待命運的裁判。但是，他的手還是摸著褲袋裡的一柄小刀，如果有可能的話，這是唯一可以用作掙扎的武器。

他不敢呼吸，他也不敢抬頭，他所能看到的只是前面的泥堆，泥堆擋住了他所有視線。

於是，他聽見犬吠聲慢慢的遠去，最後只有隱隱約約的叫聲；他開始意識到附近還有別的聲音。輕輕的一聲蟲叫，溫和的一聲風動，他覺得這些聲音都是和平而可愛的。

但當他剛想從泥坑裡起來的時候，他感到左腿上一陣熾痛。他用手一摸，發現褲子已經破了，腿上溼漉漉的，他聞聞自己的手指，他知道這是血；他已經中了槍，他竟完全不知道。他用手支持著身子，痛苦地翻了一個身，勉強坐起，他開始看到浩闊的滿布星斗的天空。忽然，他想到他的同伴，張業心與張業可。他們是被抓去了，還是已經逃過去了，或者也像他一樣的伏在一個泥坑或溝沿裡。

就在槍聲來的時候，燈光也跟著射來，他們三個人就此分散了。這是他們約定了的，因為這樣可以分散目標，同時也可以避免同歸於盡。但是現在，胡丕杰覺得如果在一起是多麼好呢？

並沒有月亮，但是天色竟是很亮，他可以看到自己的腿傷。他無法知道這創傷是不是很厲害，子彈是不是仍在裡面，他只能看到血肉模糊的一片。他從褲袋裡拿出小洋刀，割開了褲腳，他再從襯衫上割去了長條的布片，他開始包紮腿傷。

創口離膝蓋不遠，子彈是後面進去的。他用襯衫的布片包紮以後，再用割下的褲腳緊緊的綁在外面。

於是，他想爬出這個泥坑去看看。

但是他竟無法站起，他也無法移動。這條左腿，竟像是一個鈎在他膝間的沉重的外物。他感到說不出的劇痛。

他只得用手來爬行。他從前面的土堆爬上去，一步一步的，他頭上出著汗，心跳著，非常吃力的爬行著。這土堆沒有草，也沒有樹，但幸而有一些亂石，他可以攀援。

大概二十分鐘以後，他爬到了土堆的上面。他開始坐起來，想看看周圍的情況。

他已經迷失了方向。他不知道該像哪一方移動。他先是走了一個多鐘頭的路，於是他慌亂地跑到了這個泥坑。在泥坑裡他伏了大概有半個鐘點，現在應該是有兩點多了，他想。

他手腕上雖有一隻手錶，但是損壞了。一路來要知道時間，他都是問張業可的。現在張業可不在一起，他連準確的時間都沒有了。

他坐了很久，才慢慢的看出他剛才奔跑的路徑。

右端是樹木，樹林後面隱約地是一個村落，村落後只可以看到輕輕的山影了。左面是小小的山嶺，大概有半里路的距離。在這樹林與山嶺之外，幾乎都是高高低低的原野，其中雖有一叢兩叢的草堆與一株兩株的樹木，但都擋不了他的視線。

他知道，他們就是走到山嶺的面前聽到第一聲槍聲的。他們就在這半里路之間奔跑。於是搜羅隊就跟著出來。這時候，搜羅隊開始射擊，他受了傷，但是他竟仍能跑得這麼遠，這在回想起來是真是奇蹟，而現在他可連一步都不能移動了！

他想到當時張業心是奔向他的右面，業可則奔在業心的右面的。如果現在還躲在那裡，他想那面的草叢該是一個可能地點，那面有反光的像是池塘，或者也是一個可能的所在。這時候，他們也該顯露出來了。

他忽然發覺他所坐的地方很好，可以什麼都看清楚。他很奇怪，這樣的夜裡可以有這樣的光亮。那些搜羅隊如果真是窮追的話，他覺得實在是無法逃脫的。大概那些搜羅員也只是敷衍了事而已。

他忽然又想到，是不是他們會已經俘獲了張業心與張業可，所以沒有窮追他而回去了。他打了一個寒顫。

他往前看，前面隱隱約約的像有一條小河，他想起別人告訴過他的大概正是那條小河，說越過這條河流，就很接近自由世界了。但是他現在偏不能走動了。他覺得他必須等他們，業心或是業可，只要有一個人出現，他就比較有辦法了。他知道他們需要他，也正如他需要他們一樣。

他不時望望他認為可以躲身的那個草叢與那個池塘，但是竟一點沒有動靜。

有一陣風吹來，他感到很涼爽，他接著打了兩個噴嚏。同時他感覺到從泥坑裡所感受的陰潮，同身上的汗，像是形成了一片。他沒有衣服可換，也不能脫去。

他想吸一支紙煙。他從褲袋摸索紙煙。他知道他於出發時備了一包，只吸去一支。但是他褲袋裡的東西很多，毛巾、牙刷、肥皂、火柴、鉛筆，還有一把可以自殺也可以殺人的鋒利的小刀，可以說所有他的財產都裝在裡面了。

他拿出毛巾，是一條方形的小毛巾。他用毛巾往胸襟中探到胸上揩了幾下，他覺得舒適了許多，於是又從領間探到背部去揩了揩。

他摸到香煙，也摸到了洋火。他從紙殼裡拿出一支香煙，香煙已經皺軟彎曲，他理直了，在手上頓了幾下，才彎著身子點上了火。他吸了一口。他忽然想到這煙頭的火星也許會成為一個被注意的目標，他用手掌彎成一個圈子，倒拿著煙，這原是他以前在學校學會的偷吸紙煙的方法，現在倒有用了。他又吸了一口，這次他緩緩吐出煙，深深地呼吸了一下，這空氣真是很新鮮。

他輕輕地試著移動了一下腿，他感到一陣劇痛；他忽然想如果找不到業心、業可，他將怎麼樣呢？就這樣坐以待捕麼？還是用他的小刀自殺呢？與其被捕，寧使自殺。但在自殺以前他又想先殺一個敵人。這是他以前都想過的。可是第一步，他必須試著一個人努力爬去，他必須鍛鍊著試作爬行。他忽然想到他需要一根結實的手杖。如果有一株樹，他可以用小刀慢慢地砍下一根來。他的小刀相當鋒利，他原是備著作為武器的。他開始舉目看看周圍的樹木，樹木實在不多，他看到右面大概二十米以外有三、四株樹，但都是筆直上升，沒有樹枝可以砍折，左面大概三十米地方疏疏落落有幾株小樹，好像樹幹都是細軟的。於是他發現後面，就在泥坑後面右邊大概三十幾米的地方，有一列三、四株整齊地排列著的灌木。他想如果砍下一株，削去上面的枝椏，也許可以很合用的。

他對於業心、業可的期望並沒有死絕，但是他覺得他不能死等。以瞭望講，他的據點當然是最好，但是他必須利用這時間去做一個手杖。他想如果做好手杖，業心、業可還沒有出現，他也就可以一個人走了。

在作這樣決定之時，他最後又重新望望四周，他想到在奔跑的時候，業心與業可都遠在他的後面，決不可能是在前面的。如果是在前面，也一定會像他一樣的等他的。向遠處瞭望，一切可見的東西都靜靜地偃臥在那裡，沒有一點點動靜可以想象有人在期待他的。

他開始勉強地支起了身子。他用一隻右腳站在地上，但是左腳竟無法落地，更談不到用力了。他於是又重新坐下。他想，在這斜坡一段路，他可以趁勢推滑下去，以後他就只好爬行了。他眼睛望著前面的灌木，從土坡滑下去，他覺得根據剛才站起來的經驗，如果有一根結實的手杖，他一定可以行進。他不相信前面還有多少路，雖是慢一點，到天亮總可以走到了。

他用手支著身體推滑下去，他發覺最好有兩塊石塊墊在手上。他找到兩塊很合適的石塊，於是很快的就滑溜下去了。

接著就是一段爬的路程，起先爬非常困難，但後來他發現側著身子，把左腿擱右腿上面，開始覺得輕易許多。

但是這段路實在不近，當爬到那裡時候，他已經筋疲力盡，他已經二十幾小時沒有睡眠，經過了緊張、危險、驚駭、創傷，如今是這樣的在爬行！

他爬到灌木的樹邊，他嘆了一口氣，探出那塊小毛巾抹抹頭上的汗。他躺在那裡竟不能動了。這時候他看到的，只是幾片灌木的枝葉同後面無邊遼闊的天空。

天空是深藍的，滿布著閃耀跳動的星斗，有淡薄如紗的白雲在星光前移動。他發現每粒星有不同的光芒與不同的大小，以及它閃耀時不同的韻律。他覺得這天空竟與他每天見到的天空是不同的，好像他每天看到的天空都是平面的，而現在他看到的天空竟有無限層次了。他的視覺像是一層一層的透過去，他看到的雖是一種空虛，但覺得蘊藏著一種神祕的莊嚴。

他開始感到自己的渺小與生命的短促。他這幾個月來所計畫所夢想的是逃出這個世界，但是最後一著竟無法過去。只要沒有受傷，只要沒有被擊中這一槍，他知道他一定是可以成功的。而現在，現在他覺得他是很少有希望了。

他的手摸到他的腿傷，他發覺血已經滲出了他厚重的包紮，而他僅僅是爬這幾米的路程。如果他要走到邊境，恐怕血也要流光了。這個悲劇的想法浮到心頭，他真是什麼勇氣都沒有了。

他感到非常疲乏，他已經有二十幾小時沒有睡眠，如今真是無法移動了。他想就這樣入睡，而就此死去倒也很好。這樣一想，他就閉上眼睛。可是他馬上意識到小刀，如果是真的讓敵人發現，他可以自殺，而在自殺以前，他還有機會殺死第一個走近他的敵人。

他為什麼要在臨死的時候，還想殺人呢？他開始懷疑起來：「誰是我的敵人？那個第一個來接近我的人也許就是一個過去的我，或者是我的妹妹。他們信仰的是主義，服從的是黨，正如我與我妹妹一樣，都是獻身要使人類幸福的人。」

二

一想到他的妹妹，胡丕杰就感到說不出的隱痛。

這個比他小四歲的妹妹，一個非常聰敏而又美麗的孩子，可以說完全是他一手所害的。那時候她還在初中讀書，他已經教她看許多馬列主義的書籍，灌輸她革命的思想，她變成了他的信徒。以後當他們的母親要去香港的時候，她要帶他妹妹同去，是他擔保，由他保護並照顧妹妹，叫母親放心的。

但是他並不能保護他的妹妹。他妹妹於中學畢業以後，參加了文工團。在抗美援朝歡送將士的晚會中，她表演了唱歌，又表演了舞蹈，她被一個師級的黨代表看中，當晚就被他強姦了。

第二天這個黨代表就同軍隊出發。他妹妹對胡丕杰哭訴，他向上級反映。上級笑他封建頭腦，說：「人家都到前線去抗美援朝了，全國人民都轟轟烈烈在這個火熱的運動中鬥爭，這一點小事你還在計較，說出去不是顯得太個人主義了麼？」

他服從上級。覺得在革命過程，個人的損害原是難免。他一面勸慰他妹妹，一面以封建意識與感傷主義批評他妹妹。並且告訴她，這只是個人的腐化，並不是黨的過失，但是黨在抗美援朝的號召中，自然無法顧到你個人的小事的。

他妹妹雖是沒有話說，但內心仍是很痛苦。大概她在黨組會議有所控訴，被認為有個人主義與小資產階級意識，後來被逼參加了戰地文工團去北韓，以後就再沒有她的消息。

他忽然想到如果他能夠自由地出去，碰見了母親，他將怎麼說呢？

他一直沒有想到這個問題原是舊社會的問題，他早已沒有想這種問題的頭腦。他也不知道為什麼現在會想到這樣問題，因為，事實上，在這一瞬間以前，他沒有想到母親。

他已經與母親多年不通訊了。在大陸解放不久，他的在美國的哥哥就要他們到香港。他當時寫信就痛責他哥哥一頓，並勸他哥哥回國為人民服務。後來他哥哥再沒有信來。可是他在香港的一位堂房的姐姐，大概受了他哥哥之托，來信要母親帶妹妹去香港玩玩。

他母親去了，但是他妹妹聽他的話沒有走。

他自從準備向南逃亡到現在，他一直沒有想到他母親，他不知道現在為什麼忽然想到了母親。他們以後沒有通信，他也不知道母親是否仍在香港，很可能被哥哥接到美國去了。

他的哥哥於一九四二年去美國，學的是原子物理。一九四七年夏天他父親過世，他哥哥回來一趟，在上海住了兩個月就回去了。那時候他哥哥已經在美國大學裡教書，學校要開學，不能多待。當時胡丕杰在大學三年級讀書，他讀的雖是土木工程，但是他對於馬列主義很有研究。他哥哥對這方面一竅不通，他與他哥哥幾乎很難交換意見。他明知道在一九四六年以後家庭裡完全是靠哥哥供給，他與他妹妹的學費也全靠他的哥哥，但是他與他妹妹都認為他哥哥是美帝的走狗。而他哥哥所以甘願做美帝走狗，完全是因為沒有政治覺悟的緣故。在這短短的兩個月中，他與他妹妹商量過多次，想盡方法要使他哥哥有點政治覺悟，可是他哥哥沒有理會。他哥哥有兩點理由說一定要去美國：第一是他有研究工作在進行，說在國內就沒有這樣的設備與環境，好讓他繼續研究；第二是他現在收入較好，可以供給家用，並使他們求學。胡丕杰對於這兩點的想法是這樣，第一是他哥哥的個人主義，只想個人成功；而這成功對於中國與中國人民並沒有貢獻。第二點，他想他自己也快畢業，畢業後他也可以養家，家裡只有母親同妹妹兩人，很簡單。最後，他告訴哥哥說中國正在蛻變，革命就會成功，成功後像他這樣的科學家一定可以致力於研究，而這研究才是真正為人民服務。他希望他哥哥很快會回來。他哥哥含糊地答應著就走了。

胡不杰畢業後，就參加革命工作。一九四九年，上海解放，他到了北京，參加好幾種會議，又回到華東區參加政治學習。就在政治學習中，他發現革命的實際與他過去所研究的馬列主義不太相符。在幾次討論場合中他貢獻他的心得的理論，都被批評為教條主義；許多他對實際問題貢獻的意見，也被斥為個人主義的表現。可是當最後還是採用了他的意見時，這意見竟變成了領導階層的意見了。有時他偶而提到那些上級的意見，就是他曾經提供過的，他又被大家批評為英雄主義。總之，他自認為精通馬列主義的工程師，在學習期滿之時，成績遠不如對政治從無覺悟的人。

學習期滿後，他被分配到東北的一個煤礦裡工作。他向組織反映，說他學的是土木工程，對於開礦完全是外行；但是上級說他還是英雄主義的意識，處處都想表現自己的才能，說舊社會所造就的人才，無法配合全面的社會主義的建設，他必需配合國家的需要，深入群眾，向群眾去學習才對。

他接受批評，就到了東北的一家礦區裡。他被派到在工務課裡工作，工務課職員很多，其中對於煤礦真正有學識與經驗的人可不多。一個五十幾歲的礦工工程師是工務課課長，他姓梅，很有學問也很有經驗，但是他很委頓衰弱，每天必須喝許多烈酒。副課長是一個幹部，對煤礦什麼都不懂。胡不杰一去自然非常謙虛，讓他們指教，也請他們領導。這兩位正副課長對他都不差。

這個煤礦的礦量很大，可是煤質不很好。工人總數有五百幾十個，但職業的工人不過二百三十幾個。所謂職業的工人，是在這個礦區裡落戶的人民，他們都有家眷孩子住在左近。非職業的工人則是分配派遣到那裡去的勞工改造的一群人。這兩批工人並不一起工作。前者的工作區叫做前礦；後者的工作區叫做後礦。

前礦有兩個礦洞，一個在山腳，一個在山腰。在山腳的洞口直徑十幾公尺，是一個斜坑，與地面的傾斜度約有三十幾度。坑中設安全車，兩邊則是行人道。在山腰的則是一個立坑，是要搭升降機下去的。

由這洞口進去是總路，下面分出許多支路，支路又分小路，這自然是按礦脈分布而開發的。最深的礦坑遠在地下六百公尺。採礦的洞穴裡都支著木架。排氣洞並不夠，空氣潮溼而悶窒，人們的呼吸很不舒服；腳下都是泥濘，礦工們用煤屑鋪墊過的，才不濘滑。自然這裡是漆黑的世界，唯一的光亮是每個人帽緣上的一盞安全燈。工人所用的安全燈，光線很弱，只能看到眼前的一方煤壁。工務人員所用的則較光亮，照到工人們的身上；他們只是避開了這燈，幾乎一點也沒有反應。

以前礦裡所謂職業的工人，是用工頭制的，解放以後，工頭制認為是中間剝削，幹部們把握群眾，鬥垮了工頭。一時好像真的工人翻身，成為煤礦的主人。接著，整個住在礦區村鎮裡的工人被組織起來。所有的小商店、小飯館等都被清算，成了合作社。合作社裡面的貨物，原是商店裡清算來的，賣完這些存貨，商品就越來越少了。婦女們也被動員起來，參加煤礦裡的運輸工作，老年人管理小孩，成立雛形的托兒所。

以前工人們一天工作是七小時，解放後改為六小時半。以後為分組工作競賽，增加到八小時；因突擊工人們的號召向報上所謂勞動英雄陳虎門看齊，增加到九小時；響應總路線大躍進的號召，增加到十小時。

以前工人們半月有一天輪流的假期，他們喜愛到附近縣裡去走走，買點心愛的東西；現在則再也沒有假日。以前單身年輕的礦工們積一點錢，就離開父母到別處去，幹得好的寄錢給父母，有的也接了父母去外縣外市的；現在再也不許自由移動了，要移動則先要申請，要擔保，要調查……

以前工人們有兩種娛樂，第一種是喝酒，第二種是賭博；現在酒固然買不起，賭博也不許了。有時候演幾張電影，但是工人們都工作得很疲倦，沒有精神與興趣再去坐一、二小時。

以前這個礦是資本家官僚資本的，現在是人民的，是工人當家了。不但這礦是他們工人們的，連國家都是他們的，所以他們要買公債，要捐錢建造文化宮，要捐錢辦圖書室，購買上面配下來的書報。

文化宮就在礦廠辦事處的後面，是一間會議室似的平屋，放著報紙、棋子、一個乒乓的桌子，牆上掛著史太林、毛澤東的照相同一些標語。自從胡丕杰到了礦區以後，他沒有見過工人們出入文化宮，進進出出都是職員與幹部們。

工人們每天工餘有大會與小會。小會是小組小隊；由下級幹部們主持。大會則是組代表、隊代表與職員們及上級幹部的會議。職員們也有小組，但並不與工人們在一起。

這些會議的性質，不外三種；一種是學習，一種是增產，一種則是捐獻；工人們對此都很了解。並由幹部們領導著，作組與組的競賽、隊與隊的競賽，以及婦女與兒童隊、前礦與後礦的競賽。

所謂後礦是非職業的礦工，那些都是各地送來勞動改造的。那些人是住在山上的一個集中營裡，每天由武裝的幹部帶來工作。到礦洞口叫著名進去，休工時打鑼吹哨，點著數走出來。

胡丕杰以前在報紙上讀到的窮人翻身，無產階級富家，以及各地生產競賽一類的轟轟烈烈的報導，還總以為有幾分事實，現在知道這完全不是那麼回事，但是他為保護自己心理的安詳，他從不細想。他自己與同事及幹部們相處得很好，所以過著很平安的日子。

三

礦區裡本來有一個小學，晚上也有成人識字班一類的組織，解放後改為文化夜課。胡丕杰因為晚上有空，他就在那裡教書。

他的班裡有一個叫王正釵的學生，是一個很有風姿的婦女運輸隊的隊員。文化班雖是為成人而設，但是年紀老些的礦工，大都興趣不多。而又因為礦洞裡工作辛苦，沒有精神再去讀書，比較可以讀書的還是三十歲以下的人。婦女運輸隊的工作不比在礦洞裡，所以也比較可多有興趣與時間。而王正釵則是一個最有進步的學生。不知怎麼，她同胡丕杰很好，常常在課後問他許多功課以外的問題，有時也一同離開課室走回宿舍去。不過平時，他們幾乎是不見面的。

可是有一天，胡丕杰上了課，一個人回到宿舍的路上，忽然王正釵從後面追上來說：

「胡先生，我可以同你談幾句話麼？」

「什麼事呀？」

「我們到那面散散步好麼？」

他們當時就繞著小學校往後面去散步。王正釵忽然說：

「胡同志，你是一個規矩人。這許多日子來，你對我一直很好，所以我來請教你。我父親叫我來請教你。」

「是麼事呀。」

「那個沙同志叫我後天去看他。」

「沙同志？」胡丕杰問：「是不是沙書記？」

「可不是？」

胡丕杰非常警覺，他想會不會是黨派來考驗他的。他想他雖是見過幾次沙書記。可是平常絕無來往。他只同工務課的同志們熟稔，沙書記則是高高在上，對他也許不認識的。

胡丕杰自知道礦區以來非常小心，他不做英雄，不出主意，什麼事都表面絕對服從，背地慢慢敷衍。遇事自己先認錯，見功盛讚組織。有話決不越級反映，開會隨核心舉手。他實在想不出有什麼遭忌之處。但當時很小心地說：

「沙同志叫你去，那一定對你的工作或者特別……」

胡丕杰的話還沒有說完，支吾了半天。王正釵忽然說：

「胡同志，你真的不知道沙同志麼？」

「他是領導同志，我們很少來往。」

「你知道他常常找我們女隊員晚上去看他的。」

胡丕杰在礦裡雖有不少日子，他也聽說職員、幹部們同婦女隊裡鬧戀愛一類的事情。他自己則從不自找麻煩，他很希望經過一個時期，申請組織，調到別的地方去，所以必須有一個很好的紀錄才好。現在聽王正釵這麼說，不知該怎麼回答才好。他囁嚅了半天，說不出一個字。王正釵忽然站定了，很認真地問：

「你願意我去麼？」

「啊……啊……」胡丕杰苦笑著說：「他是領導同志，我……我……」

胡丕杰沒有說出什麼，王正釵忽然哭了出來，她一面說：

「我……我以為你……你一定不讓我去的。」

「我有什麼權力可以說讓你或者不讓你呢？」

「但是你心裡總……總……」王正釵哭得很厲害。

胡丕杰很怕別人走過，聽見了恐怕有什麼誤會。他勉強勸慰王正釵說：

「沙書記叫你去，也不會有什麼壞意；他的愛人聽說是長春的市委，沙同志差不多一個月都要去一次的，而且他也有五十幾歲了。是不？」

「你最好去問問我們隊裡被叫去過的人。」王正釵憤怒地說：「我特地來請教你，因為我以為……不瞞你說，我是一直愛著你的。我總以為你也是……現在才知道你並沒有當我是一回事。」

王正釵說完了，用手帕揩揩眼睛，賭氣地走了。

胡丕杰究竟是否愛著王正釵，他不知道，可是在這一瞬間，他真的被王正釵感動了。在這寂寞枯燥的生活中，想不到還有這樣一個女孩子在愛她，他怎麼能無動於衷。他追上去，拉著王正釵的手，兩個人就擁抱在一起。胡丕杰這時候可真發覺愛她已經很久了。

胡丕杰對於組織的權威還有什麼不明白，但是為了愛情，他總要設法阻止王正釵去看沙書記。他們商量了很久，覺得唯一的辦法是讓王正釵逃亡。王正釵有一個姑媽在長春，表哥、表嫂都是一個機械工廠的工人，她可以逃到那面去。胡丕杰來礦區後很少用錢，所以旅費是沒有問題的。最大的問題是路條。胡丕杰知道工務課常派人出差，這條路只要工務課的幹部蓋章就可，他就想等這樣的機會，多混一張出來。

胡丕杰當時就叫王正釵回去，先裝生病，把訪問沙同志的時間拖延幾時。並且約定了兩個人除了上課以外不再見面，什麼還是同以前一樣，等胡丕杰弄到路條後再談。

胡丕杰於一星期後弄到了路條。他就在上文化課時候，暗示王正釵課後到外面見面。當時胡丕杰把路條及錢交給王正釵，王正釵就於第二天離開了礦區。

王正釵的失蹤，於第三天才發現，大家都沒有想到她是有路條，而且可以有錢搭火車走的。當時發動了搜索隊到公路與村落裡搜索。四天以後，發現江岸上有她的一個包袱同鞋子，他父親就認為她是投江自盡，大家也就結束了一個公案，並沒有人想到她自盡的原因。因為追究下去也許反而要得罪上級的。

胡丕杰始終不知道王正釵的父親知道多少，但是他相信這包袱的故事是父親布置的。

胡丕杰還是照舊工作，暗地活動轉業。這樣一直到四個月後，才逢到一個機會。那是長春有一個公路的機構需要土木工程的人才，胡丕杰得組織上的幫忙，總於幸運地被調到長春。

可是王正釵並沒有等胡丕杰，她已經結婚了。她到長春後倒一家糖果場工作，馬上被組織上一個上級的幹部看中，發動利誘威脅的說服工作，很快就結了婚。

胡丕杰找到她的親戚，得她們幫忙，與王正釵見了一次面。王正釵見了他，什麼話都沒有說，只是對著他流淚。胡丕杰也說不出什麼，兩個人呆坐了一個鐘頭，王正釵就告辭回去。

他的親戚告訴他，王正釵已經懷孕了兩個多月。

胡丕杰以後就沒有再去碰見王正釵。

那時抗美援朝運動甚緊，他的妹妹參加了文工團到了長春。他會見了久別的妹妹。胡丕杰看他妹妹非常積極樂觀，他竟覺得很少可以傾談。於是他妹妹被姦污的事情就發生了。

他妹妹在長春大概住了一個月，就參加了戰地文工團去了北韓，以後就再沒有消息。

四

胡丕杰入睡了大概有二十幾分鐘的時間。他忽然像有人在叫他似的霍然驚醒。他馬上想到他是不能這樣昏睡的。他已經奮鬥掙扎了這麼久，在最後的幾個鐘頭中，為了中了一槍，而且也不是中了要害，他沒有理由要放棄所有的希望。他覺得，他要死也該死到有自由的土地。

他坐了起來，蠕動到灌木旁邊，他選擇了一支手指般粗的小樹，他動用他的小刀，開始割削。他的刀子很鋒利，從四周斜切下去，很快的就把它砍下。他削去樹葉，就成了一支手杖。他試用了一下，這雖是可以幫助他站起，但是要走動還不夠用，他想到他還需要一根支在腋下的拐杖。

這支手杖很快的成功，使他的希望突然增加起來，他也開始有更大的勇氣。他用已成的手杖度量他所需要的拐杖的長度，再去選擇灌木。這些灌木都很直，只是長度夠，而上面分枝的地方又太細弱無力；但幸好不遠的地方還有幾株另外一種小樹，這些小樹樹幹較高，但下面太粗，上面樹枝又不夠結實。他衡量很久，覺得只有倒轉來使用，他可以把較粗的一端支在腋下。

這一次他發覺樹木很硬，樹又粗，所以他割伐了很久，費了很大的勁才把樹弄斷。他再刪伐枝葉，削去另一端，等完全做好，他已是很累。他站起來試試，又修切了許久，最後總算可以使用，只是重一點，用起來實在不夠輕便。

在這整個工作的過程中，他一直希望可以看到業心與業可出來，但是竟沒有影子。現在他覺得他必須自己一個人走動了。他左面支著拐杖，右面支著手杖，開始向前走去。他雖是感到吃力，但比剛才只能爬行，總要好的多了，他覺得現在至少是可以努力了。

這樣大概走了一百多米的距離，他覺得非常累乏。他頭上流著汗，腿隱隱作痛，他只得坐下來休息一回，但是他很高興地感到，他已經較會運用他的兩支拐杖。

他坐在地上，他怕一躺下就會無法起身，所以勉強支持著自己。他又拿出他潮溼的紙煙，用手掌遮著點了一支。他決定吸完這支煙就馬上再走，他數紙包裡的紙煙，還有八支。他估計著這樣再作八次休息，就可以到達自由世界，他可以每次偷吸一支煙，吸完一支煙就馬上動身，決不拖延。

這樣決定了以後，等這支煙慢慢燒盡，他就站了起來。

他早就聽說，過了小河很快就可以到自由區。他想他剛才在坡上所望到的小河一定就是。如果是的，他估計是五、六百米的距離。就算六百米，他想如果走一百米，休息一次，每次吸一支煙，他只要吸六支煙。過了河，如果只有二百米的話，他的估計就差不多了。

他這時候對於用拐杖走路已經熟練了許多，腿痛也似乎已經麻木，走一陣就樂觀一陣，想到剛才爬到灌木下躺在地下時的頹喪，甚至想放棄一切的念頭，真覺得太可笑了。他現在重新有了信心，又開始想到他母親。

他想如果母親不在香港，他堂姐總還在香港。那位堂姐是叔伯的姐姐，很早就嫁人了，所以同他的哥哥比較熟，同他則不是很熟。但他總可以打聽到的。打聽到那堂姐，總不難打聽到他母親的。

胡丕杰在他的妹妹沒有消息後，就一直覺得愧對母親。他那時雖是在感情上與共產主義分離，但在思想上還是共產主義者。每當他想到他妹妹與母親時，他就責備自己的小資產階級意識；每當他想到王正釵與他的往事，他也覺得是自己知識階級的劣根性。這些幹部們雖不是好東西，但那是個別的錯誤，並不是黨的不對。他當時曾經把他妹妹的遭遇反映到上級，上級批評他個人主義，他當時雖是不高興，但仍覺得這批評很對，他後來也即以這個意思勸慰他妹妹的。

胡丕杰在他妹妹參加了戰地文工團，去韓國以後，他曾在公路上工作兩年。這些公路都是一級公路與二級公路，他雖是看到了許多不幸的事情，聽到許多悲慘的故事，但是每當他覺得殘忍可憐的時候，他就想到這又是自己小資產階級人道主義的思想作祟。這些龐大的公路計畫，至少是真正國家的建設，他參加在這個鬥爭中，總是真正貢獻社會主義的。

有一次，當他在山上一個工棚裡工作的時候，聽見一聲巨響。他跨出一看，看見斜對面的山石沿著山腰崩瀉，下面正有人在工作。當時許多人都往山側的樹林攀跑，這邊站在坡上樹林裡，監視工作的幹部忽然開起槍來。那些跑上去的人被打死，而在下面的人則都被崩石壓死。他看了實在覺得慘不忍睹，但是站在他旁邊的幹部說：

「那些都是勞動改造的犯人。你只要想想他們曾經怎麼樣殘忍地殺害勞苦的人民與我們的同志，破壞我們社會主義的建設，這就沒有什麼可憐了。」

「但對那些逃避的人何必開槍呢？」

「他們就想借機會逃脫，所以我們要他們每人戴著白帽子。犯人一脫帽子，就有意奔逃，就必須開槍。否則一逃脫，在這山區裡就很不容易找到他們了。」

胡丕杰當時就想從工程方面研究山崩的道理，想是不是炸藥用得太多或炸錯了地方。可是那個幹部說：

「這也許正是那些犯人的陰謀，故意要使山崩，可以借此逃脫呢。我們必需要永遠保持警惕，對待敵人要絕不半點放鬆才對。」

胡丕杰當時並沒有反駁，心裡可是很不自然。後來檢點死傷的犯人，的確少了兩個。那個幹部就很驕傲的說，他的警覺完全必要的。胡丕杰的心裡有很久的搏鬥，不知道自己為什麼永遠有這些小資產階級人道主義的意識。那兩個失蹤的犯人始終沒有找到，胡丕杰在當時很奇怪地竟暗暗為他們慶幸。

胡丕杰一面走著，一面忽然想到了那兩個逃走的犯人。他想，大概就因為他當時曾經暗暗地為那兩個逃犯慶幸，他也注定了要有今天。

五

胡丕杰這一次幾乎走了兩百多米才休息。他吸起一支煙，望望那滿布著繁星的天空。他想到這天空正是他童年時所熟識的天空。他進了社會以後，再沒有功夫注意過天空，他沒有想到人間經過如許的變化，而天空竟一直是同樣的。

天氣潮溼而暖和，野地上非常寧靜，偶而有昆蟲的嗜切與微風的淅瑟，也只顯得夜的安詳。胡丕杰開始想到自己的渺小，多少的報復心，一時都化為烏有。經過十年的奮鬥掙扎，原先革命的壯志與對社會的熱忱，早已耗盡。究竟他貢獻了什麼，或者自己收穫了什麼，他說不出來。但是他說得出革命的確使盡千盡萬的人家破人亡，他自己的家也就是最好的例子。他還說得出他的革命思想，至少是害了他的妹妹同他自己。他曾經安慰自己地說他妹妹是為國家犧牲的，正如他常常覺得萬千人民的苦難都是為建設社會主義的奉獻。但是這國家是人民的國家麼？正如他在工廠裡看到，工廠不是工人的工廠一樣，這國家並不是人民的國家！

胡丕杰一直服從黨、信賴黨的領導。在他與實生活矛盾中，他一直把他自己當作了敵人。這敵人就是所謂知識階級的劣根性，是小資產階級的意識，是沒有站穩立場的溫情主義，沒有分清敵我的人道主義，是唯心主義、教條主義，是宗派主義，是個人主義……。他一次一次與這些敵人鬥爭，一次一次都把它們克服了，但是最後他忽然發現了這些敵人實際上不是別的，只是「良心」，是靜靜地對著廣闊的天空就可以捉摸到的良心。

他第一次發現「良心」的時候，是他在建築公路的時期中，為一個橋梁的建築，看到一個中國工程師與蘇聯專家意見衝突。那位中國工程師姓王，他被檢討時，竟說是受了西方資產階級思想的毒素。那位工程師當時還要爭執，後來竟說他是美帝走狗，而被調遣到西北去工作了。當時胡丕杰就隨同那位蘇聯專家，根據他的計畫建築那架橋梁，果然不出那位中國工程師所料，在經濟與時間預算上，遠超蘇聯專家的估計。那位蘇聯專家後來親自同胡丕杰承認，當初那位中國工程師的意見比他正確。可是黨不承認這件事，在那條橋梁通路典禮中，黨書記在演講中不但恭維那位蘇聯專家，而且攻擊那位被黜的中國工程師，說當時黨幸虧及時依靠群眾，罷黜那位受美帝思想毒素的王工程師，學習先進的蘇聯專家經驗，所以有了今日的通車。

第二次發現「良心」，是當他被派為一家鋁廠建築廠房的時候。那家鋁廠的工人為要求改善待遇，竟遭遇到領班的黨幹部的壓殺。事情開始很簡單，原來工人先推了兩個代表去向廠長請求。廠長兼黨書記把這兩個工人扣起來，晚上開會說他們是反動分子，故意煽動工人來破壞生產的。當時就有幹部要求公審，可是工人們一直承認是他們的代表，鬧了起來。當時廠長沒有辦法，只得把那兩個人釋放，還答應工人們所提出來的改善待遇辦法。

本來事情到這樣已經完了，可是五天以後，忽然開來了大批軍隊，除那兩個代表意外，還捕去二十幾個工人。胡丕杰當時感到非常難過。他知道這難過決不是小資產階級的人道主義。黨既然口口聲聲為無產階級的政黨，又說工廠的主人是工人，但現在黨對工人壓迫殘殺了。他沒有法子再說他的同情是沒有站穩立場的溫情主義。

以後，胡丕杰開始對於「無產階級」「工人階級」「人民」一類名字有許多疑問，但是他還不知道他與共產主義的思想有多少距離。

當鳴放運動掀起來的時候，胡丕杰重新興奮起來，他覺得黨究竟是英名的，只因幹部的偏差，下級的錯誤所以有許多黑暗面。因此他把他所經歷的那位中國王工程師之被清算，與鋁廠工人之被壓殺事件，寫了兩篇文章，以響應黨的號召，盡鳴放的責任。

誰知道是這兩篇文章，就招來了惡毒的批判。胡丕杰於反右派運動中，被迫下鄉。他在農村裡面對著農民的困苦、飢餓，以及過度的勞動。他在沉思默想之中，開始悟到在無數次自我批判，在矛盾中鬥爭掙扎的正是良心對於理性的反抗。他早已為黨改造了自己的頭腦，彎彎曲曲的為黨解釋，對自己譴責，現在知道是一個良心的問題。他覺得他沒有對不起黨，是黨欺騙了他。

但是黨究竟是什麼呢？是一個組織，這個組織說是代表無產階級的，可是成為黨的領導只是一些官員。這些官貴都是養尊處優，高高在上，而有一切資產階級封建貴族所有享受的享受。凡是反對這些特權，批評這些享受，以及一切影響他們權威的都是有罪。而這罪就是「人民」的敵人。

胡丕杰在鄉間勞動了一年，他又被派到一個水庫的工地。那裡他碰見了張業可與張業心，那是兩個派來實習的學水利的學生。那時正是響應大躍進的號召，大家每天工作十二小時。張業心患瘧疾，還是被迫勞動著。有一天，工作時忽然暈倒在山溝裡，胡丕杰把他抱到山邊草裡上，把自己衣服蓋在他身上，為他行人工呼吸，給他熱水喝，他醒來後兩個人談了許多話。後來業可知道了，也與胡丕杰做了朋友。他們兄弟是廣東人，以前曾經到過澳門、香港，所以一直在找機會想逃往澳門或香港。

在水庫工程完成後，張業心與業可為看母親的病到了廣州。胡丕杰那時派到湖南，他拿了各種證件去報到，但是他沒有去湖南就遛到了廣州去找業可與業心。那時他們的母親已經死去，他就同他們兩個人偷逃出來了。

六

「鼓足幹勁，力爭上游。」這是黨策動群眾日以繼夜勞動的口號。現在胡丕杰不斷地唸著這兩句口號，一蹶一蹶的奔向自由。

他曾經有過幾度灰心，幾度振作，現在他的信心倍增。他只是休息三次，吸了三支煙。現在他決計到河岸時再休息，因為休息下來，再起來時會很吃力的。他一身是汗，非常疲乏。但他用拐杖走路已經越來越熟練，而越走也越覺得希望越大。

他嘴裡哼著歌，他所會的歌都是屬於黨所號召，幹部們瞎編的，但是他唱著並沒有想到他的意義，他一面一蹶一蹶地走，一面唱：

幹呀幹呀幹，鼓足勁兒幹，
太陽起來前幹，幹到太陽下山，
太陽下山，月亮出來，我們陪著月亮再幹。

這樣走著走著，他一抬頭，忽然看見了灰黑田野間有一所小小的茅亭。這茅亭好像是在路邊的，但是再仔細一看，他發現小河就在茅亭不遠的前面。他很怕這茅亭會是一個警崗。他只得停下來觀望一下，他決定繞一點路，從右首過去。他迴避著茅亭，但一直注視著茅亭，他要看茅亭裡到底有什麼動靜。

這樣走了十幾分鐘，胡丕杰於是看到小河越來越近起來，他聽到了幽咽的水聲。河岸有幾株樹木，他就向著樹木走去。走到樹下，他坐了下來。他望望遠處的茅亭，看不出有什麼動靜。他實在太累太乏，每次休息，他都不敢躺下，這一次他可躺下來了。他把兩手枕在頭下，深深地呼吸一下。但是這一躺下，他就軟軟的想入睡了，他打了一個呵欠，馬上警覺地坐起。他摸出紙煙，點上一支。於是他抬頭看到遠處的天邊，天邊映照著一片紅光，他想知道這是什麼，但馬上想到這一定就是香港的燈光了。他幾乎興奮地叫了出來，他拋去紙煙，拿起拐杖。他想馬上過河，一口氣走到那面去。

但是當他剛支起腳步的時候，他發現前面並沒有橋樑。這河很小，想起來也不會太深，他想涉水而過是不難的，他也識一點游泳，如果水深，游一丈路的水，不見得太難。

正想這樣躊躇的時候，他看到了左首有一架板橋。他就往板橋那面走去。

他走到板橋前面時，發現這板橋很狹，以他用拐杖的技術，恐怕很難過去。就在這彷徨中，他又回頭看到那個茅亭，那個茅亭雖不像是有人的，但對他總想是一個威脅。他好像是要保證那裡面沒有人似的又凝視了一回。於是出其不意的，一個黑影從茅亭裡一閃。他吃了一驚，下意識的就蹲坐下來。他知道這下子，真是完了。

他估計逃跑是不可能的，他唯一的希望就是對方沒有看見他。他慢慢地移動到河岸的一個低地，他拿出小刀，伏著身子探視那個黑影的動靜。他估計那茅屋到河岸有三、四百步路，那個人不見得對他看得很清楚。

他望著望著，那個黑影好像就不見了。他想是一定又回到茅亭裡去了，於是他發現那個黑影在一堆土堆裡轉出來，顯然是匍匐著在向他的方向過來。他的心突然急跳起來，頭上汗水涔涔。他伏在地上，準備好小刀，緊緊地握在手裡。他想對方只有一個人，他在被殺前，也一定可以給他吃一點虧的。他像一隻被逼的野獸一樣，等待敵人的攻擊。

於是他看到這個黑影越來越近了，也越來越清楚了。他發現這黑影並不像在搜索他，而是一逕奔到河邊，跑向板橋。

在這空曠的田野中，從胡丕杰伏著的地下，他看到的是一個清楚的人影同他身後的一片滿布星星的天空。他忽然從那個人的頭髮的影形，發現了一個奇蹟。他忘記了自己，不禁叫出：

「張業可！」

對方已經跑到橋上，胡丕杰放大了聲音又叫：

「張業可！」

對方突然停止了一下。胡丕杰又叫：

「胡丕杰在這裡。」

這一聲張業可真的聽見了，他折回身子奔了過來。胡丕杰也掙扎著支著拐杖起來。

「我受傷了！」他一隻手支著拐杖，一隻手抱住了業可：「你，你們到哪裡了？」

「業心死了！」

「業心死了？」胡丕杰問：「他也中搶了？」

「他中了一槍。我揹著他走了許多路，後來他突然抽搐起來。我把他放下，看他已經死了。」

「那麼……？」

「我把他埋在那邊……」業可忽然哭了起來。

胡丕杰自然禁不住流下淚來，但還是勸慰業可：

「死的已經死了，我們活的去求生吧。」

業可振作了一下，四周望了望，他忽然說：

「我揹你過橋。」

「過了橋，還有多少路？」胡丕杰一面問，一面伏到張業可背上。他兩手握起手杖，圍在業可的胸前。

「過了河就很快可以到了，你沒有看到映在天空上的亮光麼？」

一九六〇，六，二七。

仇恨

一

史雲峰又到了香港，今年他已經二十五歲了。他離開香港已經有十一年，這十一年中香港有許多改變，他也有許多改變。他離開香港時，他立志要為父親與姐姐報仇，雖然這許多年來，他已把過去的事情淡忘了，但是現在他一到香港，他父親臨死時的容貌與語言一一都在他面前浮起。一切仇恨都是同昨天一樣的新鮮。

史雲峰的父親史康福，是一個大陸出來的難民，他在餘姚被清算以後，太太死去，他就帶了兩個孩子到了香港。他進了一家信記進出口公司做會計，收入很微。那時候兩個孩子都在小學讀書，女的是史雲釧，是十三歲，男的是史雲峰，是十一歲。

信記進出口公司的老闆洪信發，是香港的世家，他在信記進出口公司外還有藥鋪、當鋪同許多地產。他有兩個太太，但沒有孩子。他對他的職員向來很苛刻，但一九五一年以後，他對史康福忽然客氣起來。那年史康福病了一場，動了一次手術，虧空了一些錢。以後史康福身體一直不很好，有時候不去辦公。洪信發也沒有責備他，並且不時勸他去看醫生，不斷的借支醫藥費給他。到陰曆年底，史康福積欠了的債款是一萬二千多元。洪信發於年底發薪水的時候，給他一個通知書，並沒有說什麼。

過了年，那年正是史雲釧十六歲的那年，洪信發忽然叫一個同事，史康福的助手白盛林去拜訪史康福，要求娶他的女兒史雲釧做姨太太。這是史康福從來沒有想到的事情，他非常氣憤，當時把白盛林罵了一頓。第二天他去辦公，公司裡王襄理就請他去談話，說公司現金拮据，希望史康福早些把欠款歸還，態度措詞雖是很客氣，但是史康福心裡已經完全明白。以後，白盛林時時到他家來，王襄理又請他吃飯，都不外威嚇利誘的要求史康福答應把女兒嫁洪信發做姨太太。前後大概有兩個月的時期，史康福忽然病倒，王襄理來看他，一面要把他送給醫院去休養，一面又以失業來威脅他，史康福終於屈服，他又出了一張借據，借了一筆錢搬進醫院。

那次史康福在醫院裡住了八天，出院那天，才把這事情告訴雲釧。

史雲峰那年是十四歲，他記得非常清楚，是陰曆九月底的一個晚上，外面下著雨，桌子上已經擺好飯菜，菜肴像比平常要好，他不知道有什麼事。但是他爸爸坐在一旁說：

「我不想吃飯，你們吃。」

史雲峰就同他姐姐雲釧吃飯。他爸爸坐在旁邊吸煙，眼睛一直望著雲釧。等他們姐弟吃完飯，他爸爸忽然說：

「雲釧，我對不起你……」說到這裡，他爸爸眼睛裡的淚水忽然奪眶而出。

史雲峰當時還不是十分明瞭，正等他爸爸說下去，可是他姐姐好像已經什麼都知道，哇的一聲哭了出來。

以後史雲峰的家裡突然熱鬧起來。許多男女進進出出，有人送來許多衣服，有人送來一些首飾。可是每到晚上，他爸爸說說就流淚了，姐姐也不斷地哭泣。

於是有一天，有人把他姐姐打扮得像鮮花一樣的被接走了。行前他爸爸拉著他姐姐的手號啕大哭，他姐姐也哭得像淚人一樣，史雲峰當時心痛欲裂，但不敢說一句話，只楞在旁邊流淚。當一簇人把他姐姐擁出去時，他爸爸待在房裡不動。史雲峰追出去，拉著他姐姐的衣裳。旁邊有人把他推開，他姐姐就被他們擁上汽車走了。史雲峰回到房裡，看他爸爸呆坐在椅子上。他叫：

「爸爸，爸爸！」

「你爸爸是一個沒有用的人，但不是一個壞人，我怎麼苦也不會去賣女兒，是他們誘陷我的。你有一天大了，一定要為我報仇，為你姐姐報仇。」

從此史雲峰的爸爸，再不去辦公，也不出門。他像是再沒有面孔去看見人一樣。一星期以後，他姐姐回來，從進門起一直就是哭，他爸爸也哭。三個鐘點以後，他姐姐就走了。三天後，家裡多了一個佣人，一切家務似乎都由那個佣人處理。他爸爸一天也不出房門、對誰也不說一句話，公司裡有同事來看他，他也不理。

這樣過了三個月，他爸爸病倒了，不肯找醫生。一直到第三天晚上，他放學回家，他爸爸忽然拉著史雲峰的手很冷靜地說：

「我要走了，你以後……」

雲峰看到爸爸的神情，突然哭起來。他爸爸接著說：

「你也不必悲傷，我死了以後，你通知公司，他們自然會來料理我後事的。」史雲峰想去找人，但是他爸爸拉著他的手，阻止他，接著他從枕下拿出一只信封，他說：

「這裡是兩千六百塊港幣，你拿著。我死後，你就獨自去過活，不要同他們來往，也不要去找你姐姐。能離開香港最好。你記住，這是你姐姐賣身的錢，你長大了，必須為我報仇，為你姐姐報仇，必須……。」

史雲峰接了那隻信封，他爸爸就一陣痙攣，緊緊地握了他的手。正當他感到一種親切的痛覺時，他爸爸就突然撒手去世了。

二

史雲峰在他父親的喪事中曾見他姐姐一次。她偷偷地給他一對金鐲，叫他住學校去讀書。史雲峰後來就請教他學校裡的老師。那位老師姓張，正計畫暑假後同幾個青年回大陸去，也就勸史雲峰一同到大陸去讀書。史雲峰那年正是小學畢業，畢業後就同他的張老師回到了廣州。

史雲峰到了大陸以後的命運，同許多青年一樣，他先是慢慢的變成熱烈的共產主義的信徒，後來又慢慢失去了信仰；他讀了三年書，分配到一個工廠裡做助理會計工作，兩年中總算也學了一點會計。他於一九五六年同幾個青年逃到澳門。他到澳門時，身邊還有一隻他姐姐給他的金鐲，他覺得這是唯一的紀念品，所以押了幾次，他總是把它贖回來，怎麼窮也不想把它賣掉。

他在澳門過了許多不同的生活，在小輪船上混過一陣，後來在賭場裡做助理會計，同黑社會有點交往，包做黃魚屈蛇到香港的買賣，慢慢地他也積了幾千塊錢。他對於一切別人所說的是非、真偽、好壞的分別都已不再相信，他覺得只有力量才是真理。他也同一些女人鬼混，過著極其放蕩舒適對一切不負責任的生活，他身邊雖是還有那只他姐姐給他的金鐲，但他已經忘了他的過去。

於是有一天，他在惠群旅館的門口看見一個年輕漂亮的女人，她身材纖小，臉孔圓圓的，眼睛大大的。他看她的打扮，曉得一定是香港來的舞女。就在對她看幾眼的當兒，旁邊出現了兩男一女，其中一個是五十幾歲的男子。他吃了一驚，他馬上認出這是洪信發，還是同以前一樣，只是稍稍胖了一點，兩鬢顯得有點斑白。洪信發好像不認識史雲峰，挽著那個年輕女人同另外一對男女走進了旅館。

史雲峰馬上像觸電一樣感到說不出的感覺。他想到他的姐姐，他的年輕美貌的姐姐不是被他強迫娶去做姨太太的麼？他的父親不是因此而死去的麼？臨死不是叫他報仇麼？最後給他的錢，不正是他姐姐的賣身錢麼？他現在不還有一只手鐲是他姐姐給他的麼？那麼現在他的姐姐呢？那個老頭子正同另外一個年輕的舞女在一起？是不是他的姐姐已經死了？

他一個人到了一家酒店喝了幾杯酒，腦子一直想著這些問題。他很慚愧自己這些日子來竟把報仇的事情忘了，他覺得現在正是報仇的時候，他可以把他殺死，也可以把他投到海裡去。他可以一個人幹，也可以買一二個人幫他。幹完了，很容易可以逃到大陸，雖然他並不願回去。

他從酒館想到家裡，從晚上想到早晨。他覺得要殺這個老頭子，他不需要任何人幫忙，多找一個人就多一副嘴眼。但如果要知道他姐姐的情形，他必須把這個老頭子綁來。他計畫把他綁到一個小船上，要洪信發說出他姐姐的下落，同時也讓洪信發知道殺他的是誰，為什麼要殺他。如果要這樣做的話，他必須有一個或兩個幫手。

在凶器方面，他有一把匕首，這是日本軍人留下而他在舊貨攤上買來的，他早把他磨成很鋒利，這已經完全夠了。

他於是想到他的姐姐，他忽然很想見見他的姐姐；他覺得他應該先會見他姐姐，再來報仇才好。如果現在把他殺了，他必須逃回大陸，那就再沒有機會見他姐姐了。這樣想的時候，他的殺念開始消退。

他於第二天早晨又到惠群旅館，打聽洪信發，旅館裡說沒有這個名字。但他查到一個姓洪的，他知道這大概是就是洪信發，住在六〇二號。他知道要確定是不是洪信發，只要到外面打一個電話進去，也就知道。但是他不需要這樣做，他並不想闖到他們房間去報仇。他現在心緒很亂，他不知道自己要在澳門殺他，還是到香港見了姐姐再殺他，但是他竟想再看洪信發一眼。他就在旅館對面一家小咖啡館裡叫了一杯咖啡，坐在那裡看報。這樣一直坐到十二點三刻時候，果然看到洪信發同那個少女以及另外一對男女一同出來了。他們在門口等車子。他馬上追出去，假裝著在旁邊走路，清清楚楚的重新細認洪信發一下。他看到他爸爸臨死時的面孔，他恨怒之火，馬上從心中燃起。那時洪信發他們四人正上了一輛街車，他也就從旁邊過去。他想到，如果他不怕抵命，他什麼地方什麼時候都可以殺他。剛才這一瞬間，只要把他懷中的匕首往他身上戳去，他不早已經倒在那裡了。但是他現在的恨怒竟使他不想馬上殺他，他覺得這樣痛快的讓他死去還是太便宜了這個壞蛋，他要洪信發有更大的苦痛。他決定不在澳門動手。他想他必須先到香港，找到他的姐姐，與姐姐商量再決定行動。

從昨天到今天，他思想一直很混亂。他一直不知道如何決定，但是現在知道洪信發的命運隨時都在他手中，殺他是太容易的事情，所以反而覺得不必那麼急的去動手。他第一要緊的就是要看他姐姐。

三

史雲峰到了香港，信記公司的舊址已經拆改成大廈，但是他從電話簿裡馬上找到信記進出口公司的新址。他到信記公司伺候了一天，就看到洪信發，他不知道洪信發有幾個太太，他也不知道他姐姐是否還在。他於是租了一輛汽車，用好幾天功夫，耐心地尾隨著洪信發。他發現洪信發幾天都回到旭和道一所洋房裡。他於是又在旭和道伺候，他想看看那裡的女主人究竟是誰。

那是一個秋天的上午，但太陽下還有點燠熱。他把自己的車子泊在洪家門首，自己就走到十碼外的一家士多裡喝一瓶冷飲，向士多的主人搭訕。他一面注視著那洋房的大門。就在那時候，一輛白牌汽車駛來，停到他的車子後面，響了一聲喇叭。史雲峰就馬上趕過去，果然那扇木門開了，出來一個穿著銀藍色旗袍的女人。他就在假裝去開自己車門的一瞬間，正眼的看了她一眼，這個女人像是吃了一驚。他馬上注意到她就是他的姐姐了。但是她並沒有停留，很快的跳上後面那輛車子，史雲峰看到她手上拿著編珠的白皮包，手指上亮著寇丹，一只耀目的鑽戒閃著光。史雲峰沒有跟她，他雖然認出姐姐還是他的姐姐，但是實在變得同以前完全不同了，正如香港雖仍是香港。

第二天，史雲峰換了一套簇新的衣服，提了兩只旅行箱。他計算著洪信發去辦公的時間，叫了一輛街車，一直駛到旭和道。

他按鈴。開門的是一個老年的男僕。

「是洪家麼？」史雲峰問。那老年的男僕楞了一下，史雲峰又說：「我找洪太太。」

「你是哪裡來的？」

「我是她弟弟，從菲律賓來。」雲峰不知怎麼說出是從「菲律賓」來的。

「你等一等。」那位老僕說了要關門。但是史雲峰遞給他一張名片，他說：

「你帶一張名片去吧。」

老僕接過名片，關上門。大概隔了五分鐘的時間，門開了。老僕一面請他進去，一面為他提一件較大的行李。

史雲峰走進大門，跟著這位老僕，穿過了兩面種著對稱的花木的花園，走上兩旁放著盆花的石級，推開一扇鑲有花玻璃的木門，又走了一個過道，老僕把行李放在過道上，一個穿著白衣的年輕女僕迎上來，她說：

「這裡，這裡。」一面她推開一扇門。

史雲峰一跨進那扇門，他姐姐就迎上來。

「雲峰，真的是你？」

「姐姐。」雲峰聞到了雲釧身上的一陣舒服的香味。

「這邊坐，這邊坐。」史雲釧拉著雲峰的手臂，讓他到裡面。

這個客廳很大，上面掛著兩個老年人的照相，但不是雲峰的父母。中間放著一個紅木的圓桌，周圍幾把紅木的椅子；最裡面，在半圓形的長窗下，放著一組沙發，前面有一張玻璃面的檯子。雲釧就叫雲峰坐到那裡的沙發上。

雲峰坐下後，才有時間去看自己的姐姐。

雲釧比以前胖了。她的長圓型的臉比前圓了許多，白皙的皮膚更多潤澤，她的眉毛拔過畫過，睫毛上也抹了油膏，眼睛像是比以前大了，但雲峰看到它的羞澀而柔和的光芒已經消失，她的嘴唇已塗上口紅。雲峰記得姐姐是不常笑的，偶而一笑，露出淡淡的酒窩與整齊的貝齒，真是有無限的風韻；她現在似乎一直掛著笑容。她的前齒像比以前長了，只有她的鼻子是完全沒有改變，小巧挺秀。她穿一件黑色的旗袍，敞著領的頸項上掛著一條金鏈，她的頸項在十六歲時已經是秀美白皙，楚楚動人，如今似更見豐腴。就在金鏈的旁邊，雲峰看到了他仍舊記得的那點黑痣。她有非常美好的身材，白皙的兩臂比以前豐腴柔和，她戴著一條碧綠的翠鐲，手上養著修剪得極好的指甲，粉紅色的蔻丹，指上是一隻一克拉多的鑽戒。那件黑色的旗袍很短，露出她兩條小腿，她沒有穿襪子，也沒有穿鞋，她拖著一雙高跟的閃著五彩錦片的拖鞋。

她完全不像是他的姐姐了。

雲峰楞了好久，佣人端上茶，雲釧望了雲峰一眼說：

「你什麼時候在菲律賓？」

「菲律賓？」雲峰垂下視線：「啊，是的，菲律賓。這些年來，我……我一直在外面東跑西跑。」

「你現在做生意？」

「沒有什麼生意。」雲峰說。

「你結婚了麼？」雲釧又問。

「沒有，沒有。」

又是好像沒有話說了。隔了一回，雲釧忽然說：

「你住在什麼地方？酒店？」

「我一直來這裡的，我的行李在外面。」雲峰忽然覺得很不自然，他說：「要是這裡不能住……啊，我也不知道什麼酒店比較合適一點。」

「你預備長住香港嗎？還是……？」

「我不知道……」雲峰說。

「如果你想在香港，我可以叫他替你安排一個事情……」

雲峰忽然有一種厭惡的感覺。一個三、四歲的女孩子哭著跑進來，她穿一件白色的衣服，後面跟著一個女傭，那個小女孩一面哭著，一面叫媽媽。

「冰冰，冰冰。」雲釧站起來，迎著那個女孩子叫，她抱起那個女孩子，走過來，她對冰冰說：

「這是舅舅，你認識麼？你叫舅舅。」

冰冰這時已經不哭，她痴望著雲峰，叫了聲：「舅舅。」

「是你的孩子？」

「自然了。」雲釧笑了笑，又說：「這是第二個。大的八歲了，是男的，在讀書。」

雲峰望著雲釧手上的孩子，心裡有說不出的感覺。

「乖乖，你的洋娃娃呢？跟阿四去玩玩，好麼？媽媽有客。」雲釧同冰冰說著，把冰冰交給後面站著的佣人。一面又同雲峰說：「她像我麼？」

雲峰楞了一下，忽然說：

「是他生的嗎？」他很著重地說這個「他」字。

「怎麼？你以為我……？」雲釧似乎很詫異的說。

「我想，我們爸爸……你還記得我們父親……」雲峰沒有講下去，他不知道要怎麼樣措詞才好。

「他很好，他的墳在國際公墓，幾年前我才去修過。」雲釧說。

「那麼，那麼你現在……」雲峰正要說什麼的時候，電話的鈴聲響了。原來前面靠牆的長几上是一隻電話。可是雲釧並沒有理會，雲峰知道這是分機，因為鈴聲已停，想來裡面已有人在接了。接著又有一個女佣在門口出現，她說：

「太太，宋太太電話。」

雲釧於是就走到電話機邊，拿起電話筒說：

「啊，阿宋，早早……我早起來了，好好，太早，還有誰？張太……小鐘，好好，下午好啦，我的弟弟從菲律賓來……啊，我也有十幾年不見他了……是，是，他一起來吃飯？好的，好的，他一個人，沒有太太，還沒有結婚……你替他做媒？呵，呵……我不知道他打不打，兩桌……好的，好的，就這樣……他有空，我就帶他來……好好，再見。」雲釧掛上電話，看看手，於是向外叫：

「阿楊，阿楊……」

門口出現一個剛才端茶的女佣。

「你看，這電話機，這麼些灰，也不知道抹抹它？」雲釧一面責備女佣，一面看看自己的手：「打兩把手巾來。」

阿楊唯唯地退出去。雲釧一面走過來，說：

「這些佣人，真是一不管就這樣。」她說完搓搓手。

雲釧回到沙發上時候，阿楊也已經端著手巾碟上來，雲釧接過一塊，雲峰也跟著拿一塊抹。雲釧說：

「剛才是宋太太的電話，他先生是建築公司的，這幾年來很發財，約我打牌，也請你一齊去。你打牌麼？」

「我？可是……」

「啊，沒有關係。你怎麼樣？我先叫他們收拾客房你先休息一下……現在幾點？」

雲峰看了看手錶，說：

「十一點。」

「十一點，還早。我等會打電話告訴他一聲，看他有沒有空回來吃中飯。你先看看我們的房子，上面有兩間空房，客廳後面也有一間客房，你隨便去挑一間，住下來再說。」

「我不一定要住在這裡，姐姐。」雲峰說：「我們再談幾句好麼？」

「你有什麼困難？你需要一點錢？」

「都不是，我覺得你好像什麼都很好似的。」雲峰說：「你還記得我們分手時候情形麼？你給我一對手鐲，我現在還有一隻在我箱子裡，我把它押過好多次，但是我都贖出來，一直不願意賣去，我覺得這是你唯一的紀念品。你知道爸爸臨死時給我兩千多塊錢？她說這是你的賣身錢，叫我不要忘記，長大了要為爸爸報仇，為你報仇。」

雲釧聽到這裡，忽然楞了。雲峰接著又說：

「你還記得，那天爸爸從醫院回來，就在吃飯的時候，他告訴我們把你答應給洪信發做姨太太的情形麼？那天外面下著雨，燈光黯淡，爸爸哭泣著罵自己沒有出息，說他對不起你，你也哭得全身發抖，我當時又害怕又難過。這些事情你還記得麼？」

「弟弟，這些都已經過去了，他待我也不錯。我有了兒子以後，他們再沒有人欺侮過我了。他只有我替他生了個兒子，這許多產業，你想想看。」

「姐姐，可是他……不瞞你說，我在澳門還看見他帶一個舞女，他對你，對你……」

雲峰以為姐姐聽了這話，一定會燃起舊恨，但是雲釧竟毫不以為奇，她說：

「他們有錢人，都是這樣，有什麼辦法？可是自從我有孩子以後，他可再也不敢明目張膽了。」

「姐姐，我不懂，你現在真是把他當你的丈夫了？你難道一點也不恨他了？」

雲釧不響。

「如果我把他殺死，你怎麼樣？你報警把我捉去嗎？」

「弟弟，你快不要說這話，你……。過去已經過去了，現在你何必還想到這些？你應該為你自己打算，我可以問他要一筆錢給你，或者讓你在他那裡做事。我們父親就因為沒有錢，所以吃苦，我們應當多找錢才對，是不？」

「你真的不恨他了？」

「他也不是一個壞人，有時候我也談到你。就算他以前不好，現在他總是我孩子的父親，是不？」

雲峰不響。

「弟弟，你現在去休息休息，慢慢我有許多話同你談。」雲釧安慰他說：「你在這裡多住些時候，你會知道……」

「姐姐，那麼你，你現在是喜歡他了，你也忘記了父親那時候的痛苦。」雲峰說：「如果那時候沒有你的事情，父親會這麼快死麼？」

「但是父親已經死了，我們沒法子把他救活。我對他也說不上喜歡不喜歡，我愛的是我的孩子，……還有，那是你。我希望你聽我的話，慢慢的我們再談。」

雲峰沒有說話，雲釧叫他一同去參觀他們的房子。

他們到了二樓，二樓有四、五間房子。一間是雲釧夫婦的寢室，一間是兩個孩子住的，一間是坐起間，一間是打牌的房間。

雲釧一面帶雲峰看，一面告訴他：信發原有兩個太太，都沒有孩子。現在大太太死了，另外一個住在銅鑼灣，他一星期兩天在那面。雲峰聽雲釧好像當作很平常的事情般談著，心裡有一種說不出的感覺，但他什麼都沒有表示。她又說，信發怕大太太，所以她初來的時候，很受欺侮，後來有了孩子就不同了。但是大太太要把她的孩子帶過去養，她爭了許久，都沒有辦法。他們只許孩子一星期一天同我在一起，這樣過了兩年。後來她死了，孩子才領來回來。現在一切苦頭都算吃過，我只希望孩子們好。

雲峰沒有說什麼。他跟他姐姐到了三樓。三樓除了一間後房由佣人占用，一間堆著衣箱等雜物外，還有兩間房空著，可以由雲峰運用。雲釧又說，樓下客廳後面還有一間房，如果他願意在樓下也可以，進出也許方便些。

雲峰不知道自己該怎樣打算，也不知道自己會住多久。所以就說，他還是住在樓下比較方便些。

他們回到樓下。客廳後面那間房雖不大，但窗口正對花園，餐桌、衣櫃放得很整齊，他們就好在那裡坐了一回。雲峰開始告訴姐姐別後十幾年的生活，他說他並沒有去菲律賓，他一直在澳門，在賭場裡做會計，現在除了手裡有三、四千元以外，什麼都沒有。他因為在澳門碰見了洪信發，所以想到父親，想到報仇，所以才找來看她。

在聽雲峰講這些的時候，雲釧忽然啜泣起來。雲峰就在雲釧哭泣的時候，從她用手帕拭淚動作上，看出她與以前的雲釧相同的地方。他感到他與她突然接近了許多，但是他找不出什麼話可以安慰她。她忽然說：

「也許什麼都是命運。現在你來了，我希望我們可以在一起，你先在這裡住住再說。慢慢我們再做打算。」

雲釧說著，又站起來說：

「我叫他們把行李搬來。」

四

雲峰忽然感到一切都出乎自己想像之外了。他先是不知道該怎麼才好，後來他覺得還是先住下來為是。他理理行李，行李裡有他的那把可作為凶器的刀子，他撫弄了很久，才把它收起來。

隔了一個鐘頭，女佣來叫他，說太太請他上去。他以為洪信發回來了，他準備了一種鬥爭的心情，整整衣衫，跟著女佣上去。到了樓上知道原來是雲釧的大孩子繼雲放學回家了。

「舅舅。」繼雲看他上去了，先開口叫他，顯然是雲釧先教了他的。

「他叫繼雲。」雲釧說：「今年已經八歲了。」雲釧又說：「我也打了電話給信發，告訴他你來香港，他說他馬上回來。」

雲峰點點頭，他一面看看繼雲，發現繼雲長得很高，臉龐有點像他的外祖父，雲峰不知怎麼竟覺得他很不像洪信發。雲峰拍拍繼雲，拉著他的小手問他：

「你剛放學？學校功課忙麼？你喜歡爸爸麼？」

繼雲沒有回答，羞澀地笑笑，雲峰又說：

「真是，我不知道你這麼大了，沒有買東西給你。你喜歡什麼？下午我去買來送你。」

「我要一把刀子，一把這樣大的刀子，可以殺人的刀子。」

「好的，我答應送你一把刀子，但不是殺人的，是可以切橘子，削蘋果的。」

就在這時候，樓下有一陣人聲，雲釧說：「信發回來了。」

雲峰一時覺得很緊張。他不知道這將是一個什麼樣的場面，他頓時憶起他父親臨死時的情形，他父親滿臉憤恨，鬱抑，痛苦的表情，與聲色俱厲的話：「報仇！」

於是，洪信發從樓梯上來了，雲釧站起來，雲峰也站起來。

「你不認識了吧，我的弟弟。」雲釧對洪信發說。

雲峰雖是在澳門見過洪信發，但覺得並不怎麼相同。

「他已經是大人了。」洪信發笑著說，一面伸手與雲峰握手。

接著女佣打上了手巾，洪信發接過抹抹臉，他在沙發上坐下來，說：

「這許多年你到哪裡去了？你姐姐一直想念你。」

「我回大陸讀了幾年書。」

「現在怎麼樣？做什麼生意麼？」

「說起來很慚愧，跑來跑去，做點小生意，也沒有正式的事情。」雲峰說。

「我想叫他留在香港，你替他找一個事情吧。」雲釧說。

「你，你英文還不錯吧？」洪信發忽然問。

「我不會英文。」

「那就差一點了，香港做事情都要英文。」洪信發用長輩的語氣說。

雲峰沒有說什麼，他在注意洪信發面貌與動作，他覺得洪信發現在正是他父親病死時的年齡，雖然他看來豐滿一些，但是談話的神情中也已有點老態。

「你公司裡不可以為他安排一個事情吧？他曾經做過幾年會計。」雲釧說。

「會點，會計，那很好，我們那裡也需要，只是待遇不高。」洪信發說。

雲峰覺得洪信發對他倒並沒有什麼敵意。他不知道洪信發是否還想到當年欺壓他父親的事情，或者因為洪信發對他父親有歉意，想在他身上作些補贖以安慰自己良心。雲峰於是提到他的父親，他說他想去看看他父親墳墓。

洪信發好像並不介意，他很自然的說，等後天星期日早晨可以一同去。

當是他們就吃午飯。飯後，洪信發休息一回。雲釧下午有牌局，約雲峰同去，雲峰說要看看朋友，沒有去。雲釧就同洪信發同車出去了。

下午雲峰一個人到外面閒逛。他為繼雲買了一把刀子同一把玩具機關槍，又為冰冰買了一個洋娃娃。他獨自一個人到舞場去坐了一回。他帶了一個舞女吃飯，飯後又到舞廳混了一回，這才回到家裡。

那個年老的僕人開門，他問他姐姐有否回來。老僕說已經回來了，但是他沒有上樓，他獨自進了自己的房間。

就在他吸起一支煙，想洗澡就寢時，雲釧來找他。雲釧問他下午去哪裡了，他只說看幾個朋友。他把幾件送給外甥的東西交給雲釧。雲釧於是坐下來，她說：

「你現在決定怎麼樣？是不是可以在這裡待下來？」

「姐姐，我還沒有決定，我想待幾天再說。」

「你剛才同信發談談，覺得怎麼樣？他也不是你所想的壞人，是不是？」

「也許，也許。」雲峰說：「只是我見到他，就想起父親當年的情形。」

「這已經是過去了，」雲釧說：「你應該為父親爭氣。他的孩子是我養的，你如果留在這裡，在他的公司裡做事，日子久了，他也老了，什麼還不是我們的？所以我希望你把眼光放得遠一點，在這裡待下來，娶一個太太，成家立業，這才是父親所期望你的。」

雲峰聽了雲釧這幾句，突然發覺她說的也正是另外一種報仇；他姐姐滲透了信發的生命，叫他滲透信發的事業。等他衰老下去，滿滿的都到了我們手裡了。他於是說：

「姐姐，我今天心太亂了，一切讓我想一想再來作決定吧。」

「但是，雲峰，你必須答應我一件事。」

「什麼？」

「無論你作什麼決定，什麼打算，必須先告訴我。」

「好的，好的。」

「你也不許不告而別。」

「自然。我答應你，無論我怎麼決定，我先告訴你。」

雲釧似乎很高興聽她弟弟這句話，她叫他早點休息，就上去了。

雲釧走後，雲峰雖然馬上洗澡就寢，但是他怎麼也睡不著。他想到他父親，想到洪信發，想到他姐姐剛才的話，他又想到自己。這些年來，他也曾用錢去玩弄女人，這些女人，不管是舞女還是妓女，還不是有一個像他父親一樣的父親。洪信發是直接威脅他父親而占有他的姐姐；他的玩弄女人，則是間接地通過一個社會制度，威脅著人家的父親去玩弄人家的姐姐。這些女人的弟弟也正有充足的理由來對他報仇，但因為通過了社會制度的關係，他們就無從認出誰是他們的仇人吧了。

他想到如果以這個社會制度為仇人的話，那麼所謂報仇就是革命。要推翻那種人剝削人的社會制度，不正是共產主義的理想麼？但是在他回到大陸的幾年中，他發現所謂新社會，也正是一種新的人剝削人的社會制度。通過那社會制度，人剝削人變成了人為「人民服務」，人之被剝削也變成了自願的為「人民服務」。

雲峰想到共產黨對無數被剝削被壓迫的人，答應了一個美麗的遠景，而這個美麗的遠景是從未兌現過。他不知道洪信發是否也曾將美麗的遠景答應了他的姐姐，可是他倒看到現在他的姐姐是幸福的，至少她自己認為是幸福的。他忽然想到，如果他父親活到現在，看到他姐姐的情形，還會叫他來對洪信發報仇麼？

他想著想著，忽然他對洪信發的仇恨漸漸淡了下來。

五

天下著濛濛細雨，雲峰隨著洪信發與雲釧到了國際公墓。從汽車下車，雲釧把隨帶的花交給雲峰，自己支起一把藍色的傘。走進圍牆，順著墓道走了兩分鐘的路，雲釧告訴雲峰，前面就是他父親的墳墓了。雲峰於是看到一個有矮矮半月形屏牆圍著的墳堆，前面立著一塊石碑，碑上寫著「史康福之墓」。

雲峰把花束放在碑前，洪信發與雲釧站在後面。雲峰放好花回過頭來的時候，看到洪信發很恭敬的樣子，心裡有一種奇怪的感覺。

雲峰退到洪信發的後面，他站定了，一時間他父親臨死時的景象又在他眼前浮起，報仇的火焰像在心中燃燒起來，他凝視著墓碑上的字。他鞠了一個躬，他忽然閉起眼睛，心中默禱著說：

「爸爸，我已經回來了，我不知你還要我報仇不要？請你給我顯靈一下。如果你是要我報仇的，你只要把我放在你墓前的花移動一下。」

雲峰張開眼睛，凝視著碑前的花束，他心裡數了「一……十」，又數了「一……十」。花束還是躺在那裡，在濛濛的細雨下，竟沒有一陣風來吹動花束。

「雲峰，我們回去吧。」那是雲釧，她一手支著藍色的傘，一手挽雲峰的手臂。

回到現實，雲峰發覺雨比剛才密了，洪信發站在旁邊，顯然是在陪他。他沒有說什麼，隨著雲釧就離開那個墓地。

他們坐上車子，回到家裡。

繼雲正拿著雲峰送他的玩具的機關槍在院中玩，他看到他父母與雲峰，就對準了他父親掃射一下，又跳到他母親身邊說：

「下午帶我去看電影，媽媽。」

「吃了飯再說。」雲釧說。

雲峰拉著繼雲的手，走到裡面。他忽然想到當年他父親拉著他的手時的情形；如今他自己已經是別人的長輩了。他想，假如他殺了繼雲的父親，繼雲長大了以後，是不是又該為他父親報仇呢？

吃中飯時，信發與雲峰談到如果他願意進信記進出口公司，他可以先做做會計的助手，雖然待遇不好，但可以多點經驗；而且他還可以住在這裡，用不著什麼開銷。

雲峰表示很感激，但他說要考慮考慮再決定。雲釧當時並沒有說什麼，但到了下午信發出門以後，她打發佣人帶繼雲去看電影，獨自叫雲峰到樓上去談談。

雲釧先問：

「今天看到爸爸的墳墓，你有什麼感想。」

「我想報仇。」

「你想報仇？」雲釧說。

「但是我現在已經不想了。」

「為什麼？」

「我不知道，」雲峰對於自己的情緒實在也不了解，他說：「昨天晚上我報仇的心緒淡下來，但是今天到了爸爸的墳前，爸爸臨死時的情形又在我眼前浮起，心中又起一種奇怪的仇恨。

我站在爸爸的墳前禱告，我說如果他還是要我報仇，只要他稍稍顯靈，把我在他墳前的花束移動一下。我等了好久，這束花沒有移動。」

「所以你不想報仇了？」

「不是的，我回到家裡看到繼雲。我拉著他的手，我想到當初我爸爸拉著我手時的情形。我覺得我們報仇已經太晚了，你已經為他養了孩子。我如果殺了他的父親，繼雲將來不是又要為他父親報仇麼？」

「雲峰，你怎麼老有這些可怕的想法？」雲釧說：「我們應當想到現實的生活。」

「你要我怎麼樣呢？」

「我要你安定下來，成家立業。過去已經過去了，信發也不是怎麼樣的壞人，我們不要想到過去，你可以進信記去做事。將來，將來你可以發點財，有自己的事業，那不是比什麼都為爸爸爭氣麼？」

「你要我進信記去做事？」雲峰說。

「是的，像爸爸以前一樣，耐心地去做事，信發已經快老了，繼雲還小，你應當了解信發的事業與財產。」

雲峰沉吟了好一回，他覺得雲釧雖沒有報仇的意思，但是她正說著一種更深刻的報仇。他對於這種跡近陰謀的打算雖有說不出的反感，但是他還是答應了雲釧。

「那麼你什麼時候上工呢？」

「隨便那一天，明天也可以，反正我沒有事。」

「那好極了。」雲釧很高興的說。

……

第二天，洪信發就帶了雲峰到了信記進出口公司。他為雲峰介紹白盛林，白盛林以前是雲峰父親的助手。現在雲峰進去，也就是做白盛林的助手。白盛林知道是雲釧的弟弟，對他非常客氣，他帶他介紹公司裡的同事。

雲峰小的時候，他父親也帶他到過信記公司。那時候公司在一個舊樓上，地方很小很暗，現在則在一個新樓上，而且同洪信發的建築公司放在一起，規模大，職員多，同以前是完全不同了。

白盛林把史雲峰安頓在自己的對面，把幾種賬簿給他看看，先叫他摘錄客戶一些清單。中午的時候，白盛林一定要請雲峰吃飯，飯桌上同他談到他的父親。後來忽然談到當年白盛林向他父親說親的時候，他父親如何固執，現在他姐姐是多麼幸福，言下好像這都是白盛林的功勞似的。

雲峰聽了心裡很不舒服，但是沒有說什麼。他始終覺得他姐姐是洪信發的姨太太是一件恥事，但是白盛林竟以為這是雲峰值得驕傲的事情。

飯後回到公司裡，他發覺許多人都以另一種眼光看他。大家似乎已經知道他是洪信發姨太太的弟弟了，究竟他們是把它當作可恥或是光榮的事情，他就不得而知了。他當時很想離開那裡，但覺得這樣做更顯得他是靠他姐姐去吃飯而不是去做事的。所以他就忍耐下來。

一直到五點鐘，等白盛林下班時候，他才同他一同離開。白盛林要請雲峰到他家裡去，但雲峰說有事，就獨自一個人回家。

他回到家裡，洪信發不在，雲釧也出去了。阿楊告訴雲峰，太太去金家打牌，叫他也到她那面去吃飯；她交給他雲釧留他的一個地址同一個電話號碼。

雲峰接過字條，沒有說什麼。他回到自己的房裡，躺在床上，吸起一支煙，心裡感到說不出的空虛。

他到香港是為報仇來的，現在反而在仇人地方做事了。他這樣可以做十年、二十年，慢慢的白盛林老了，他也許就繼任他的位子，正如白盛林接他父親的位子一樣。等到洪信發老去死去，繼雲會承繼他的父親，他將幫助繼雲管理洪信發的事業……

他每天會同樣的去辦公，同樣的下班；下班後陪雲釧應酬打牌，陪繼雲去看電影。或者雲釧會介紹一個女人給他，他會結婚成家；他會靠信發提攜慢慢的小康起來……

他想著想著，覺得這些都是他美麗的遠景，而這些遠景將始終脫離不了他與信發的關係，他將永遠無法忘記他是靠姐姐而發達，他永遠會記得父親臨死時囑咐他的話：

「你長大了，必須為我報仇，為你姐姐報仇，你必須……」

他想到這些，他感到一種說不出的惆悵。他覺得他是一個多餘的人，報仇也是一件多餘的事。自然，他來香港也是多餘的。他覺得他必須離開雲釧，他必須脫離他們的羈絆，他必須自己去找自己的世界。……這樣想著想著，他就從床上躍起。房裡光線不亮，非常寂靜，他覺得很悶，他忽然有一種恐怖。好像他不馬上離開，就將永遠無法走動一樣，他覺得他越快走越好，他就匆匆的理好行李。

他寫了一封信：

姐姐：

我發覺我無法在這裡待下去，所以我走了。這次來香港，看你很幸福，看爸爸在墳墓裡也很平安，我很安慰。我沒有做可怕的事，也不再想做可怕的事，因為我發覺這些都已經太晚了。一把日本軍人軍用的匕首，是我從舊貨鋪買來的，留在這裡，繼雲大起來的時候，給他玩吧。再見，望珍重。

雲峰

即日他對阿楊說，他已經找好房子，所以搬出去了。他叫她把信同一包東西交給太太。他提著行李，獨自走出洪家。

天色已經暗下來，遠遠可望見海上已經有許多燈光。

他沒有想到哪裡去。他知道晚上有到澳門去的輪船。

一九六二，六，五。

小人物的上進

一

郭克強看他太太梁居美一句話也不說，他就問：

「怎麼回事？」

「沒有什麼。」梁居美心不在焉的回答。

「為什麼一句話也不說？」

「沒有什麼可說的。」

外面有微雨，汽車在發亮的柏油路上駛過去，發出潮溼的聲音。郭克強喝了酒，很興奮，不斷的講卻利長卻利短，又講舞會裡的每一個人。他雖然發覺他太太沉默著，但並不覺得掃興，他還是很得意地說：

「是不是？他對我們是很特別的。七洋企業公司有十二個經理，獨獨對我們，他派他的車子送我們回來。」

梁居美不響，郭克強又接下去說：

「我向他告辭，他特別留住我。他知道我車子壞了，所以叫我晚一步走，他派車子送我們。」他看了看他身邊的太太，拍拍她放在身前的手，又說：

「是不是對我們是另眼相看的？」

梁居美這時候是在覺得她丈夫這些話說得太多，太響了，她皺了一下眉，低聲地說：

「算了吧，司機就在前面。」

「啊，啊，他怎麼聽得懂上海話。」郭克強大聲地笑。

梁居美雖然想到司機是一個印度人，但並不覺得自己的話有什麼可笑。她不再作聲。

「他真是了不得，一點也沒有架子。人又有風趣，辦事又有魄力……」

「他到底有多少財產啊？」梁居美忽然問。

「誰知道，有人說兩億，有人說恐怕三億以上。就看看今天這個別墅，聽說這樣的別墅在新加坡，馬來亞一帶就有四所。」

「啊，啊……」

「他有樹膠園，他有錫礦；在澳洲有三個大旅館，在加拿大……」

「噢，」梁居美打斷了克強的話：「雨下大了。」她一面搖上她身旁的窗子。

汽車窗上的雨點淅瀝有聲，司機開了窗刷，這時候郭克強發現車子已經進了市區。紅綠的廣告燈光在他面前晃過，他用英文告訴司機：

「跑馬地成和道。你知道麼？」

「我知。」司機用廣東話回答他。

一時大家沒有再說什麼。

梁居美微喟了一聲。
車子到了成和道，郭克強指揮車子停下來；從袋裡拿了一張十元的票子給司機。於是他同他太太就進了一個黝黑的門，繞著黝黑的樓梯上去。郭克強一面說：
「同他的別墅比起來，真是天堂地獄。」
梁居美不響，扶著欄杆儘快地上樓梯。
他們住在三樓。三樓的燈開著，到了二樓，總算比較亮些了。郭克強說：
「明年我們一定要搬一個家，換一輛新車子。」
梁居美不響，郭克強又說：
「兩大目標。」
郭克強拿出鑰匙，開了門。
裡面是漆黑的客廳。他趕快開亮電燈，開亮了所有的電燈，一面哼著今天舞會裡奏過的舞曲，他摟了梁居美要跳舞。
梁居美推開了他，說：
「你喝醉了？」
郭克強沒有回答。
梁居美走進房間，郭克強跟了進去。梁居美很快的換了衣服，進了浴室，她關上了門。郭克強開了收音機。他跑到客廳，打開冰箱，拿了一隻蘋果，一面咬，一面哼著歌。
梁居美把留著的水舀到浴缸裡，脫了衣服，跳進了浴缸。當她的赤裸的身體與冷水接觸時，她感到一種清涼的舒適。她用涼水拍拍自己的額角，發現自己終於是一個人了。她頓時發覺她是多麼迫切的需要獨自一個人靜靜待一回呢。

結婚已經十幾年了，她好像第一次認識了郭克強。她今天第一次問自己，怎麼她會嫁給這樣一個男人！

梁居美看看自己仍保持著體態的胴體，她忽然看到了浴室牆角上脫了油漆的一個斑痕。她像是第一次在這裡洗澡一樣。她望望周圍，那狹小的房間，擠著為水荒而備的儲水桶、腳盆種種，使她想到了剛才別墅裡的浴室——那大過她寢室兩倍面積，帶著套間的浴室，粉紅色的浴缸，粉紅色瓷磚砌成的牆，同放在檯上的化妝品。她去了三次坐在那梳妝檯上調整自己的面容，她覺得她是屬於那間浴室的。

她拉了一條毛巾在她的身上洗揉，她每在洗澡時就注意自己的胴體，也一定想到她自己現在的年齡。但是現在她沒有想到自己，她想到著侷促的環境與郭克強。

她忽然想到她同這個郭克強已經是十三年的夫妻了。

「怎麼，還沒有洗好？你在幹嘛？」郭克強在敲門，打斷了她的遐想。

「好啦，好啦。」她說著，很快地在身上潑水，但慢慢地從浴缸裡站起。她抹乾身子，披上睡衣，開門出來。

「啊，你開了這麼多燈幹嘛？」梁居美一面說著，一面跑到客廳。她關了所有的燈，關了收音機。她走進臥房，關上門，她走到梳妝檯開了檯燈。她坐下開始弄頭髮，她注意到鏡子裡卸了妝的臉，微微發胖的仍有風韻的三十五歲的女人的臉。

郭克強已經進了浴室，嘴裡還是哼著歌。她討厭這個歌聲。

照平常的習慣，她在梳妝檯邊總要坐了很久，等丈夫從浴室出來了，再一同上床。但是今天，她只想一個人，她希望避免同郭克強交談。她儘快的弄好頭髮，關了燈，獨自一個人睡倒床上，她閉上了眼睛。

她回想剛才的際遇。

二

他請她跳舞。

「你不認識我了？」他說。

「是你，你不認識我了。」她說。梁居美的確一進來就認出是他，雖然他唇上留了一點鬍髭。

「剛才客人多，大家一起到來，我真的沒有注意，這時候我才發現是你。」

「我一直不知道你叫卻利。」

「現在誰也不知道我叫陳山庭了。」

她不響，眼睛避開他的視線。

「你有幾個孩子了？」

「兩個？」

「多大了？」

「一個十二歲，一個八歲。」

「你還是沒有什麼改變。」

「我已經是老太婆了。」她說：「你倒是……」

「你看，頭髮都白了。」

梁居美發覺陳山庭壯大許多，他有一頭卷曲的頭髮，皮膚是深棱色的。他是一個華僑，在中國時候就像是有異國的血統似的。現在上唇留了鬍髭，更不像是中國人了。

「你呢，」她問：「孩子呢？」

「我有三個孩子。」他說著，從他上唇的鬍髭中露出一種笑容：「但是我沒有太太。」

「離婚了？」

「死了。」他說，又是那種笑容。

「你一直在新加坡？」

「可以那麼說，其實我一年要跑世界二周。」

「孩子呢？」

「他們每人都有一個保姆。」

「啊……」

「你幾時結婚的？」

「一九四八，」她忽然說：「那時候一切都動搖，結婚好像是，人在急流中抓一點可靠的雜草。」

「你並不愛你的丈夫？」

梁居美發現他已經把她帶到庭外，那是一個平臺，平臺外是一片草地，在月光下，浮蕩著一種舊識的夜色。

「這裡坐一回吧。」他說。她坐在藤椅上，他站著。

音樂已經離他們遠了，人影也離他們遠了。

「真想不到，你會是郭克強的太太。啊，他做我們進出口部的香港經理已經有兩年了。你不知道我就是陳山庭？」他拿出一支煙，用打火機點著，望著梁居美。

「他們都叫你卻利。」她說：「說你……」

「說我什麼？」

「說你有錢。」

「還說我什麼？」

「說你能幹。」

「還有呢？」

「說你人好，沒有架子。」

他哈哈大笑。一手扶在平臺的鐵欄上，一手拿著紙煙，他忽然說：

「日子過得真快，我們從重慶到上海是哪一年啊？」

「一九四六年。」

「一到上海你就變了。」

「我沒有變，變的是環境。」

「假如你那時跟我結婚，到南洋來呢？」

「我有多年不見面的家。我的祖父，祖母，我的母親，我的叔叔，我的……他們怎麼肯放我出來呢，我也沒有法子……」

「但是你還是出來了。那些，那些愛你的人們呢？你不願意離開的家呢？」

「散的散，死的死。有的每個月在等我的糧包。」
音樂忽然停了，他說：
「你想喝一杯酒麼？我去拿去。」
「我們進去吧。」
「也好，」他說：「那麼，明天什麼時候有空，我們在淺水灣酒店吃飯談談。」
「明天，啊，後天星期二，後天吧。」
「吃晚飯？」
「中午吧。」

浴室門響了，她從回憶中醒過來。但是她假裝著睡覺，沒有張開眼睛。
她知道郭克強坐到床上，接著也躺了下來。
她翻身背了他。
「這麼快睡著了？」克強說著把身子靠過去。
這是熟識的男子的體溫，但是現在她覺得有點厭憎。
於是她發覺克強的手圍到她的腰上了。
她張開眼，欠欠身子說：
「你穿上睡衣好麼？」
「怎麼？」克強更貼近她了。
「不早啦，睡吧。」她說著推開郭克強。

「今天我可睡不著。」

「你明天還要辦公。」她說：「讓你一個人睡吧，我去看看孩子。」孩子就在隔壁的一個房裡，那面還有一張空床。梁居美說著就下了床。她穿了拖鞋就走出來。在門口，她說：

「你好好睡吧。」

她去了孩子的房裡，關上了門。

她看看兩個孩子睡得很好，才睡到對角的床上，繼續她的回憶。

三

她想到陳山庭的一句問話：

「你並不愛你的丈夫？」真是不應該，他為什麼不問：「你是不是愛你的丈夫？」她在重慶時沒有想到結婚，可是可以結婚的機會真是太多了。她是在重慶認識陳山庭的，完全是朋友。陳山庭是一個華僑，她知道他是一個很頑皮的男孩子，好像沒有家裡的同意，一個人到中國來讀書，隨著學校在抗戰過程中到了重慶。到了重慶就與家裡失去聯絡，一個人過著貧窮大學生的生活。勝利後，她同他還有幾個男同學一起回到上海。在上海陳山庭就在一個同學的家裡，她同他們天天一起玩。於是陳山庭找到了父母的下落，匯來一筆錢叫他馬上回去。他突然向梁居美表示愛，求她同他結婚。他在那幾天裡，天天對她哀求，在茶座，在飯館，在她家的客廳裡，跪在她的沙發面前，要她答應他。他訴說他一直在愛她，只是不知道怎麼表示。現在他回南洋去，希望她同他馬上結婚，同他一起回去。這來的太突兀，她同家裡去商量，但是家裡每個人都反對；她剛剛從重慶回來，與家庭團聚，怎麼又可遠離家鄉？而且那個華僑學生到底家裡怎麼樣，誰也不知道。同朋友談談，人家問她是不是愛他，她也回答不出來，只知道她是很喜歡他的。

她最後拒絕了他的求婚，但在他離上海的前夕，她哭了。他們在月光下草地上擁吻。第二天陳山庭就走了，她沒有去送他。

以後通過幾封信，但當時中國的情形很混亂，她生活在漩渦中，就沒有再寫信。那時候，她還有不少的男朋友。於是，忽然這些人都散了，有的離開上海，有的結了婚。到了梁居美想到應該結婚的時候，發現前後左右都沒有可嫁的人了。

一九四八年，上海情形很混亂，人在這樣的時代裡，像在急流的河中，她需要抓住一點可靠的東西。她已經不是學生，又沒有職業，家裡希望她結婚，但是她竟沒有男朋友。最後還是親戚介紹她郭克強，是一個做進出口的商人。經過了幾個約會，說幾句電影上常用的戀愛對白，她就嫁給了郭克強。結婚後，在上海過著普通的日子。於是時局變了，進出口行關了，他們到了香港。起初過著很清苦的生活，郭克強換了好幾個職業，但是他有掙扎的精神，他找到了現在的工作後，生活開始好轉些。

她並不愛郭克強，但是她一直沒有討厭他。在艱難的日子中，他們掙扎，她對郭克強的機警，能幹覺得很可敬佩。

大概是一星期以前吧，郭克強就談到他的老闆要從海外回來。隨著日子的過去，他一天緊張一天。最後，他一早去接飛機，為老闆跑東跑西，回來出去都談到卻利。他把卻利看作英雄，看作偶像，看作上帝。殷殷勤勤為卻利買襯衫、買拖鞋，清晨深夜的去陪他，不但口無怨言，而且引以為榮。他說：

「你看，他不要別人陪他，就要我。」

接著就是郭克強為卻利設計在深水灣別墅裡舉行舞會，訂樂隊，訂自助餐，約明星，發請帖。於是就教梁居美如何在這樣大的舞會裡與人周旋。

他覺得自己也是一個英雄。老闆越信任他，他的地位越穩固，權限也越大。他已經計畫另外成立一個股票公司，卻利也已經同意，他會是那個公司的經理。他很有把握的對個人作五年計畫，他看到自己五年後的遠景。

梁居美對郭克強的憧憬很有好感，她看他的興奮就是他的成功。她也覺得他是一個英雄。

但是當她發現卻利就是陳山庭的時候，她一下子就奇怪地覺得郭克強是一個多麼渺小的人物！他在舞會裡對卻利的殷勤，在汽車上的對自己誇耀，使她覺得有不可忍耐的惡俗。

於是她對他所哼的歌聲，他的體溫，都起了一種無法接近的反感。

孩子的微鼾聲提醒了她，她張開眼睛。

有月光般的街燈的光亮投入房內。

她發覺床中睡著自己的孩子，而這兩個孩子都是同郭克強生的。

四

星期二，當梁居美車子到淺水灣酒店時，陳山庭已經在臨石欄的桌邊等她。她上了石級，他站起來應她。

兩個人坐下，叫了菜。梁居美先開口：

「我以為你還約了別人。」

「你喜歡我約別人麼？」

「倒不是這麼說，」她說：「我覺得我們單獨在一起，想談的都是過去，有別人的時候，我們可以談談現在。」

「你不喜歡談過去？」

「過去已經不會回來，有什麼可談的。」

「我倒想知道我們分別以後你的情形。」陳山庭說。

「你難道還不清楚，」她說：「分別以後，我還不是從一個少女變成了一個老太婆。」

「你什麼時候結婚的？」

「一九四八年。我已經告訴過你。」

「在上海？」

「在上海，是的。」她說著笑了笑。

「你還是那麼可愛。」陳山庭說著，他似乎發現了梁居美以前常有的一種表情。

梁居美不說什麼。望著海景，海灘上有男女在游泳。菜上來了，他們開始就食。陳山庭要了香檳，兩個人舉杯喝了一口。他們同時都想到一句話，這是過去在一起時，每次舉杯都說的：

「祝抗戰勝利。」但只是想到，沒有開口，兩個人都笑了。

「你沒有告訴你先生來這裡？」陳山庭忽然問。

「沒有，他一早就去辦公了。」
「你沒有告訴他，我是你的老朋友？」他說。
「你也沒有告訴他？」
「我想，如果你喜歡告訴他，你自然會告訴他的。」他說。
「我也是這麼想。」
「我還想到，如果你告訴了他，他一定會來告訴我的。」
「我也是這麼想。」她說：「所以我知道你沒有告訴他。」
「我想，如果你覺得應該告訴他，我們今天見面後再告訴他也來得及。」
「我也這樣想。」
他們彼此笑了，大家喝著湯。
「那麼你覺得要告訴他麼？」
「他真是你得用的人麼？」
「假如我也問你，他是否是你得用的人，你怎麼說呢？」
「他是我的丈夫，我們已經有了兩個孩子，」她說：「一個家。我還不是一個很平常的女人。」
「這可不像抗戰時代的梁居美了。」
「那時候我還是一粒種子。」
「這怎麼講？」
「我們女人，少女時代等於是種子，飛落在那裡都會開花結果的。到了長成樹，那就根生在那裡都不容易動了。」

「你並不愛你丈夫？」

「你怎麼不問我『愛不愛我丈夫』，而要問『你並不愛你丈夫』呢？」

「因為在性格上你不會愛他的。」

「究竟是我的老朋友了。」她半假半真的說。

「他在我的機構裡做事，滿意麼？」

「誰？啊，你是說郭克強？」她像心不在焉似的說：「他是一個商人，有錢賺，什麼都滿意了。」

「我想派他到英國，美國去考察考察商業。」他望望梁居美的眉梢，微笑著說：「你覺得怎麼樣？」

梁居美避開了陳山庭的視線，一時沒有回答，陳山庭說：

「比方說，一年或者半年的時間。」

梁居美動刀叉吃魚，半嚮沒有回答。

於是，梁居美放下刀叉，突然舉起杯裡的酒，對陳山庭說：

「你真的要我做你半年或一半的情婦？」

陳山庭楞了一下，隨即恢復了原狀，他說：

「你真是梁居美。」於是，他笑了，豪放地笑：「我假如真有這樣的企圖呢？」

「那麼我告訴你，你是注定要失敗的。」她說：「你現在有的是錢，多少漂亮年輕的小姐都可以……」

「但是沒有愛情。」

「我們相愛是以前的事情了。」她說：「現在你還會愛我麼？不會的，我知道。我知道，我已經是兩個孩子的母親了。」

「但是……」

「我也不可能像以前愛你時候這樣的愛你了。愛情的可貴，就因為是天定的，人可以創造一切，但不能創造愛情。」

「你愛過我？」

「你不知道？」

「是否在我離開上海的時候？」

「你真是一個傻瓜。」梁居美說：「從重慶到上海，那一路上二十幾天的路程，你沒有知道我在愛你？」

「……？」

「我不愛你，就跟你們轉轉彎彎，翻山越河的回上海？」

「那時候交通工具缺乏，復員的人又多，大家走陸路回家，也是很平常的事。」

「可是我是一個女孩子，為什麼要跟你們走？」梁居美笑著說：「我一個人，即使飛機票沒有，一張船票，托托人，不見得辦不到吧？」

陳山庭在吃雞，突然放下刀叉，沉默了好一回。他在回憶過去，怎麼當時他竟會不知道梁居美在愛他。當時他們有六個人同路回上海，兩個女的，四個男的。李韻儀與陳學秀是一對情人。梁居美是李韻儀的表妹，年紀最輕。她同誰都很好，很自然，但並不愛誰。她像是大家的情人，個性爽直，幽默機智。陳山庭同另外兩個男的，張翼進同張翼修，大家都沒有對她表示愛，好像都覺得這樣的友誼可貴，一有愛的表示就反而尷尬了。所以一直到了上海，當陳山庭決定回南洋時候，才知道他是多麼需要梁居美呢。

「那麼，張翼進、翼修兄弟兩個呢？」陳山庭忽然想到了當時的朋友。

「去北方了，沒有消息。」梁居美放下刀叉說。

「李韻儀、陳學秀他們有了幾個孩子？」

「他們有了五個孩子。前些天還接到他們的信。我也常常寄給他們一些吃的東西。」

「你們一直通信？」

梁居美點點頭。

「下次去信，替我問好。」

「你不想寫封信給他們？」

「我好久沒有寫中文信了。」

「你可以叫你秘書寫一封，你簽一個字。」

「那還不如你替我寫了。」陳山庭說著笑一笑。

「你也該送他們一點東西。」

「也請你替我送好了。」

「那麼我就做你秘書吧。」梁居美說。

侍者撇去菜碟，拿上點心與咖啡。

陳山庭一時沒有說什麼，梁居美忽然說：

「你知道你變得很多麼？」

「我知道，」陳山庭說：「我一回到南洋，我才知道我家裡的事業的興旺，我父親已經是千萬富翁了，我發覺我必須改變自己去適應那個環境才對。這樣我就變了。」

梁居美在喝咖啡，但她很注意陳山庭的表情。她想，如果她不是他的老朋友，她不知該同他說什麼才好。但假如她當時同他結婚，跟他一起到南洋呢？她想。

陳山庭在看她。他說：

「你呢，你也變了。」

「自然，我是一粒種子，已經變成大樹。」

「不是這方面。」他笑著說：「好像你始終不能夠用你梁居美來同我交談，在整個吃飯的談話中，你總像是郭克強的太太。」

「假如真的是這樣的話，那也是你的不好。你現在是我們的『衣食父母』。郭克強一旦失業，我們全家都挨餓了。你想想，我們間怎麼還可能有過去一樣的友誼呢？」

「但是……」

「這個你不能了解，」梁居美說：「不要講這個吧，談談別的。你告訴我你以前的結婚生活好麼？」

「我結婚五年，太太就病死了。」他說：「老實說，我沒有什麼特別傷心，我們結婚並不很幸福。」

「怎麼？」

「都是我不好。」陳山庭說：「她是一個普通的漂亮太太，養小孩子，打牌，到理髮店，買東西，看朋友，送禮，叫裁縫做衣服，看電影……還有，是監視丈夫。我呢，我則一直想找一個不同的女人。她監視我，我更找得積極。所以，不幸福。」

「她死了，你還沒有找到。」

「現在，我又找到了你。」

「我？」梁居美笑了：「我正是一個養小孩子，到理髮店，叫裁縫做衣服，買東西，看朋友，送禮，看電影的普通的太太。」

「但是你是梁居美。」陳山庭笑著說。

「女人永遠是女人。」梁居美說著，她看看手錶，於是說：「我們走吧。」

「去哪裡？」

「我回家了。」

「以後呢？」

「以後如果你願意，我們還是很好的朋友。」

「但是我有一個條件。」

「什麼？」

「我們的友誼是我們的，與郭克強沒有關係。」

「那自然。」

「我們不給他知道。」

「可以，可以。」

「你只同我單獨來往。」

「可以，可以。」
「謝謝你。」
「但是我也有一個條件：我們只是朋友。」
「我完全尊敬你的意思。」他說：「那麼這是我們的密約。」
他伸出手，梁居美同他拉拉手，笑了笑。
陳山庭同梁居美出來，走下石階，他說：
「你究竟不是一個普通的太太。」
「你是說你以前的太太就缺少一個男朋友，是不是？」
「也許是的。事實上，她缺少看看廣大的中國。」他說：「她只是在南洋小社會生長的小姐。她假如有男朋友，也不過是中學時代跳牛仔舞的友情。」
「我覺得男女之間維持夫妻關係不難，維持朋友關係則實在不容易。」
「你真是梁居美。」陳山庭說：「那麼我們就試試我們的友情吧。」

五

這份美麗的友誼就這樣繼續著。
梁居美並沒有發覺又愛上了陳山庭，但是她越同陳山庭來往，就越厭憎自己的丈夫。
有一天，郭克強一回家就對梁居美罵輪船部的經理史望中，說他下流卑鄙，為卻利介紹電影明星，活動到海外作商業考察。

原來七洋企業公司要在十二個經理中選派一個經理，到世界各地去考察，在商業上自然有許多接洽、訂約一類的活動。十二個經理個個似乎都在希望卻利派自己，所以競逐非常厲害。郭克強眼看希望不大，所以妒忌史望中。他罵了史望中，又罵建築部經理汪孟竹。

梁居美看郭克強如此緊張，她忽然開玩笑似的說：

「要是認識卻利的情婦就好了。」

「情婦？」郭克強緊張地說：「他有情婦？」

「單身漢，有錢，怎麼會沒有情婦？」

「真的，你認識她情婦？」郭克強很興奮。

「認識又怎麼樣呢？」

「認識，自然可以托托她，讓史望中、汪孟竹知道我郭克強的手段。」他很興奮。

「啊，假如他情婦正是史望中或者汪孟竹的太太呢？」

「他們的太太，你不知道史太太有多大歲數，我想做卻利的媽都夠了。」郭克強說著笑，笑了又說：「汪孟竹啊，他的太太又胖又黑又矮，怎麼能做卻利的情婦？」

「那麼照你說，倒是我有資格了。」

「你要是卻利的情婦，那我們還怕誰？」郭克強得意地說。

「你真希望我做他情婦？」

「自然我會捨不得，」郭克強嬉皮笑臉地說：「不過要是你們是朋友，只是普通的朋友，那也就什麼都不同了。」

「假如你出國，那麼我呢？」梁居美說：「不能一起去麼？」

「那怎麼可以。自己花不起這錢，公司又不能有這個支出。」
「那麼你出去要多久呢？」
「大概是一年。」郭克強說：「雖是一年，但要是我能夠訂了幾張合約回來，光是回扣，也足夠我們買一所很好的房子了。」
「真的？」
「可不是。」
「那麼我們不買房子，不就有錢可以讓我同你一起到世界跑跑了麼？」
「那又何必？」郭克強說：「我們有了基礎，將來還不是可以隨時去遊歷的。」
梁居美沒有再說什麼，恰巧孩子叫她，她就走了出去。
晚上，郭克強睡不著，他忽然說：
「要是有人認識郤利，可以從中為我說句話，那就好啦。」
「我想普通人也是沒有用吧。」梁居美冷淡地說：「我倒認識一位白太太同郤利很熟。」
「哪一位白太太？」
「是街坊福利會的白太太，」梁居美說：「有一天我碰見她，同她一起在喝茶，就碰見了郤利。郤利過來了就同她招呼。」
「郤利不認識你？怎麼不認識你？」郭克強說。
「他認識我的。白太太正要為我介紹，郤利就說，他認識我，是郭太太，他知道。」
郭克強臉上浮起了得意的微笑，歇一回，問：
「你沒有同他說什麼？」

「我沒有，我聽他們談了好一回。」
「那麼，白太太呢？」
「怎麼？」
「你後來沒有見她？」
「在街坊福利會上見過她幾次。」
「怎麼，你沒有同她來往？」
「沒有。」
「你真是，你早不告訴我，你應該請她吃飯，陪她去買買東西，有時候去看看她。」
「但是白太太天天打牌，我又不打牌。」
「你看，我早就叫你學打牌，打牌就有這點用處。」郭克強說：「你不打牌也可以去拜訪她，送她一些東西，帶著孩子去，要是她喜歡孩子，就把孩子做她的乾兒子，那就什麼話都可以說了，是不？」
「現在恐怕來不及了吧？」
「也許不晚，你明天就去看她；打聽打聽她與卻利的關係，如果她們真有點交情，那麼你就可趁機會把我的事情托她，或者假裝同她商量，看她的口氣怎麼樣？」
「好，好，我明天就去看看她。」
「不要忘記送她一點東西，衣料或者是食物。」

六

第二天，梁居美回家時已經是夜半二時。郭克強睡了，但是沒有睡著，聽到梁居美回來。他就帶著責備的口吻說：

「哪裡去了，怎麼那麼晚回來？」

「你不是說要我找找白太太麼？」

「她怎麼樣？」

「她很高興，當時我就說要她陪我去買東西，後來我就請她吃茶。正好卻利請她吃晚飯，說還要代請幾位小姐太太，她就要同我去。我想這倒是一個好機會，所以就跟她去了。」

「卻利怎麼樣？」

「他一直請我跳舞。」

「真的？」郭克強高興地說：「你有沒有……？」

「我看他酒喝得太多，有點醉了。」梁居美一面脫衣服，一面說。

「怎麼樣？」

「他說我跳舞跳得好。」

「後來呢？」

「他又說我好看。」

「真的，那麼你有沒有提起……」

「他說他要同我做一個好朋友。」梁居美說：「摟得緊緊的，我真想打他一個耳瓜子。」
梁居美說著，像是很生氣的走進浴室。郭克強從床上起來，他追到浴室的門首說：
「怎麼，你得罪他了？」
門沒有鎖，郭克強就推門進去。
梁居美正在放水到臉盆裡，他又說：
「怎麼，你沒有得罪他吧？」
「我想到他是你的老闆，我自然一直忍耐著。」梁居美說：「後來我沒有辦法，我告訴他我是有夫之婦，我是郭克強的太太。」
「他怎麼樣？」
「他說，他可以派你到美國歐洲去，他自然就能夠自由地同我做朋友了。」
「真的？」
「可不是真的。」梁居美一面洗臉，一面說。
「那麼他真的要派我去了。」
「我想是的。」梁居美冷笑了一下，她還是在洗臉。忽然她抬起頭，對郭克強說：「只是你去了，我怎麼辦？」
「你就虛偽敷衍敷衍就是了。」郭克強一面說著，一面非常興奮地往外跑。
梁居美關上浴室的門。她隱隱約約聽見郭克強在外面唱歌。
梁居美開始洗澡。她希望她洗好澡，郭克強會已經熟睡了。但是當她走出浴室時，郭克強拉著她要同她說話，她推開了他說：

「他約我明天吃茶。我要是再說幾句，你的事情就沒有問題了。」

「那可真要謝謝你了。好太太。」郭克強嬉皮笑臉地說。

「我還沒有決定是不是要去。」梁居美坐在梳妝檯旁修指甲。

「你自然要去，吃茶有什麼關係。」

「但是他只約我吃茶，單獨吃茶。」

「我想沒有關係，他也不至於就怎麼你，是不？」

「好的，好的，我去。」

「那就好了，這下子，史望中、汪孟竹一定要氣死了。」郭克強說：「來，來，來睡吧。」

「你睡吧，我還要去看看孩子。」

梁居美說著就離開了寢室。

七

在陳山庭的別墅裡，梁居美坐在沙發上，喝著手裡的酒，她說：

「我可以問你借一筆錢嗎？」

「多少？」陳山庭就坐在她的對面。

「比方說四十萬。」

「沒有什麼問題。」陳山庭說：「但是我要知道你有什麼用。」

「我想離開這裡。」

「怎麼，你想跟郭克強一同出國？」陳山庭放下杯子，開亮了幾上的檯燈說：「他告訴你我要派他出國麼？」

檯燈是一個黃色的花瓶，上面有淺綠色竹葉圖案的燈罩，燈罩下發出很柔和的光亮，照著梁居美耳葉上的耳墜閃閃發亮。

「你真不了解我，山庭。」梁居美說：「相反的，倒是因為你要我丈夫，我決定把他賣給你了。」

「這是什麼話？」陳山庭點上一支香煙說。

「你無形之中讓我認識了男人。」她冷笑地說：「我現在只想離開他。」

「你離開他到哪裡去呢？」

「不做你的情婦。」她意態自若地笑著。

「做我的太太呢？」

「我已經失去機會，再不作此夢想了。」她說：「你有的是女人，年輕的，漂亮的。你需要我這樣的女人做你的朋友，你並不需要我這樣的太太。」

「你自己呢？」陳山庭說：「你不想有一個丈夫？」

「怎麼不想呢？」

「那麼你嫁給我吧。」陳山庭坐到她的旁邊。

「我不嫁給你。」梁居美拿起一支紙煙，端弄著。她說：「我珍惜我們這份友情。」

陳山庭拿起打火機為她點煙。他說：

「你已經看穿了男人的弱點。」

「也許是的，但是我也知道什麼是女人的弱點。」
「你猜怎麼樣？」陳山庭凝視著梁居美說。
「怎麼？」
「我在愛你。」
「別開玩笑，好不好？」她站起來說：「你已經告訴過我你現在的許多浪漫史。」
「只有你一個人知道我這些祕密。」他說：「但是一句老實話，我同她們在一起時，我一直在想你。」
「我已經不是二十歲的女孩子。」梁居美笑著噴一口香煙。她走到放酒的小檯旁倒酒。
「許多事情實在是我撒謊，我只是希望你會妒嫉。」他說：「但是你沒有。」
「因為我們是朋友，如果我是你的太太，那就不同了。」她喝了一口酒說：「所以你還是讓我做你的朋友好。」
「但如果我娶了別人做太太，她也不一定允許我有你這樣的朋友。」
「那麼我們就不必再來往好了。」她說著在陳山庭對面坐下：「這不是很容易麼？」
「因為我不願失去你這個朋友，所以我不結婚。」他玩笑似的說。
「所以我想離開這裡，離開郭克強，離開你。」她說：「那麼你也可以結婚，郭克強也可以找個看得起他的女人。」
「你呢？」
「我有你給我幾十萬塊錢，同兩個小孩子，也就什麼都有了。」
「那麼我還是你的朋友，」他笑著說：「你有丈夫時候做我的朋友，我有太太時候自然也可以做你的朋友的。」

「那麼很好，就這樣一言為定了。」

「你什麼時候需要那錢呢？」

「隨你方便好了。」她站起來說：「現在沒有什麼可談了，讓我回去吧。」

八

三天後。

梁居美回家已經不早，郭克強正在聽收音機。一見梁居美進去，就跳了起來，他嚷著說：

「你上哪兒去了？」

「一切都成功了吧？」

「是的，這全靠你。」郭克強過去摟梁居美，但是梁居美避開了他。她說：

「你來，我有件要緊事想同你談談。」

梁居美說著拿著手皮包就到了寢室。她放下手皮包，坐在沙發上換拖鞋。她脫去黑色的高跟鞋，換上一雙白緞紅花的繡花鞋。

郭克強跟著走進來，一面對著鏡子看自己的儀容，一面說：

「我大概下月初走，先到日本，再到美國，以後到歐洲；日本住三個月，美國要跑許多地方，大概至少半年；歐洲最主要的是英國、法國、德國與意大利，也恐怕要住上半年。」

梁居美換了鞋子，吸上一支煙，坐在沙發上，望著衣櫥鏡內的郭克強忽然說：

「我雖然把你的事情辦成功了，但是我做了一件很對不起你的事。」
「怎麼？」郭克強回過頭來，詫異地說：「你把我什麼告訴他了。」
「不是，我只是……當時我們都多吃了一點酒。」
「他對你……」
「在他的別墅裡……」
「你們……？」
梁居美點點頭。
郭克強忽然走過去，站在梁居美面前，他臉上浮起氣憤的神情說：
「你怎麼！怎麼這樣不要臉，還好意思同我說。」
「我覺得對不起你。誰想得到你這個朋友竟是這樣無恥。」梁居美說：「這兩天我一直想是不是應該把這件事告訴你。」
「告訴我又怎麼樣？」
「我覺得騙你總是不對的。」
「不要臉。」郭克強沖著梁居美罵了一句，又走開去。
「你不要生氣，」梁居美站起來避開郭克強，走向窗口，她說：「我離開你好了。」
「離開我，你要離婚？」
梁居美點點頭。
「你離婚，怎麼樣？還要嫁給他麼？」
「他也不見得會娶我。」

「你知道就好了，他還不是多玩一個女人就算了。」

「但是我沒有面目同你在一起了。」

「要知道你這樣……這樣糊塗，我真不叫你去……去進行了。」

「但是，克強，要不是那天我同他……他也不會派你去的。」

「他不派我派誰？」郭克強說：「你倒好意思說這句話。」

「我的確看他事後覺得有點對不起我們，所以才一口答應我的。」

「都是你的功勞。」郭克強餘怒未熄：「但是我可不願意你去賣你的肉體。」

梁居美坐在床沿上說：

「他現在希望你早點到海外去，說你一走，他就可以多有點自由同我在一起。」

「所以你也要我早點出國去，是不是？」郭克強狠狠地說：「不要臉的東西！」

「克強，」梁居美忽然站起來說：「我沒有希望你出國去，我希望你馬上辭職不幹，去打他一頓，甚至砍他一刀……」

「這有什麼好處？這還不是讓大家都曉得了。」

「那麼你要怎麼樣呢？」

郭克強好像是被這句話問倒了，他一聲不響，坐倒在床沿上。

「不管你怎麼樣，我是決定離開你了，我沒有面目再同你待下去了。」梁居美忽然啜泣起來。

「那麼孩子呢？」

「孩子，我帶一個，你帶一個。」梁居美坐倒在一把放在五屜櫃旁邊的椅子上。

「你去做他的情婦？」

「我要離開這裡。我有親戚在臺灣。」

郭克強吸上一支煙，沒有作聲。

「你先辦離婚手續也好，後辦也好。」梁居美從在五屜櫃裡拿出一塊手帕，揩揩眼睛。

兩個人堅持了十五分鐘的功夫。

郭克強突然拋掉手上的紙煙，跑到梁居美面前說：

「不要哭了，哭也沒有用，我們出去玩玩吧。」

梁居美搖搖頭。

郭克強忽然用非常溫柔的語氣說：

「都是我不好，我不應該叫你去進行這件事情的，現在只有把這事情忘去算了。好在沒有第四個人曉得，只要你肯答應我，我出國以後，你決不同他來往就好了。」

「但是，他怎麼會放過我呢？」梁居美好像很害怕似的說：「他讓你出國，目的還不是為我。」

「假如你去臺灣，躲他一些時候呢？」

「他還不是會跟來找我的。」

「你不告訴他地址，他怎麼找得到？」

「但是……」

「除非你喜歡同他來往。」郭克強說。

梁居美不響，忽然又啜泣起來。

「你是不是喜歡同他來往？」

梁居美沉吟了好一回，忽然點點頭。
這使郭克強真的楞了一下，隔了好一會，他說：
「那麼你已經愛上他了？」
「我不知道。」
「他是不是真愛你呢？」
「我也不知道。」
郭克強一時不知所措，他沉默好一會，於是開始走動。他在房內走來走去，一面不斷的自言自語說：
「真是糊塗，真是糊塗，真是糊塗……」他沒有指明他罵的是自己，還是卻利，還是梁居美。
最後他繞到梁居美的面前，他說：
「你是想離開我跟他去，是不是？」
「我沒有這個意思。」
「你沒有想想小孩子。」郭克強說著又走開去。
梁居美沒有說什麼，她像是在期待郭克強說下去。
郭克強不安地來回地走著。於是，微喟一聲說：
「算了，過去的算了，現在你既然不想離開我去跟他，你自己以後當心就是了。」
「克強，我不會跟他，但是我要離開你。」
「為什麼？」克強始終不了解梁居美，他說：「我們是患難夫妻，幾年來我們一起掙扎奮鬥，現在好容易好轉些。眼看我就會有辦法，你看看，我這次到歐洲、美洲跑一趟，我就完全不同了，我簽幾張合約回來，我就……我就……」

「但是我已經上了他的當，我覺得對不起你。」

「那沒有什麼，事情已經過去了，有什麼辦法？誰都有錯，好在沒有人曉得。」郭克強還是來回的走。

「以後我怕我也很難不同他來往。」

「這怎麼講？你的意思是……」

「克強，我的意思是既然你原諒我了，我們應當不再同他見面。你索性去罵他一頓，打他一個耳光，向他辭職，我們寧使苦一點，到哪裡找個小事情都可以，何必一定要在他那裡受氣。」

克強忽然站住了，他望著梁居美說：

「你是叫我不去考察？馬上辭職麼？」

梁居美望著郭克強，她溫柔地像哀求似的問：

「只有這樣我們才可以離開他，是不是？」

「我為什麼要離開他？」郭克強高聲地問，於是走開去，像自言自語地說：「我們好容易得他的信任，而且你還，你還……」

「你的意思是……」梁居美忽然提高了嗓子：「你不離開他，可是要我離開他，是不？但是他沒有我，他怎麼會信任你？」

「就算是這樣，」郭克強說：「我也沒有叫你去賣淫。太太為丈夫的事業應酬交際這是很普通的事情，你自己不看重自己。」

「所以我覺得對不起你，我想只有離開你才是辦法。」梁居美說。

「不過。這已經過去了，好在沒有別人曉得。我們也總算換來了我們的成功，這一次我出國去，不瞞你說，我一定可以弄到一筆回扣的。」這時候郭克強忽然若有所悟似的，臉上的神情起了很大的變化，他得意忘形地走向梁居美，溫柔地對梁居美說：「我倒想出一個最好的辦法了。我想索性問他要一筆錢，比方說五萬元。我們就一起出國，又躲開了他，又可周遊世界。我想現在你問他要這一點錢，他沒有法子拒絕你的，你或者甚至於說你有債務要還，或者什麼別的理由。」

自從郭克強梁居美到香港以來，兩個人經過不少次經濟上的困難，郭克強在絕境中，往往能異想天開地想出妙計，叫梁居美去借挪；梁居美總是很高興去張羅，而且十次總有九次是成功的，她很佩服郭克強的足智多謀。而每次借挪所得，總使他們化險為夷，並且常常有新的發展。兩個人在這種共甘苦的起伏生活中，有許多興奮緊張與安慰，這似乎使夫妻的感情有不少的增進；但是現在，郭克強的話則使梁居美起了一種說不出的反感。她冷笑一聲，走到郭克強的面前，用非常冷靜的語調說：

「現在可是你叫我去賣淫了。你真懂得生意經，把你太太的肉體當作資本。」梁居美忽然大聲地哭起來：「那麼我為什麼不自己去做買賣，我做他情婦不比做你的太太好麼？」

「你這是什麼話？」

「克強，這只是告訴你，我不會同你在一起了。你要現在離婚也好，等你出國回來後離婚也好。」

「那麼孩子呢？」

「你要一個也好，你不要，兩個都給我。」

梁居美沒有等郭克強回答就獨自坐下來，她脫去繡花鞋又換上了黑色的高跟鞋。
郭克強跑過去，很緊張的問：
「你要出去？上哪裡？」
「你不用管。」
梁居美換好鞋子，拿著手皮包就往外跑，郭克強追出去，一面說：
「你聽我講，你聽我講。你……」
梁居美沒有理他，她很重的關上了門。

九

郭克強始終不了解梁居美為什麼這樣不講理。他自然不敢去問卻利，也不敢在公司裡聲張。梁居美離開後，兩天沒有消息。第三天有律師打電話給郭克強，郭克強到了律師樓，才知道梁居美很堅決的要同他離婚。郭克強要求與梁居美見面，但是律師說，除非他原則上同意離婚，梁居美不想再同他見面了。

郭克強答應三天後給律師回音。

公司裡對於郭克強出國的安排非常緊急，郭克強並沒有時間為離婚事情麻煩。家醜不可外揚。現在離婚，一定大家會揚出她太太與老闆的花樣，顯得他之被派出國有什麼不道德的活動，也可能引起公司改變了派他出國的計畫。如果等他回國後再離婚，屆時大家如曉得他太太與卻利的浪漫史，那麼一定會說是他出國後才發生的事，那當然是卻利不好，自己倒是一個可以被同情的人。而卻利因此也許要忌他三分。

他於是想到自己出國可以舞弄的花樣，他回來一定是一個很富有的人物了。那時候，他還怕不容易找一個有錢的小姐做太太。

左思右想的結果，他答應律師原則上可以同意離婚，不過現在必須不張揚出去，等他回來後再辦這個手續。

最後，他要求與梁居美會面一次，梁居美也答應到律師樓同他見面。他見了梁居美就極力對她表示慷慨，說無論孩子與金錢，他都可以隨梁居美的意思辦理，不過希望她現在不要張揚出去，仍舊像他太太一樣的在家生活，等他回來後再分手。

梁居美對這些沒有甚麼意見，祇是不想回家去住。她說她想帶孩子回台灣去，等郭克強回來後辦理離婚手續。

郭克強對梁居美的計畫非常贊成，因為他想到這可以使外面人看起來更自然些。先生出國太太到台灣去看親戚，這是合情合理的事。以後離婚，也可使關於卻利的謠言少些。

最後，他以非常可憐的音容求梁居美，於他動身離港的那天到機場去送送他，祇是為給他一個最後的面子。

一星期以後，郭克強動身離港的那天，梁居美果然也帶著兩個孩子在送他。郭克強盡力同孩子們親熱，還拉人為他們家庭照相。

那天到機場送行的同事很多，十一個經理個個都到了，只是卻利沒有去。沒有人想得到他們家裡有這麼一段故事與風波。許多人都羨慕他有一位美麗的太太，也羨慕他太太有一個事業上頗有成就的丈夫。

郭克強很親熱地與太太及孩子話別，又同同事們一一握手。

當飛機起飛時，他從小小的窗口，望到機場上送行的同事們，他覺得他已經高高地在他們之上，而一級一級地飛向成功了。

一九六三，八，二二。

徐訏文集・小說卷18　PG2064

小人物的上進

作　　者	徐　訏
責任編輯	劉亦宸
圖文排版	周好靜
封面設計	王嵩賀

出版策劃	釀出版
製作發行	秀威資訊科技股份有限公司 114 台北市內湖區瑞光路76巷65號1樓 電話：+886-2-2796-3638　傳真：+886-2-2796-1377 服務信箱：service@showwe.com.tw http://www.showwe.com.tw
郵政劃撥	19563868　戶名：秀威資訊科技股份有限公司
展售門市	國家書店【松江門市】 104 台北市中山區松江路209號1樓 電話：+886-2-2518-0207　傳真：+886-2-2518-0778
網路訂購	秀威網路書店：https://store.showwe.tw 國家網路書店：https://www.govbooks.com.tw
法律顧問	毛國樑　律師
總 經 銷	聯合發行股份有限公司 231新北市新店區寶橋路235巷6弄6號4F 電話：+886-2-2917-8022　傳真：+886-2-2915-6275

出版日期	2018年5月　BOD一版
定　　價	410元

國家圖書館出版品預行編目

小人物的上進 / 徐訏著. -- 一版. -- 臺北市：
釀出版, 2018.05
面；　公分. -- (徐訏文集. 小說卷；18)
BOD版
ISBN 978-986-445-257-6(平裝)

857.63　　　　107005762

讀者回函卡

感謝您購買本書，為提升服務品質，請填妥以下資料，將讀者回函卡直接寄回或傳真本公司，收到您的寶貴意見後，我們會收藏記錄及檢討，謝謝！

如您需要了解本公司最新出版書目、購書優惠或企劃活動，歡迎您上網查詢或下載相關資料：http:// www.showwe.com.tw

您購買的書名：______________________________

出生日期：________年________月________日

學歷：□高中（含）以下　□大專　□研究所（含）以上

職業：□製造業　□金融業　□資訊業　□軍警　□傳播業　□自由業

□服務業　□公務員　□教職　□學生　□家管　□其它____

購書地點：□網路書店　□實體書店　□書展　□郵購　□贈閱　□其他

您從何得知本書的消息？

□網路書店　□實體書店　□網路搜尋　□電子報　□書訊　□雜誌

□傳播媒體　□親友推薦　□網站推薦　□部落格　□其他________

您對本書的評價：（請填代號　1.非常滿意　2.滿意　3.尚可　4.再改進）

封面設計____　版面編排____　內容____　文／譯筆____　價格____

讀完書後您覺得：

□很有收穫　□有收穫　□收穫不多　□沒收穫

對我們的建議：______________________________

____

____

____

請貼
郵票

11466
台北市內湖區瑞光路 76 巷 65 號 1 樓
秀威資訊科技股份有限公司 收
BOD 數位出版事業部

……………………………………………………………………………………

（請沿線對折寄回，謝謝！）

姓　　名：＿＿＿＿＿＿＿＿　年齡：＿＿＿＿　性別：□女　□男

郵遞區號：□□□□□

地　　址：＿＿＿＿＿＿＿＿＿＿＿＿＿＿＿＿＿＿＿＿

聯絡電話：(日)＿＿＿＿＿＿＿＿＿＿(夜)＿＿＿＿＿＿＿＿＿＿

E-mail：＿＿＿＿＿＿＿＿＿＿＿＿＿＿＿＿＿＿＿＿